KB078148

마도천하

박현 新무협 판타지 소설
FANTASTIC ORIENTAL HEROES

魔道
天下

마도천하 6

박현 新무협 판타지 소설

초판 1쇄 찍은 날 § 2009년 6월 26일
초판 1쇄 펴낸 날 § 2009년 7월 4일

지은이 § 박현
펴낸이 § 서경석

편집장 § 문혜영
편집 § 서지현

펴낸곳 § 도서출판 청어람
등록번호 § 제1081-1-89호
등록일자 § 1999. 5. 31
어람번호 § 제2-1772호

주소 § 경기도 부천시 원미구 심곡2동 163-2 서경B/D 3F (우) 420-822
전화 § 032-656-4452 팩스 § 032-656-4453
http://www.chungeoram.com
E-mail § eoram99@chollian.net

ISBN 978-89-251-1853-6 04810
ISBN 978-89-251-0759-2 (세트)

박현 新무협 판타지 소설

FANTASTIC ORIENTAL HEROES

[지존행]

目次

제52장 질투 | 7

제53장 비사 | 29

제54장 시비 | 51

제55장 회의 | 87

제56장 전운 | 115

제57장 서전 | 147

제58장 의욕 | 179

제59장 죽음 | 211

제60장 다짐 | 239

제61장 설득 | 273

제62장 급보 | 309

제52장

질투

魔道

道天下

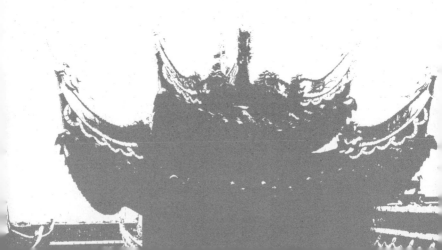

희사는 떨리는 눈으로 흑오를 봤다.

"쉭! 쉭!"

묘한 휘파람 소리를 내며 천년오공 쪽으로 다가가는 흑오.

천년오공이 빨간 눈알을 데굴거리며 흑오를 노려본다.

키이이…….

마치 더 이상 다가오면 가만두지 않겠다는 듯, 시커먼 턱다리를 벌리며 위협적인 기음을 발하고 있다.

그런데도 태연히 바닥에 엉덩이를 붙이고 앉는 흑오.

호기심 어린 눈으로 천년오공을 바라보더니 갑자기 손을 뻗어 녀석의 머리를 만지려 한다.

"아악! 위험해!"

희사는 자기도 모르게 비명을 질렀다.

비명 소리에 놀란 흑오가 고개를 돌렸다.

"저, 저……!"

희사는 너무나 놀라 눈을 질끈 감고 말았다. 비록 섬뜩한 느낌을 주는 아이였지만, 저 아이는 지존이 무척 아끼는 소녀다. 그런데 천년오공에게 깨물려 죽게 됐으니 이 일을 어찌하면 좋단 말인가?

더 이상 바라볼 용기가 나지 않아 두 손으로 얼굴을 가린 희사.

문득 이상하다는 생각이 들었다.

지금 회의실에는 자기 외에도 많은 사람이 모여 있다. 그러니 참변이 벌어졌다면 누가 나서서 흑오를 돌봐주거나 뭔가 부산스러운 움직임을 보여야 한다. 그런데 아무 소리도, 아무 움직임도 느껴지지 않았다.

'……?'

혹시나 싶어 눈을 떠보니,

'세상에!'

그녀는 무사했고, 천년오공이 겁에 질려 슬금슬금 뒤로 물러나고 있다.

'이게 어찌 된 일이지?'

탁자 뒤에 숨어 오들오들 떨고 있는 천년오공.

그런 천년오공에게 다시 손을 내미는 흑오.

도저히 믿기지가 않았다. 강북 사대흉인인 반목륵과 귀귀마녀조차 한 줌 핏물로 녹여 버린 천년오공이 겨우 열몇 살먹은 소녀에게 겁을 집어먹다니.

과연 저 독물이 자기가 알던 천년오공이 맞나 싶어 희사는 몇 번이고 자기 눈을 비볐다.

'역시 신기한 녀석이야!'

묵자후는 황당하다는 눈빛으로 고개를 끄덕였다.

어제까지만 해도 독 오른 살쾡이처럼 날뛰던 녀석이 오늘은 해맑게 웃으며 천년오공과 장난을 치고 있다.

'녀석, 까마귀만 잘 다루는 줄 알았더니…….'

묵자후는 냉희궁과 대화를 나누면서도 계속 천년오공과 흑오를 예의 주시하고 있었다. 혹시 흑오에게 무슨 일이 생기면 곧바로 손을 쓰기 위해서였다.

그런데 눈빛 하나만으로 간단히 천년오공을 제압해 버리는 흑오.

놀랄 사이도 없이 손가락을 빙빙 돌려 놈을 우왕좌왕하게 만들더니 결국 배를 드러내며 항복을 표시하는 천년오공을 제 팔뚝 위에 올려놓고 신기한 듯 놈의 턱다리를 만져 보고 있다.

그 결과 파르르 몸을 떨며 허리춤을 추는 천년오공.

묵자후에게 그랬던 것처럼 흑오에게도 완전한 굴복을 맹세하고 있었다.

'정말 겁이 없는 녀석이야. 남들은 징그러워서 손도 못 대는 천년오공을 어떻게 장난감처럼 다룰 수 있지?'

하긴 저런 담력을 지녔으니 역천(逆天)의 존재라는 강시들도 제 수족처럼 부릴 수 있었으리라.

'아무튼 녀석이 마음의 안정을 되찾은 것 같아 다행이군.'

어제는 정말 걱정스러울 정도로 날뛰던 흑오였다.

*   *   *

"캬앗! 캬앗!"

흑오는 회사를 보며 마구 괴성을 질렀다.

처음엔 가만히 노려보고만 있었으나 어느 순간부터 흥분하기 시작했다. 이유인즉슨, 묵자후가 자신을 보고 빙긋 웃기만 할 뿐 음풍마제와 무풍수라 등을 먼저 마중 나가려 한 때문이었다.

그래서 회사에게 대신 화풀이를 한 것인데, 아무 생각 없는 강시들이 덩달아 괴성을 질렀다. 그러자 강시들보다 더 생각 없는 광마가 시퍼런 도끼를 흔들며 무형의 살기를 내비쳤다.

'아아……!'

느닷없는 흑오 일행의 살기에 놀라 그 자리에서 굳어버린 회사.

안간힘으로 서 있다가 자기도 모르게 묵자후 소매를 붙잡았다.

하지만 그런 행동이 오히려 흑오의 분노를 부채질했다.

"캬오오!"

성난 고양이처럼 하얗게 눈을 치뜨는 흑오.

그녀의 눈동자에 새파란 광채가 번뜩이자 회사는 심장이 오그라드는 듯한 고통을 느끼며 그만 기절하고 말았다.

하지만 불쌍한 회사.

묵자후에게 부축도 받지 못했다.

음풍마제와 흑오의 등장이 너무나 급작스러웠기에 아직 상황 파악을 하지 못하고 있었기 때문이다.

'도대체 이게 무슨 난리야? 저 덩치는 뭐고 또 저 괴물들은 뭐야?'

묵자후가 회의 도중에 들은 소식은 수하들이 술자리를 마련해 놓고 자신을 기다리고 있다는 것. 그래서 서둘러 회의를 마치고 밖으로 나오니 의외의 소란이 벌어지고 반가운 얼굴들이 나타났다.

묵자후 평생 잊을 수 없는 사람들.

특히 한 달 내내 걱정했던 흑오까지 찾아와 아무 생각도 나지 않았다. 그저 기쁘고 들뜬 마음에 흑오에게 미소를 지어 보인 뒤 음풍마제와 무풍수라 등을 마중 나가려 했다.

그런데 갑자기 흑오가 성질을 부리고 그 옆에 있던 괴한들이 살기를 내뿜기 시작했다. 특히 광마의 살기는 묵자후조차 깜짝 놀라게 만들어, 혹시 흑오가 저 거한에게 인질로 잡혀 있는 게 아닌가 하는 착각까지 불러일으켰다.

그래서 급히 걸음을 멈추고 광마를 노려보는데 희사가 쓰러지고 흑오가 바람처럼 몸을 날려온다.

"어어? 이 녀석아, 넘어져!"

묵자후는 얼떨결에 흑오를 끌어안을 수밖에 없었고, 그로 인해 희사는 홀로 바닥에 이마를 처박게 됐다.

물론 흑오는 그런 희사를 본체만체하며 묵자후의 품에 안겨 펑펑 눈물을 쏟았다.

"우왕! 흑흑흑!"

조그만 어깨를 들썩이며 고사리 같은 손으로 묵자후 가슴을 팡팡 치며 우는 흑오.

그 모습이 어찌나 애처롭던지 묵자후는 괜히 코끝이 시큰했다. 그래서 차마 흑오를 밀쳐 내지 못하고 녀석을 꼭 끌어안아 주었다.

"헤에……."

그제야 배시시 웃는 흑오.

그녀의 뺨이 흥분으로 발갛게 달아올라 있었다.

그 얼굴을 보니 또 한 번 측은한 마음이 들어 묵자후는 조금 더 흑오를 끌어안아 주었다. 그러다가 이제 됐겠지 싶어 녀석을 떼어놓으려는데 한사코 발버둥을 쳐댄다.

난감하여 주위를 둘러보니 이미 흑백무상이 회사를 돌보고 있고 수하들이 웅성거리고 있는 가운데, 음풍마제와 무풍수라 등이 만감이 교차하는 눈빛으로 자신을 바라보고 있다.

'이런!'

묵자후는 서둘러 그들을 맞이하려 했다. 하지만 매미처럼 착 달라붙어 있는 흑오 때문에 어째 모양새가 이상했다.

할 수 없이 흑오를 가슴 앞쪽으로 안고 음풍마제 등과 반가운 해후를 나누려 했다.

그런데,

"이익! 떨어져! 얼른 그 자식에게서 떨어져, 누나!"

갑자기 천둥 같은 목소리가 들려왔다.

저 앞쪽에서 흥분한 표정으로 씩씩거리고 있는 사내.

마치 사랑하는 여인을 딴 남자에게 빼앗긴 듯 이글거리는 눈길로 묵자후를 노려보고 있었다.

그런 광마를 보고 흑오가 인상을 썼지만 광마는 이미 질투로 눈이 뒤집힌 상태.

"이 자식아! 얼른 누나에게서 손 떼! 당장 손 떼라니까!"

고함지르는 것으로는 성에 차지 않았는지 도끼를 휘두르며 거구를 날려 온다.

"…저 사람, 네가 아는 사람이냐?"

묵자후는 어이가 없어 흑오에게 귀엣말로 물어봤다.

잘 봐줘야 오십대, 많이 보면 육십대로 보이는 덩치가 혹오에게 누나라고 부르며 성질을 내니 왠지 우스꽝스러운 기분이 들어서였다.

하지만 그의 무위는 절대 우스꽝스럽지 않았다.

쫘르르르릉!

그가 도끼를 휘두르자마자 대기가 소용돌이치고 지면이 쩍쩍 갈라져 나갔다.

실로 상상을 초월하는 내공이었지만 묵자후는 여전히 혹오를 끌어안고 있었다.

그러자 화가 머리끝까지 치민 광마는 와악! 하는 괴성을 터뜨리며 다시 도끼를 세워 들었다.

이전과 달리 전륜태양강기를 극성으로 내뿜기 위해서였다.

우우웅……!

광마가 도끼를 세워 들자 그 주위로 푸른 기운이 넘실댔다.

순간,

"캇!"

혹오가 날카로운 쉿소리를 발했고, 광마는 도끼를 치켜세운 채 엉거주춤 혹오의 눈치를 살폈다.

이대로 도끼를 내리찍으면 혹오까지 다칠 것 같아 곤혹스러운 모양이었다.

하지만 끓어오르는 화를 주체하지 못해 가슴을 씨근벌떡

거리는 광마.

묵자후는 천천히 흑오를 내려놓았다.

"자, 공주님. 오랜만에 만나서 무척 반갑겠지만 잠깐 뒤로
물러나 있어야겠다. 저 아저씨가 나와 손을 겨루고 싶어하는
모양이니."

그러면서 빙긋 웃자 흑오의 뺨이 발갛게 달아올랐다.

묵자후의 따뜻한 미소에 이때까지의 원망이 눈 녹듯 사라
져 버렸는지, 수줍게 고개를 끄덕이며 폴짝 바닥으로 뛰어 내
려가 얌전히 묵자후 뒤에 쪼그리고 앉는다.

그 모습을 보고 광마는 완전히 머리 뚜껑이 열려 버렸다.

"으와아악! 이 빌어먹을 놈! 내가 네놈 머리통을 산산이 부
숴 버릴 테다. 으아아아아!"

괴성을 지르며 열십자로 태양부를 휘두르는 광마.

그 흉흉한 기세에 묵자후는 바쁘게 몸을 움직여야 했다.

장담처럼 정말 머리를 쪼갤 듯 날아오는 무시무시한 강기
였기 때문이다.

더욱이 흑오가 뒤에 있고 희사와 냉희궁 등이 좌우에 있었
으니 무조건 피한다고 해결될 문제가 아니었다.

"타아앗!"

한순간 묵자후는 신형을 멈추며 연달아 장력을 내뿜었다.

주위 사람들을 위해 강기뿐만 아니라 강기의 여파까지 모
두 소멸시켜 버리기 위해서였다.

퍼퍼퍼퍼펑!

고막을 뒤흔드는 폭음.

연이어 묵자후에게서 낮은 신음이 흘러나왔다.

"으음……."

격돌 결과, 크게 손해 본 건 없었다. 그러나 맨손으로 부딪치다 보니 손목에 강한 통증이 느껴졌다.

'예상보다 더 무지막지한 공력이군. 맨손으로는 힘들겠어.'

생각과 동시에 묵자후는 군막 안에 있던 검을 취했다.

묵자후가 손을 뻗자마자 공간을 가로질러 묵자후 손 안으로 쑥 빨려 들어오는 검.

"꺄아!"

흑오는 어린아이처럼 환호했다. 언젠가 자기도 저 수법을 배울 수 있을 것이라고 생각하니 절로 신이 난 것이었다.

하지만 광마는 이전보다 백배는 더 화가 났다.

"우어어어어어!"

흑오가 자신을 외면하고 묵자후를 응원하는 듯하자 왈칵 서러운 기분이 들어 상처 입은 야수처럼 포효를 터뜨리며 전신 공력을 끌어올렸다. 그러자 빛바랜 흑의 가사가 풍선처럼 부풀어 오르고 태양부를 움켜쥔 손에 불끈 힘이 솟았다. 동시에 번들거리는 광기가 두 눈에 피어오르고 온몸에 푸르스름한 기운이 감돌기 시작했다.

쿵, 쿵, 쿵!

태양부를 아로 세운 광마는 거침없이 묵자후 쪽으로 다가 갔다.

그의 걸음걸이 따라 모래바람이 십 장 가까이 치솟았다.

그 엄청난 기세에 희사와 냉희궁 등이 아연실색했고, 음풍 마제와 무풍수라 등이 긴장한 표정을 지었다.

그러나 혹오는 한 편의 연극을 구경하듯 초롱초롱 눈망울로 두 사람을 바라봤고, 그들 모두의 시선을 받으며 묵자후는 눈썹을 칼같이 곤두세웠다.

"타아앗!"

홀연 묵자후에게서 힘찬 기합성이 흘러나왔다. 동시에 뿌연 잔상을 남기며 엿가락처럼 쭉 늘어나는 묵자후의 신형.

예상외의 선제공격이었다.

광마가 다가올수록 무형이 압력이 점점 거세져 더 늦기 전에 그의 기세를 흩뜨려 놓으려는 의도였다.

쉬익!

섬전처럼 공간을 단축하며 눈 깜짝할 사이에 광마 턱밑으로 파고든 묵자후.

얼음장 같은 눈빛으로 벼락같은 검광(劒光)을 토하자 광마가 화들짝 놀라 급히 뒤로 물러났다.

"오옷! 좋았어!"

무풍수라는 주먹을 불끈 움켜쥐며 소리쳤다.

"역시 잘 가르쳤어! 정말 절묘한 호흡 뺏기야!"

무풍수라가 회희낙락하며 고개를 끄덕이는 이유.

방금 묵자후가 펼친 신법이 자신의 유령환환신법이었기 때문이다. 그것도 광마가 발을 내딛는 순간 치고 들어갔으니 마치 자기가 한 일처럼 쾌감이 느껴졌다. 그래서 어깨를 으쓱이며 기뻐하고 있는데 옆에 있던 흡혈시마가 불퉁한 표정으로 한마디 쿡 쏘아붙였다.

"쳇! 잘 가르친 게 아니라 가르친 이상으로 잘 배운 거요."

"뭐야? 이 자식, 지금 질투하는 거냐?"

"질투가 아니라 사실이 그렇잖소. 형님 같으면 저 상황에서 과감히 선공을 취하셨겠소?"

"뭐야? 네놈이 지금 날 무시하는 거냐?"

"무시하는 게 아니라 며칠 전에도 그러셨잖소? 영웅성 놈들과 싸울 때. 그때 형님은 어찌하셨소? 후아처럼 과감히 선공을 취하셨소, 아니면 내 등 뒤에 숨어 벌벌 떨고 계셨소?"

"이, 이 자식, 갑자기 그때 이야기는 왜 꺼내?"

"왜 꺼내긴? 대형께서도 가만히 계시는데 형님 혼자서 묵자후를 키운 것처럼 생색을 내니까 하는 소리지."

"뭐야? 내가 언제 생색을 냈다고 그래?"

그러면서 둘이 아옹다옹 다툴 기세이자 그들 옆에 있던 음풍마제가 인상을 쓰며 두 사람의 머리를 쥐어박았다.

"어이구, 이놈들아! 작작 좀 해라! 네놈들 때문에 신경이 쓰여 싸움 구경을 못하겠잖아!"

그 말과 함께 짜증이 난다는 듯 두 사람을 저 성곽 뒤로 집어 던져 버리는 음풍마제. 그로 인해 모두의 시선이 음풍마제에게 쏠렸지만, 묵자후와 광마 사이에 엄청난 충돌이 벌어지자 급히 원래대로 되돌아갔다.

쿠콰콰콰쾅!

지축을 울리는 굉음.

"헉! 뭐야?"

"그새 무슨 일이 벌어진 거야?"

무풍수라와 흡혈시마는 황급히 성곽 위로 고개를 내밀었다.

음풍마제에게 혼쭐이 나는 바람에 미처 묵자후와 광마의 격돌을 보지 못한 때문이었다.

그러나 두 사람이 고개를 내미는 순간, 하필 묵자후가 튕겨낸 강기가 두 사람 머리를 덮쳤다.

"으힉!"

"어이쿠!"

경기를 일으키며 후다닥 몸을 피하는 두 사람.

그러나 무풍수라가 한발 빨랐다.

언제나처럼 흡혈시마 뒤에 숨어 강기를 피해 버린 것이다.

그것도 흡혈시마 발밑에 엎드려 그의 진로를 방해하면서.

"으아악! 저리 비켜요오오!"

짜자자자작!

"꾸왜액!"

결국 혼자 불벼락 같은 강기를 맞고 사지를 부르르 떠는 흡혈시마.

그의 머리 위로 시커먼 연기가 치솟았다.

약삭빠른 무풍수라 때문에 이번에도 강기를 몸으로 때우고 만 흡혈시마는 울먹울먹한 표정으로 저만치 달아나 버린 무풍수라를 노려보다가 억지로 고개를 틀어 성곽 너머를 바라봤다.

새우처럼 작은 그의 눈에 무시무시한 격투 장면이 펼쳐지고 있었다.

부와앙!

사형수의 목을 자르는 작두처럼, 아니, 그보다 더 크고 날 선 도끼가 묵자후의 머리를 사선으로 가로지르고 있었다.

그 오싹한 공세에 묵자후의 신형이 두 쪽으로 잘려 나갔다. 아니, 잘려 나갔다 싶은 순간, 어느새 좌측으로 이동해 날 선 검으로 광마의 옆구리를 찌르고 있었다.

"이익! 요 미꾸라지 같은 자식이?"

겉보기에는 굼떠 보이나 광마의 보법도 묵자후 못지않았다.

슬쩍 어깨를 움직인 것 같은데 벌써 십 장 뒤로 물러나 다시 공세를 펼치고 있다.

슈아아악!

대기를 가르는 빛살 같은 강기.

묵자후의 눈매가 바짝 곤두섰다.

검결지를 짚은 손이 암흑쇄겁수(暗黑碎劫手)로 변하고, 검파를 쥔 손이 쭉 늘어나며 광마의 두 다리를 휩쓸었다.

"웃?"

광마의 입에서 당혹성이 흘러나오고, 그 신형이 허공으로 껑충 뛰어올랐다.

그 틈을 이용해 유령처럼 거리를 좁힌 묵자후는 광마의 발바닥을 향해 채찍 같은 강기를 쏘아 올렸다.

"어이쿠!"

재차 허둥거리며 급히 발을 오므리는 광마.

찰나, 몸을 고슴도치처럼 둥글게 말더니 도끼를 치켜세운 자세 그대로 맹렬히 하강하기 시작했다.

쿠콰콰콰콰!

거대한 철구(鐵球)가 성문을 향해 돌진하듯 무지막지한 기세로 공격을 펼쳐 오는 광마.

그 기세에 밀려 묵자후가 뒤로 물러나자, 수직으로 회전하던 광마가 갑자기 좌우로 회전하기 시작했다. 얼마 전, 흑오를 지키기 위해 동료 호존승들과 격투를 벌일 때처럼 광마의 전신이 도끼 그림자 뒤로 사라지고 사방에 무시무시한 강기가 휘몰아쳤다.

그 여파에 휘말려 주변 성곽이 맥없이 허물어지고 모래 더미가 용권풍(龍捲風)처럼 치솟아 모두의 시야를 가려 버렸다.

'으음…….'

음풍마제는 속으로 침음성을 삼켰다.

그의 안색은 이전과 달리 딱딱하게 굳어 있었다.

'가히 공전절후의 격투로구나!'

처음엔 단순한 자존심 싸움처럼 시작됐으나 이젠 누가 다치지 않을까 걱정될 정도로 심각하게 변해 있었다.

"어떻게 보시오, 대형?"

비슷한 걱정을 했는지, 성곽을 빙 둘러온 무풍수라가 엉덩이를 붙이고 앉으며 물었다.

"글쎄. 상대가 만만치 않아……. 마치……."

"마치……?"

"예전의 성주님에 비해 크게 손색이 없을 정도야."

"엑? 설마 그 정도까지……."

무풍수라가 말도 안 된다는 듯 소리쳤으나, 곰곰이 생각해 보니 그 말이 크게 틀린 것도 아니라는 생각이 들었다.

'하긴 강기를 저렇게 손쉽게 다룰 정도면, 으음…….'

그때부터 무풍수라의 얼굴도 심각하게 굳어갔다.

철혈마제 곽대붕에 버금가는 무위.

그 의미는 실로 대단했다.

정파인들에게 절대사신이라 불리던 음풍마제가 유일하게 고개를 숙인 사람이 바로 철혈마제 곽대붕이었으니.

그런 철혈마제에 비해 크게 손색이 없다는 말은, 광마의 무위가 음풍마제 평생의 경쟁 상대였던 혈영노조와 거의 비슷한 경지라는 뜻.

'며칠 전 영웅성 놈들을 몰아붙일 때부터 대단하다고 생각했지만, 빌어먹을······.'

그렇게 무풍수라가 묵자후의 안위를 걱정하며 전면을 주시하고 있을 때였다.

"그럼 우리 후아의 무위는 어느 정돕니까?"

등 뒤에서 불쑥 질문이 튀어나왔다.

흡혈시마였다.

그 역시 성곽을 빙 둘러왔는지 온몸이 먼지투성이였다. 거기다 격돌 중에 흘러나온 강기에 맞아 등판이 너덜너덜하게 찢어진 상태였다.

"으응? 너, 언제 왔냐?"

무풍수라는 흡혈시마를 보자마자 어색하게 눈웃음을 쳤다.

그러나 찬바람이 횡횡 부는 얼굴로 무풍수라를 노려보는

흡혈시마.

"남이야 언제 오든 말든 뭔 상관이오?"

삐딱하게 쏘아붙이며 음풍마제와 무풍수라 사이로 끼어들더니 항아리 같은 엉덩이로 무풍수라의 얼굴을 밀어내기 시작했다. 실로 하극상에 가까운 만행이었으나, 지은 죄가 있다 보니 무풍수라는 찍소리도 못하고 그에게 공간을 내줄 수밖에 없었다.

그런 두 사람을 보며 혀를 끌끌 차던 음풍마제는 턱짓으로 묵자후를 가리키며 말했다.

"보다시피 후아의 무위가 엄청나게 늘었다. 처음엔 조금 밀리는 것 같더니 언젠가부터 호각세(互角勢)를 유지하고 있어."

"그럼 더 큰일 아닙니까? 저러다가 실수로 다치기라도 하면……?"

호들갑스런 흡혈시마의 말에 음풍마제는 한숨을 푹푹 쉬며 말했다.

"나도 같은 걱정을 하고 있다만, 현재로써는 방법이 없다. 둘 다 내공이 너무 강해서 끼어들려야 끼어들 틈이 없어."

"설마 그 정도란 말입니까? 그럼 상황을 봐가면서 저희가 합공을 하면……?"

흡혈시마가 눈을 반짝이며 묻자 옆에 있던 무풍수라가 어이없다는 듯 인상을 썼다.

"이 자식이 요즘 합공에 맛이 들렸나? 너, 후아 성질 몰라서 그래? 지금 상황에서 우리가 끼어들면 후아가 어지간히도 좋아하겠다."

"그건 그렇지만……."

느닷없는 핀잔에 금방 꼬리를 내리는 흡혈시마.

그러나 다른 사람도 아닌 무풍수라의 구박이라 내심 자존심이 상했다.

그래서 고개를 쳐들며 뭐라고 반박하려는데,

"두 놈 다!"

갑자기 음풍마제가 살벌한 목소리로 말했다.

"지금부터 잠자코 구경이나 해! 그렇지 않고 또다시 실랑이를 벌이면 그땐 죽지도 살지도 못하게 만들어 버릴 테니까 알아서들 떠들어봐."

그러면서 꽈드득, 손가락을 꺾기 시작한다.

두 사람은 등골이 오싹해 누가 먼저랄 것도 없이 입을 다물고 말았다.

'이상하네…….'

흑오는 그들 세 사람의 대화를 훔쳐 들으며 고개를 갸웃했다.

그녀가 보기엔 묵자후나 광마나 서로 똑같은 무공을 펼치고 있는 것 같은데, 그것도 묵자후가 좀 더 빠르고 정확하게 펼치고 있는 것 같은데 왜 걱정들을 하는지 이해가 되지 않았다.

'물론 처음에는 서로 다르게 움직였어. 그러나 언젠가부터 둘이 약속을 한 것 같아, 우리 똑같은 무공을 쓰자고.'

누가 들으면 황당무계한 소리라고 코웃음을 칠 이야기였다.

그러나 혹오는 정말 그렇게 생각하는지, 남들은 강기의 여파를 피해 이삼십 장 뒤로 물러나 있었지만, 여전히 묵자후가 서 있던 자리에 앉아 초롱초롱한 눈으로 두 사람의 격돌을 지켜보고 있었다.

제53장

비사

魔道

道

天下

콰아아아!

턱밑을 스쳐 가는 강기.

부와아앙!

아슬아슬하게 머리 위를 스쳐 가는 강기.

둘 다 머리카락 한 올 차이로 지나갔지만 묵자후는 눈도 깜짝하지 않았다.

'역시 같은 초식이야……!'

처음엔 상대의 무지막지한 공격에 손발이 흐트러졌으나 시간이 지날수록 점점 익숙한 느낌이 들었다.

마치 약속 대련을 하고 있는 기분이랄까?

언젠가부터 상대의 공격과 수비 초식이 한눈에 들어왔다.

'신기하군! 어떻게 지존령에 새겨진 무공과 똑같은 흐름으로 움직일까?'

그랬다.

광마가 펼치는 모든 공방(攻防)의 요결이 천마 이극창과 철혈마제 곽대붕이 남긴 심득과 거의 일치했다.

'만류귀종(萬流歸宗)이라, 뭐든지 극에 달하면 서로 통하기 때문일까?'

그건 아닌 것 같았다.

그보다 근본적인 문제였다.

뭐든지 근원에서 갈래가 파생되는 법.

조금 변형되긴 했지만 초식의 수발이나 기의 운용 방법이 지존령의 무공과 소름 끼치도록 흡사했다. 그러다 보니 광마의 공격을 손쉽게 막아낼 수 있었고, 그때부터 강한 자신감이 들기 시작했다.

하지만 광마는 익숙하다고 해서 금방 무너뜨릴 수 있는 상대가 아니었다.

묵자후에 대한 질투심이 상단전을 극도로 자극시켰는지, 얼마 전부터 적막경의 무위를 발휘하고 있었다. 그러다 보니 검강도 통하지 않고 아수라파천무도 통하지 않았다.

'이러다간 밤새 싸워야 할 것 같군.'

내심 고민하던 묵자후는 마침내 비격탄섬참화류를 운용하

기 시작했다.

과연 그가 받아낼 수 있을지 걱정되긴 했지만, 지금까지 손을 섞어본 결과 충분히 버텨낼 수 있을 것이라 판단했다.

"타아아압!"

쩌렁쩌렁한 기합성을 터뜨리며 묵자후가 신형을 박차자 주변 공기가 백팔십도로 달라졌다. 이전까지만 해도 광마를 중심으로 회오리치던 대기가 묵자후 쪽으로 확 쏠리기 시작한 것이다.

그중 일부는 묵자후 등 뒤로 모여 거대한 후광을 형성했다. 기련산에서 눈사태를 막아낼 때처럼 검은 기류가 밀집해 모골송연한 아수라 형상을 이루기 시작한 것이다.

"으음!"

갑자기 달라진 묵자후의 기세.

광마는 잔뜩 긴장했다.

급격히 요동치는 대기.

뭔가 심상치 않다는 생각이 들어 태양부를 굳게 움켜쥐는데, 갑자기 대기가 썰물처럼 빨려 나가고 눈앞에 거대한 아수라 형상이 나타난다.

"헉! 그 무공은, 그 무공은……."

깜짝 놀라 눈을 부르르 떠는 광마.

그러나 묵자후는 광마의 표정 변화 따위엔 신경도 쓰지 않았다.

"멸—혼—격!"

쩌렁쩌렁한 사자후를 터뜨리며 곧바로 비격탄섬참화류의
격자결을 펼쳤다.

고오오!

기이한 소음이 대기를 울리고, 상상을 초월한 기경(奇境)이
벌어졌다.

고막을 터뜨릴 것 같은 사자후와 달리, 검극으로 공간을 찌
른 묵자후.

마치 정사각형을 만들 듯 네 모서리 부위를 찌르고 중단을
한 번 찔렀는데 전혀 상반된 기운이 광마의 손발을 어지럽게
만들었다.

사각형으로 찌른 검극에서는 벼락같은 강기가 튀어나오
고, 중간 부위로 찌른 검극에서는 공간을 왜곡시키는 무시무
시한 흡입력이 생성돼 광마의 전신을 묵자후 쪽으로 빨아들
이기 시작한 것이다.

"이, 이럴 수가?"

당혹스런 표정으로 허둥거리는 광마.

간신히 태양부를 휘둘러 네 줄기 강기는 막아냈지만, 몸의
중심을 흩뜨리는 흡입력에는 당할 수 없었다. 그 결과 낚싯줄
에 걸린 고기처럼 맥없이 끌려가는 광마.

그의 전신에는 힘이 쭉 빠져 있었다. 그만큼 놀라고 당황한

모양이었다.

그런데 너무 놀라면 사람이 바보가 되는 것일까?

갑자기 광마가 털썩 무릎을 꿇더니 더듬거리는 목소리로
말했다.

"저기, 마탑의 영원한 주인이신 천마대제시여! 드디어…
그러니까… 다시 환생하신 것입니까?"

그 멍한 질문에 묵자후는 뭐라고 대답해야 좋을지 몰라 한
동안 눈을 끔뻑였다.

*　　　*　　　*

마귀의 성이라 불리는 옛 성터.

지금은 부서지고 허물어져 폐허나 다름없는 성곽에 짙은
어둠이 내려앉았다.

깊은 밤, 고요한 달빛.

석양 무렵에 벌어진 격투는 한 편의 꿈이었던가.

대부분의 마인들이 이리저리 흩어져 곤한 잠에 빠져 있다.

그러나 성곽 뒤로 보이는 천막 안.

두 사람이 화톳불을 사이에 두고 대화를 나누고 있다.

"…그러니까 내가 천마의 화신이란 말이오?"

다소 어이없다는 표정으로 질문을 던지는 묵자후.

광마는 잠시 고민하다가 머리를 벅벅 긁으며 대답했다.

"그세… 암흑승이 와야 정확한 판단을 내리겠지만, 제가 보기엔 틀림없는 것 같습니다."

자신없어하면서도 깍듯이 고개를 숙이는 광마를 보고 묵자후는 피식 웃으며 어깨를 으쓱였다.

"참나, 기가 막히는군. 좋소. 당신 말대로 내가 천마의 화신이라 칩시다. 그런데 밑도 끝도 없이 저 녀석과 동침을 해야 한다니, 그게 무슨 소리요?"

묵자후가 황당해하는 이유.

광마가 자신을 천마로 여기는 것도 부담스러웠지만, 뜬금 없이 흑오와 동침해야 과거의 힘을 되찾을 수 있다고 이야기 하니 민망하여 귀를 틀어막고 싶었다.

뿐인가? 흑오와 동침하고 난 뒤에는 마탑으로 가서 천마의 재림을 알리고, 동료 호존승들이 겪고 있는 심마와 마탑을 구속하고 있는 금제를 없애달란다.

아직 마탑에 대해, 그리고 호존승들에 대해 아무것도 모르는 묵자후다. 그러니 이 사람이 대체 무슨 소리를 하고 있나 싶어 머리가 지끈거렸다.

"큼, 큼. 제 기억력이 신통치 않다 보니 설명을 잘못 해드렸나 봅니다. 그러니까 그게 무슨 소리냐 하면……."

헛기침을 토하며 광마는 더듬더듬 천마와 마탑의 유래에 대해 이야기하기 시작했다.

강호가 모르는 천마의 비밀.

그는 남자도 아니고 여자도 아닌 음양인(陰陽人)이었다.

더욱이 심장이 오른쪽에 위치한 우심증(右心症) 체질이라 혈행(血行)이 남들과 판이하게 달랐다. 그러다 보니 천하를 발아래 두긴 했으나 제대로 된 후인을 남길 수 없었다.

천마 본인이야 상관이 없었지만 다른 사람이 그의 무공을 익히려 하면 모두 주화입마에 빠지거나 폐인이 되어버렸기 때문이다.

할 수 없이 천마는 음마와 혈마, 투마에게 자기 무공을 나누어 가르쳤다. 그리고 수명이 한계에 다다랐을 무렵, 삶에 대한 미련이 생겼는지 영원한 생명을 갈구하기 시작했다.

그때부터 밀교의 고승들과 주술사들을 초청해 고대의 전설과 신화를 연구하던 천마는, 임종 직전에 이르러 자기 몸을 옛 파비륜(巴比倫)*의 비법에 따라 지하 무덤에 봉인하라고 유언했다.

막강한 내공과 역천(逆天)의 무공, 고대의 주술과 밀교의 대법을 이용해 새로운 몸으로 부활하기 위해서였다.

그런 천마의 부활을 기다리며 사백 년 동안 명맥을 이어온 곳이 바로 마탑이다.

마탑의 후인들은 대부분 음마와 혈마, 투마의 전인들.

그들은 일부만 전해진 천마불사신공의 폐해를 그대로 안

---

* 옛 파비륜(巴比倫):옛 바빌로니아.

고 살아왔다.

한 달에 한 번 사지가 뒤틀리는 고통과 적과 동료를 구별하지 못하는 착시 현상, 그리고 외공만 기형적으로 발달해 잦은 주화입마에 빠지는 정신적 파탄까지.

모두 그런 고통을 겪으며 사백 년 동안 천마를 기다렸다.

그러나 아무리 기다려도 부활하지 않는 천마.

기다림에 지친 호존승들은 결국 나름의 해결책을 모색했다.

서로 머리를 맞대 옛 파비륜의 비법을 연구함과 동시에 각자의 무공을 합쳐 천마 무공의 폐해를 없애려 한 것이었다.

그러나 천마의 신체적 특성을 몰랐기에, 더하여 천마불사신공의 원류를 아는 사람이 아무도 없었기에 번번이 실패하고 말았다. 그로 인해 이전보다 더한 절망감에 빠져 또다시 기약없는 부활을 기다리고 있는데, 중원에서 누군가가 찾아왔다.

"방금… 대부인이라고 했소?"

묵자후는 자기도 모르게 표정을 굳혔다.

이미 실전된 천마의 비급을 들고 온 사람.

아들과 함께 사막을 건너온 여인을 호존승들은 대부인이라 불렀다고 했다.

'그럼 그녀가 바로 비급을 훔쳐 갔다던 철혈마제의 부인?'

아마 틀림없을 것이다.

비록 광마는 그녀 모자(母子)가 언제 찾아왔는지 정확한 기억을 못하고 있었지만, 천마의 비급을 들고 마탑을 찾아갈 사람이라고는 철혈마제의 부인과 그 아들밖에 없으니.

아무튼, 그녀 모자가 오고 난 뒤부터 호존승들은 어느 정도 심마를 벗어날 수 있었다고 했다. 그러나 완벽하게 고쳐지지 않아 다들 고생이 심했는데, 그 이유를 알아보려고 해도 천마불사신공의 원본을 그녀가 갖고 있어 확인하기가 힘들었다고 했다.

"방금 원본이라고 했소?"

묵자후가 알기로, 당시의 비급은 몇몇 구결이 빠진 불완전한 비급에 불과했다. 그런데 원본이라니……

해답은 간단했다.

"그녀가 원본을 찾아냈습니다."

비급 속에 들어 있던 지도.

그 지도에 천마불사신공의 원본이 숨겨져 있는 장소가 표시되어 있다고 했다.

"그런데 왜 문제를 해결하지 못했다는 거요?"

그 질문에 대한 답이 바로 천마가 음양인이고 심장이 오른쪽에 위치한 신체적 특성 때문이라고 했다. 그런 사실도 천마불사신공을 연구해 보다가 도저히 안 되어 직접 천마의 시신을 해부해 보고 난 뒤에야 알게 되었다고 했다.

"이해가 안 되는군. 그녀가 천마의 시신을 해부하자고 했단 말이오? 그리고 천마의 부활을 기다려 온 당신들이 그 일에 순순히 협조했단 말이오?"

"그게, 그럴 수밖에 없었던 까닭이……."

밀교의 시신 해부 방식을 이용해 뇌와 심장은 건드리지 않고 가슴과 배만 열었단다. 그러니 부활에는 아무 지장이 없고, 또 옛 기록에 의하면 천마가 다른 사람으로 환생할 수도 있다고 했단다.

"어이가 없군. 그 말을 믿었더란 말이오?"

광마는 태연히 고개를 끄덕였다.

"그 증거로 제 앞에 천마께서 강림해 계시지 않습니까."

너무나도 순진한, 그러면서 더없이 진지한 광마의 대답에 묵자후는 잠시 할 말을 잃고 말았다.

"그런데 문제는……."

묵자후가 어이없어하는 동안에도 광마의 이야기는 계속 이어지고 있었다.

대부인 금소선자 양화연의 재촉에 따라 천마의 유해를 해부한 호존승들. 그들은 모두 죽을 고생을 치러야만 했다.

천마의 무덤.

거기에 죽음의 결계가 펼쳐져 있었기 때문이다.

또한 관 안에도 무시무시한 독이 숨겨져 있어 호존승들 대부분이 결계에 휘말리거나 정체를 알 수 없는 독에 중독되어 목숨을 잃어갔다.

그렇게 막대한 희생을 치르며 시신을 해부해 보니 천마는 음양인이었고, 심장이 오른쪽에 위치해 있다는 사실을 알게 되었다고 했다.

"…그래서 다들 실망이 컸습니다. 특히 대부인은 비명을 지르며 미친 듯이 날뛰었죠. 왜 그런가 했더니, 대공자가 이미 고자가 되어버렸기 때문입니다."

"대공자가 고자가 되어버렸다니?"

"큭큭. 욕심이 지나쳐 화가 된 경우죠. 우리처럼 한 가지 무공을 차근차근 배웠으면 괜찮은데 무리하게 천마불사신공 전체를 익히려다 그만 생식기가 퇴화되어 버리고 말았답니다. 그래서 천마님의 관을 열어보면 무슨 해결책이 있으리라 생각한 모양인데, 크크크, 애초부터 음양인이셨으니 되살릴 방법이 없었던 겁니다."

천마불사신공을 익히다가 졸지에 고자가 되어버린 사내. 그들끼리는 대공자라 부르는 철혈마제의 아들을 떠올리며 괴이하게 웃던 광마는 갑자기 정색을 하며 말했다.

"그날 이후부터 대부인이 점점 표독하게 변해갔습니다. 툭하면 소리를 지르고 사소한 일에도 성질을 부려댔죠. 그러다가 나중에는 외부 사람들을 끌어들여 이상한 실험을 하더니 급기야는 마탑을 다른 곳으로 옮기자고 이야기하더군요."

"마탑을 다른 곳으로 옮기다니?"

"그게… 천마님의 무덤을 여는 과정에서 진법이 발동하고 독이 흘러나와 탑 전체가 엉망이 되어버렸기 때문이랍니다. 하지만 문제는 마탑이 아니라 외부에서 온 놈들과 그들이 하던 이상한 실험이었죠."

옛 기억을 떠올리는지 잠시 인상을 찌푸리던 광마.

갑자기 시선을 돌려 묵자후 허벅지를 베고 곤히 잠들어 있는 흑오를 바라보더니 긴 한숨을 내쉬었다.

"저 아이… 우리 누나의 영혼이 깃든 저 아이가 바로 그 실험의 희생자였죠. 제가 깜빡깜빡 잘 잊어버리지만 그 실험에 대해서만은 확실하게 기억하고 있거든요."

그때부터 깜짝 놀랄 이야기가 흘러나왔다.

묵자후로서는 도저히 상상이 되지 않는 이야기.

흑오의 과거에 대한 비사가 광마의 입을 통해 흘러나왔다.

"그 실험은 매우 잔인하고 사악했습니다. 태어난 지 두 돌이 안 되는 여자아이들을 납치해 그들의 기억을 지우고 각종 영약과 대법으로 그들의 자궁을 키웠습니다. 그리고 온갖 독물을 그 안에 집어넣고……."

"맙소사!"

천인공노할 이야기였다.

천마불사신공을 익히다가 생식기가 퇴화되어 버린 대공자.

그를 정상으로 회복시키기 위해 금소선자 양화연은 밀교

의 이단자들과 중원의 술법자들을 끌어들였다.

그들에게 납치해 온 여자아이들을 넘겨준 대부인은 서로 비법을 공유하게 해 천마유혼합일대법을 만들도록 유도했다.

이후, 음양멸혼수정관을 제작하고 대전륜원정흡음대법을 만들어 자기 아들이 여자아이들의 몸속에 녹아 있는 원정(元精)을 흡취해 잃어버린 성징(性徵)을 회복함과 동시에 천마불사신공을 대성할 수 있도록 계획했다.

그러나 마지막 순간, 한 사람이 끼어들어 모든 계획이 물거품이 되고 말았다.

"정말 대단한 노파였습니다. 나부파의 마지막 장문인이라고 들었는데, 자파의 비급을 훔친 반도(叛徒)들을 쫓아 마탑까지 찾아왔다더군요."

흑오가 엄마처럼 따르던 나부태태.

그녀가 끼어드는 바람에 음양멸혼수정관 대부분이 파괴되고 흑오가 실험체 신세에서 벗어날 수 있었다고 이야기했다.

"그 일로 대부인이 크게 앓아누웠고 마탑 전체에 비상이 걸렸습니다. 그만큼 엄청난 사건이었죠."

그 말과 함께 물끄러미 흑오를 바라보던 광마는 씨익 웃으며 엄지를 치켜들었다.

"천마님도 아시겠지만, 우리 누나는 매우 특별합니다. 그 당시 많은 아이들이 다섯 살을 넘기지 못하고 목내이(木乃伊:미이라)처럼 죽어갔지만 누나는 열 살 넘게까지 살아남았습니다. 그래서 다른 아이들처럼 강시 상태가 아닌 반사(半死) 상태로 음양멸혼수정관에 안치되었죠."

"강시가 아닌 반사 상태로 안치되어 있었다고?"

"그렇습니다. 원래는 영약과 독이 내뿜는 기운을 이기지 못하고 말라죽어야 정상인데, 죽지도 않고 살지도 않은 상태로 잠들어 있었답니다. 그래서 사악도인이 신기하게 여겨 더 많은 실험을 했다더군요. 그 결과, 남들과 다른 특별한 능력을 가지게 됐다던데, 뭐라더라? 전신 세맥에 무한한 잠력이 스며들고 상단전이 특이하게 발달해 이때까지 쏟아부은 힘을 자기 의지대로 발현할 수 있다고 했던가? 아무튼 사람도 아니고 귀신도 아닌 상태로 모든 실험을 받아냈기에 대부인의 기대가 엄청났습니다. 사악도인이 행한 실험, 그건 인간의 몸으로는 절대 견딜 수 없는 실험이었거든요. 그래서 누나를 살아 있는 영약으로 여겨, 대공자가 누나의 원정을 취하면 잃어버린 성징은 물론이고 단숨에 적막경을 뛰어넘는 천마불사지체를 이룰 수 있을 것이라고 기대했죠. 그런데 그 계획이 몽땅 물거품이 되어버렸으니, 크크크."

광마는 신이 나서 떠들어댔으나 묵자후는 속으로 치를 떨었다.

이 작고 가녀린 아이에게 그런 끔찍한 만행을 저지르다니.

만약 눈앞에 대부인이나 사악도인이 있었다면 단번에 쳐

죽이고 말았으리라. 아니, 뼈를 부수고 힘줄을 뽑고 신경을 토막토막 끊어 죽지도 살지도 못하게 만들었으리라.

"큼, 큼."

활활 타오르는 묵자후의 눈빛을 본 때문일까?

광마는 헛기침을 토하며 은근슬쩍 말머리를 돌렸다.

"아까 제가 천마님께 우리 누나를 취해야 한다고 말씀드렸죠? 사악도인이 행한 그 실험 때문입니다. 천마불사지체의 완성! 그게 바로 천마유혼합일대법의 최종 목표였죠."

그러면서 광마는 음양멸혼수정관과 대전륜원정흡음대법, 그리고 천마불사지체에 대한 설명을 덧붙였다.

지금은 잊혀져 버린 고대의 전설.

아득한 상고시대의 비법에 따라 관을 만들면 천 년이 흘러도 시신이 부패하지 않는다고 했다.

그 관을 음양멸혼수정관이라 부르는데, 그 안에 특수한 약물을 넣고 시신을 보관하면 시신의 혼(魂)은 하늘로 올라가지만 백(魄)은 몸 안에 머물러 기이한 영성(靈性)을 띤다고 했다.

그 상태의 시신을 불사탈혼마령인(不死奪魂魔靈人)이라 부르는데, 그 시신을 상대로 대전륜원정흡음대법을 펼치면 시신의 몸속에 녹아 있는 영약의 기운은 물론이고 그 시신이 획득한 영성까지 취할 수 있어 불로불사에 버금가는 신체로 탈바꿈할 수 있다는 이야기였다.

그러면서 덧붙이는 말이, 처음에 호존승들이 그 실험을 막지 않고 방관한 이유는 천마의 환생을 도모하기 위한 술법의 하나라고 이야기했기 때문이란다. 또한 대부인 자체가 비급을 가져온 공로로 어느 정도 천마의 후인임을 인정받고 있었기에 명을 거부하기가 힘들었단다.

그러나 그의 아들은 아직 천마의 후인임을 인정받지 못했기에 천마유혼합일대법을 행할 자격이 없다고 투덜댔다.

"물론 저 혼자만의 생각일 수도 있지만 모두 동의할 겁니다. 왜냐하면……."

천마의 후인, 혹은 천마의 화신으로 인정받기 위해서는 천마불사신공을 오성 넘게 익혀야 한다고 했다. 그게 사백 년 동안 전해진 마탑의 묵계인데, 그 징후가 바로 묵자후가 발현한 아수라 형상의 강기라고 했다.

비록 묵자후는 천마불사신공을 정식으로 익힌 적이 없었지만, 지존령에 새겨진 무공이 곧 천마불사신공을 근원으로 한 무공이었기에 무의식적으로 펼친 호신강기가 아수라 형상을 이루게 된 것이다. 하니 광마가 보기엔 묵자후가 바로 사백 년 동안 기다려 온 천마의 화신이 틀림없다고 판단한 것이다.

"그러니 누나를 취할 수 있는 사람은 천마님뿐입니다. 왜냐하면 대공자는 물론이고 대부인도 그런 강기를 만들어내지 못했거든요. 또한 불사탈혼마령인이 대부인의 명에 의해 만들어졌다지만 엄연히 마탑 안에 존재하는 각종 기물과 영약을 이용해서 만든 것. 따라서 그 소유권은 오로지 마탑의 주인이신 천마님에게 있습니다. 그러니……."

한참 열을 올리며 이야기하던 광마는 뭔가 분위기가 어색한 것을 느끼고 슬쩍 묵자후의 표정을 살폈다. 왠지 묵자후가 귀담아듣고 있지 않은 것 같아서였다.

사실이었다.

묵자후는 천마불사지체가 어떠니 마탑의 주인이 어떠니 하는 이야기에는 하등의 관심도 갖지 않았다.

지금 묵자후의 관심사는 오직 하나.

"대부인이라는 그 여자, 지금 어디에 있소?"

묵자후의 입에서 으르렁거리는 목소리가 흘러나왔다.

"어이쿠! 아직 금제 이야기가 남았는데요?"

광마는 당황한 듯 이마를 벅벅 긁어댔다. 그러나 묵자후의 눈빛이 심상치 않은 듯하자 허겁지겁 대부인의 행적에 대해 이야기했다. 그리고 이야기 말미에 마탑의 금제에 대한 부탁도 슬며시 끼워 넣었다.

"…그러니까 대부인은 대부인이고, 제가 말씀드리고 싶은 건 저희도 이제 가정을 가질 때가 됐다는 겁니다. 음양인이신 천마님 때문에 줄곧 팔자에도 없는 중노릇을 했으니 부디 아량을 베푸셔서……."

하소연하듯 늘어놓는 광마의 부탁.

호존승이 되면 장가를 갈 수 없다는 게 광마가 가장 힘들어

하는 마탑의 금제였다.

                    *   *   *

"캬앗! 후아! 꽁공! 꽁공!"

상념에 잠겨 있는 묵자후의 귀에 짤랑짤랑한 목소리가 들려왔다.

"음?"

퍼뜩 정신을 차리니 눈앞에서 흑오가 천년오공을 흔들어 보이고 있다.

"이런 녀석!"

보아하니 칭찬을 받고 싶어 장난을 치는 모양이다.

"그래, 잘했다. 그런데 공공(蚣蚣)이 뭐냐? 앞으로 그 녀석을 공공이라고 부르겠다는 뜻이냐?"

묵자후가 웃으며 묻자 흑오가 밝은 표정으로 고개를 끄덕인다.

"웅. 꽁공. 꽁공."

"그래, 알았다. 너 좋을 대로 부르렴. 대신, 날 부를 때는 후아라고 하지 말고 지존이라고 불러라."

"움……. 이온, 이옹……. 치잇! 후아."

"이런! 지존이라는 말이 그렇게도 발음하기 어렵냐?"

"웅. 후아. 끔후. 꽁공."

자기 편한 발음을 늘어놓으며 혀를 쏙 내미는 흑오.

묵자후는 헛웃음을 지을 수밖에 없었다.

'훗. 그래도 이게 어디냐?'

예전에는 크르르 하는 이상한 쇳소리밖에 내지 못했는데 그에 비하면 장족의 발전이 아닌가.

"아무튼 너, 오늘따라 기분이 많이 좋아진 것 같다?"

그러면서 머리를 쓰다듬자 '캇!' 소리를 내며 인상을 쓴다. 하지만 예전처럼 강한 거부의 몸짓이 아니고 금방 배시시 웃어버리기에 오히려 귀엽게 느껴졌다.

"그래, 그렇게 웃으니까 아주 예쁘구나. 앞으로는 좀 더 자주 웃도록 하렴. 알았지?"

그러면서 다시 한 번 흑오를 쓰다듬어 준 묵자후는 속으로 이를 악물었다.

'이런 순진한 녀석을 실험의 도구로 삼았단 말이지?'

생각할수록 분노가 치솟았다.

마음 같아서는 지금 당장 대부인과 사악도인을 붙잡아 주리를 틀고 싶었지만 그렇게 하기엔 둘 다 너무 먼 곳에 있다.

이십만 군사가 물샐틈없이 호위하고 있다는 구중궁궐.

그 안에 틀어박혀 지시만 내리고 있다고 했다.

'아들을 환관 자리에 앉혀놓고 황태후(皇太后)와 말벗처럼 지낸다고 했더냐? 그래, 당분간 그 안에서 호의호식하고 있거라. 곧 피눈물을 흘리게 해줄 테니.'

속으로 이를 간 묵자후는 고개를 돌려 등 뒤에 있는 희사를 향해 물었다.

"아까부터 어르신들이 안 보이던데 어디 계시오?"

"예, 어르신들께서는……."

희사가 대답하려는 순간, 흑오가 냉큼 끼어들었다.

"캬앗. 애들. 애들!"

"…애들이라니?"

"칼쳐! 칼쳐!!"

"칼쳐? 애들을 칼친다니? 그게 무슨 소리냐?"

묵자후가 의아한 표정으로 묻자 옆에 있던 희사가 웃음을 참으며 대신 대답했다.

"쿡쿡. 애들을 가르치신다고 나가셨습니다."

"애들을 가르쳐? 아! 하긴 그분들께는 모두 애들로 보이시겠지."

그제야 말귀를 알아들은 묵자후가 웃으며 고개를 끄덕였다. 하지만 흑오는 자존심 상한 표정으로 희사를 노려봤다.

'크르르…….'

왠지 갈수록 희사가 마음에 안 드는 흑오였다.

제54장

시비

魔道
天下

휘우웅!

찬바람 부는 언덕.

사방에 바람 막을 곳 하나 없는 황량한 공간에 한 무리의 마인들이 모여 있다.

그중 일부는 이마에 땀을 뻘뻘 흘리며 쪼그려 뛰기를 하고 있고, 다른 일부는 바닥에 이마를 박은 채 한쪽 다리를 높이 치켜들고 있다.

나머지 사람들은 모두 부동자세로 누군가를 바라보고 있었는데, 그들 앞에 두 사람이 서 있었다. 아니, 한 사람은 앉아 있고 다른 한 사람은 우뚝 서 있었다.

흡사 장수가 병사들을 사열하듯 거만한 표정으로 좌우를 쓸어보고 있는 두 사람, 무풍수라와 흡혈시마였다.

그들은 부동자세로 서 있는 마인들을 보며 음흉한 미소를 짓다가 갑자기 한 사람씩 불러내 말장난을 걸거나 특정한 자세를 취해보라고 명했다. 그때마다 마인들의 표정이 괴이하게 변해갔다.

어떤 사람은 급살을 맞은 듯 사지를 부르르 떨었고, 어떤 사람은 자진해서 쪼그려 뛰기를 시작했다. 또 어떤 사람은 엉거주춤한 자세를 취하다가 모래바닥을 나뒹굴거나 땅바닥에 이마를 박고 구령에 맞춰 앞뒤로 움직이기 시작했다.

보아하니 대련을 벌이는 것도 아니고 장난을 치는 것도 아니다.

대체 두 사람은 무슨 짓을 벌이고 있는 것일까.

답은 간단했다. 마인들의 군기를 잡고 있는 중이었다.

그런데 그 방식이 매우 유치했다.

가뜩이나 추운 날씨에 수하들을 일렬로 세워놓고 불문곡직, 시비를 건다.

"크크크, 귀여운 녀석들. 너, 이리 나와봐."

먼저 아무나 눈에 띄는 대로 한 사람을 불러내어 그의 별호를 물어본다.

"옛! 철갑신(鐵鉀身)이라고 합니다."

상대가 대답하면 그때부터 면박을 주기 시작한다.

"호! 너 따위가 철갑신이라고? 어디 몸에 힘 좀 주고 있어 봐. 정말 철갑인지 한번 시험해 보게."

"헉! 호, 호법님……?"

상대가 사색이 되어 몸을 움츠리지만 농담이 아니다. 곧바로 공격을 가해 버린다.

퍼펑!

"꾸웨액!"

당연히 상대는 피를 토하며 나자빠지고,

"다음! 넌 별호가 뭐야?"

질문은 바로 옆 사람에게 넘어간다.

"옛! 저는 독사검(毒蛇劍)이라고……."

"독사검? 놀고 있군. 어디, 독사처럼 나 한번 찔러봐."

"예에?"

"짜식, 놀라기는. 어서 손을 쓰라고. 안 그러면 내가 공격한다?"

"헉! 그, 그럼 무례를!"

쉭!

퍼퍽!

"어이쿠!"

"쯧쯧, 그런 실력으로 개구리나 잡을 수 있겠냐? 차라리 토룡검(土龍劍)이라고 별호를 바꿔!"

"토, 토룡검? 끙! 알겠습니다."

"좋아, 다음?"

"옛! 저는 대력귀(大力鬼)라고……."

"대력귀? 너, 힘세냐?"

"저어, 그게……."

퍽!

"어이쿠!"

"자신없으면 함부로 그런 별호 쓰지 마. 알았어?"

"조, 존명!"

이렇게 엉거주춤한 자세를 취하다가 몇 대 얻어맞는 사람들은 그나마 나은 편에 속했다.

"뭐? 네가 응조수(鷹爪手)라고? 푸하하! 죽은 응조귀가 지하에서 웃겠군. 그 수수깡 같은 손목, 부숴 버리기 전에 가서 철사장(鐵砂掌)부터 다시 연마해. 알았어?"

"아, 알겠습니다."

"음? 네 별호는 소면살(笑面殺)이라고? 큭큭. 미치겠군. 이봐, 넌 네 얼굴이 정말 웃기는 얼굴이라고 생각하냐? 아침부터 시답잖은 소리 하지 말고 저 구석으로 가서 거울이나 쳐다봐!"

"존명!"

"뭐? 넌 아예 노면사(怒面死)라고? 이거, 오랜만에 강호에 나왔더니 애들이 완전 쌍으로 놀고 있군. 안 되겠다. 너희 두 놈, 내 눈에 안 띄게 저 뒤로 가서 거울에 얼굴 처박고 있어.

실시!"

이런 식으로 실력도 보지 않고 외모로 자존심을 짓뭉개 버리는가 하면,

"뭐라고? 네놈은 또 생사판(生死判)이라고? 하하, 이거 참. 돌아버리겠군. 이놈의 강호에는 뭔 생사판이 이렇게도 많아?"

"저어, 그건 제가 붙인 별호가 아니라……."

"닥치고! 내가 우리 어머니 이름을 걸고 맹세하는데, 강호에서 생사판이라 불린 놈치고 오래 산 놈 못 봤다. 그리고 네놈이 생사판이면 난 염라대왕이다, 이놈아!"

"아이고, 제가 붙인 별호가 아니라니까요."

"이 자식이 어른 말씀하시는데 자꾸 끼어들고 있어? 오냐. 내가 인심 한번 쓰지. 네놈이 그 도끼로 내 목을 단숨에 벨 수 있으면 그 별호를 계속 써도 좋아. 하지만 그럴 자신 없으면 저 구석으로 가서 쪼그려 뛰기나 하고 있어!"

"크흑! 그게 아닌데……."

이런 식으로 수하의 해명도 듣지 않고 우격다짐으로 윽박지르는가 하면,

"오호라! 네놈은 한술 더 떠서 금마왕(金魔王)이라 불린단 말이지? 나도 감히 왕이란 별호를 못 다는데 네놈이 벌써부터 왕이라고? 아이고, 전하. 존안을 뵙게 되어 삼생의 영광입니다."

"어이쿠, 호법님. 왜, 왜 이러십니까? 그냥 예전처럼 금마귀라고 불러주십시오."

"금마귀? 정말 그렇게 불러도 괜찮겠어?"

당연히 안 괜찮다.

그러나 어쩌겠는가?

"예, 정말 괜찮습니다."

하지만 그 정도로 넘어갈 두 사람이 아니다.

"에이, 그럴 순 없지. 힘들게 왕이란 별호를 달았는데 어떻게 '귀' 자를 붙이라고 해? 그냥 왕으로 모셔주자구. 말 나온 김에 우리, 오체투지라도 해 보일까?"

"흐흐. 그럴까요, 형님?"

이쯤 되면 상대는 혼비백산하고 만다.

"어이쿠, 호법님들! 제가 잘못했습니다. 정말 잘못했으니 제발 오체투지만은……. 아니, 차라리 제가 머리를 박겠습니다. 제가 머리를 박겠으니 이번 한 번만 용서해 주십시오."

이런 식으로 수하들로 하여금 진저리를 치며 자진하여 머리를 박게 만들기도 했다.

하지만 이 정도는 약과에 불과했다.

뱀을 본 개구리처럼 버쩍 얼어 있는 마인들.

그들 중 몇 명은 아예 초주검이 되어 비몽사몽 헤매고 있거나 사지가 부러진 채 엉금엉금 바닥을 기고 있었다.

특히 환영문의 문주 능풍염라 육구달은 양 무릎이 꺾이고 콧등이 주저앉은 상태로 무풍수라를 향해 손이 발이 되도록 빌고 있었다.

"아이고, 사부님. 잘못했습니다. 제자가 정말 죽을죄를 지었으니 이번 한 번만 용서해 주십시오. 흑흑흑."

그랬다.

환영문의 문주는 무풍수라의 제자였다.

그런데 근 이십 년 만에 만난 사부와 제자의 해후가 왜 이렇게 살풍경할까?

이유는 간단했다.

육구달이 스스로의 별호를 능풍염라라고 지었기 때문이다.

능풍염라, 즉 무풍수라의 '무풍'을 넘어선 '능풍'에다 '수라'를 넘어선 '염라'라고 지었기 때문이다. 거기다 사문의 이름도 유령곡에서 환영문이라고 자기 마음대로 바꿨기에 머리 뚜껑이 확 열려 버린 것이다.

"너 이 새끼, 좋아. 다 좋아. 그렇게 간덩이 부은 짓을 했으면 무공이라도 뛰어나든지, 반병신이 된 나 하나도 못 당하는 주제에 능풍? 염라? 에라, 이 빌어 처먹을 놈아! 너 같은 놈을 기재라고 믿고 무공을 가르친 내가 바보였지. 죽어라! 아예 이 자리에서 죽어버려!"

"아이고, 사부님. 그래도 수하들은 잘 키워놨습니다. 사부님이 계실 때보다 더 잘 키워놨으니 제발 고정하시고, 어이쿠! 남들이 보고 있다니까요. 이제 그만 좀 때리세요. 흑흑 흑!"

그렇게 손이 발이 되도록 비는 능풍염라 육구달.

그 옆에서 또 한 사람이 매타작을 당하고 있었다.

"아이고, 백부님. 저는 그저 백부님을 존경한다는 뜻에 서……"

"존경? 야 이 새끼야, 존경할 게 없어서 피 빨아먹는 걸 존경하냐? 그리고, 흡혈마동이라니? 우리 가문이 언제부터 흡혈귀 가문이 됐냐? 이 자식 이거, 완전 집안 말아먹을 놈 아냐?"

그렇게 노발대발, 눈을 부라리며 조카인 무음흡혈 사공극을 두들겨 패는 흡혈시마였다.

그리고 또 한 사람.

광풍문의 문주인 쌍창 한극 역시 비슷한 신세가 되고 말았다.

아니, 그는 오히려 무풍수라와 흡혈시마 두 사람 모두에게 매타작을 당했기에 더 처참한 신세가 되고 말았다.

"너 이 자식! 네 아비가 어떻게 죽어갔는데 고작 이런 실력으로 목에 힘주고 있어?"

"옳은 말이오. 그가 죽기 직전에 해치운 정파 놈 숫자가 이백 명이었지. 그런데 그 아들이란 작자가 수수깡도 제대로 못 휘두르는 실력으로 문주 자리를 꿰차고 있어? 대가리 박아!"

두 사람에게 흠씬 두들겨 맞고 모래바닥에 이마까지 박아야 하는 사람. 그는 다름 아닌 광풍창 한비의 아들이었다.

하지만 가끔 가뭄에 콩 나듯 칭찬받는 사람도 있었다.

"오! 네놈이 냉면사신의 아들이라고? 좋아, 좋아! 그놈은 실력에 비해 마음이 여려서 탈이었는데 네놈을 보니 딱 마음에 든다. 아주 독하게 생겼어!"

그러면서 자신들에게 짐이 되지 않기 위해 먼저 죽음을 선택한 냉면사신 담극을 추억하며 그 아들 귀곡탑의 탑주 철면사신 담도의 어깨에 가슴을 부딪치는 흡혈시마였다.

또한 묵자후와 혈영노조를 구하기 위해 검웅 이시백을 암습하다가 죽어간 귀검 손포를 떠올리며 그의 아들 밀막의 막주 혈검 손계묵의 어깨를 두드려 주는 무풍수라였다.

이들 외에도 몇몇 마인들이 칭찬을 받았지만 그 숫자는 열 명을 넘지 못했다.

하지만 어느 누구도 불만을 표시하지 못했다.

다들 무풍수라와 흡혈시마의 전신에서 흘러나오는 압도적인 기세에 질려 처분만 기다리고 있었다.

"에잉, 한심한 놈들."

멀리서 그 모습을 지켜보며 혀를 차는 사람이 있었다.

선풍도골의 풍모에 인자함이 줄줄 흘러나오는 얼굴. 그러나 실제로는 어느 누구보다 더 잔혹한 심성을 가진 사람, 음풍마제였다.

"어떻게 된 놈들이 독기가 없어. 한창 땐 윗사람이고 뭐고 수틀리면 바로 들이박아 버리는 패기가 있어야 하는데. 쯧쯧."

고양이 앞의 쥐처럼 얼어붙어 있는 마인들을 보며 못마땅한 표정을 짓던 음풍마제. 이내 시선을 돌려 무풍수라와 흡혈시마를 쏘아본다.

"저놈들도 한심하기는 마찬가지야. 애들 좀 쓸 만하게 다듬어놓으랬더니 저게 뭐 하는 짓이야? 애들 잡는 것도 아니고, 그렇다고 정신을 번쩍 들게 만들어주는 것도 아니고, 쯧쯧쯧."

그렇게 투덜거리고 있었지만 딱히 말릴 생각은 없어 보였다.

"어차피 한 번쯤은 저런 푸닥거리가 필요하지."

그동안 위아래 없이 흩어져 지내던 마인들이다. 그러니 이번 기회를 통해 위계질서를 확실히 잡아놓을 필요가 있다. 또한 저렇게 자존심을 짓밟아놔야 은연중에 독기를 품게 된다.

'자신감없는 무인은 무인이 아니듯, 독기없는 마인은 마인이 아니지.'

음풍마제가 이렇게 생각하는 이유는 마인들의 전투 방식 때문이다.

여태 그래 왔듯이 정사대전이 벌어지면 고수들이 선두에 서게 될 것이다.

이때 고수들은 일일이 적을 처치하지 않고 어느 정도 무력화시키는 선에서 끝내고 만다. 왜냐하면 한두 사람을 상대로 생사결을 벌이는 것보다 적진을 돌파하여 대열을 흩뜨려 놓는 게 더 중요하기 때문이다.

그래서 앞만 보고 달리는데, 이때 뒤를 받쳐 줄 사람이 필요하다.

이미 적진을 뚫고 나왔다고 생각하며 달리는데 등 뒤에서 눈먼 칼이 날아오면 손발이 묶여 버리기 때문이다.

사실 말이 쉬워 앞만 보고 달리는 것이지, 개인 기량이나 집단 전술 쪽은 정파 쪽이 훨씬 뛰어나지 않은가. 그러니 최단 시간에 적진을 돌파하지 못하면 눈 깜짝할 사이에 포위되어 버리고 만다.

그런 위험을 방지하기 위해 필요한 것이 바로 수하들의 과감한 손속이다.

좌우에서 튕겨져 나오는 적들의 목을 단숨에 끊어줄 수 있는 냉혹무비한 손길이 필요하다는 말이다.

혹자는 이미 고수들의 기세에 질려 반쯤 넋이 나간 적이 뭐가 두렵냐고 반문할지 모르겠지만, 의외로 궁지에 몰린 쥐가 고양이를 무는 법이다. 따라서 뒤를 받쳐 주는 이들이 촌각의 망설임도 없이 적의 숨통을 끊어줘야 더 이상 염려할 필요가 없어진다. 뒤를 신경 쓰지 않고 앞만 보고 달리면 되니 정파가 자랑하는 나한진이고 칠성진이고 아무짝에도 소용이 없게 되는 것이다.

하지만 피아를 구분할 수 없는 혼전 상황에서 상대의 목숨을 정확하게 끊는다는 게 어디 쉬운 일인가?

고도의 침착성과 얼음장 같은 냉정함, 거기다 야수 같은 본능을 갖추지 않는 이상 절대 불가능한 일이다.

'그걸 가능하게 해주는 게 바로 근성과 독기지. 내 팔다리가 잘려 나가도 상대의 숨통만은 반드시 끊어놓고야 말겠다는 각오와 다짐! 그런 마음가짐이 되어 있어야 눈 하나 깜짝하지 않고 상대를 벨 수 있지.'

음풍마제의 눈길이 다소 아련해졌다.

한때는 그런 이들이 옆에 있었다는 사실을 떠올린 것이다.

철마성이 자랑하던 최고의 전투 집단 파천혈룡단!

'그들이야말로 진정한 전사였고 죽음을 두려워하지 않는 최고의 투사들이었지.'

파천혈룡단을 떠올리다 보니 자연스럽게 파천혈룡단의 단주였던 생사도 묵잠의 얼굴이 떠올랐다.

'지독하게 무뚝뚝하고 고집스럽던 놈. 마지막 순간까지도 고집을 부리다가 내 가슴에 못을 박고 가버렸지.'

혈영노조가 자기 몸을 희생하면서 밀어낸 거대한 불길.

그 불길이 다시 밀려왔을 때 생사도 묵잠이 그 앞을 막아섰다.

"바보 같으니! 자살 행위야! 당장 물러서!"

부지불식간에도 음풍마제는 목이 터져라 소리쳤다.

그 소리를 들었는지 생사도 묵잠이 고개를 돌렸다.

아! 그때 그 눈빛이라니……

여태 감정 표현을 못하던 그가 눈물을 흘리고 있었다.

이미 아들이 죽었다고 생각한 때문일까, 아니면 혈영노조의 죽음에 충격을 받아서일까.

그 역시 죽음을 각오하고 있는 것 같았다.

"안 돼! 아직은 아냐!"

아마 그렇게 소리쳤던 것 같다.

하지만 그는 물러서지 않았다.

두 발로 우뚝 버티고 서서 밀려오는 불길을 향해 도를 내리그었다.

바로 그 순간,

꽈르르르르릉!

엄청난 굉음과 함께 사방이 암흑천지로 변해 버렸다.

'그는 어찌 됐을까……?'

경천동지할 폭발의 순간, 천장이 무너져 내린 게 먼저였는지 그의 몸이 불길에 휩싸인 게 먼저였는지 확실하게 기억나지 않았다. 엄청난 폭음과 함께 천지가 암흑으로 변하며 지면이 산산이 터져 나가고 사방에서 해일이 밀려와 정신이 하나도 없었기 때문이다.

'아마 천장이 먼저 무너져 내렸더라도 살아남긴 힘들었을 거야.'

그만큼 무시무시한 폭발이었다.

'하지만……'

결론이 그에 이르자 가슴 한구석이 저릿하게 아파왔다.

'차라리 죽었다고 이야기할걸.'

묵자후에겐 아직 살아 있을지 모른다고 이야기했다. 안 그러면 너무 슬퍼할 것 같아서였다.

'내가 괜한 희망을 안겨준 것일까?'

음풍마제 역시 묵잠이 살아 있었으면 좋겠다는 생각이 간절했다.

한때 얼굴 마주치는 것조차 싫어했지만 묵자후에게 무공을 가르쳐 주면서 그에 대한 선입관마저 바뀌었다.

'그놈이 살아 있었다면 저 한심한 놈들에게 다시 마도의 혼을 불어넣어 줄 수 있을 텐데……'

비록 그의 무뚝뚝함을, 그의 고집스러움을 못마땅해하던 음풍마제였으나 그의 패기와 집념, 투혼을 사르는 지휘력만

큼은 십분 인정하고 있었다. 그만큼 생사도 묵잠은 전사의 표상(表象)이라 할 수 있는 사내였다.

'그건 그렇고, 저놈은 왜 자꾸 우릴 훔쳐보는 거야?'

음풍마제의 시선이 얼핏 뒤쪽으로 향했다.

저 모래언덕 너머 반쯤 허물어진 성가퀴 쪽.

그 탑 언저리에 반질거리는 이마와 태양빛을 반사하는 거대한 도끼가 보였다.

광마였다.

음풍마제와 시선이 마주치자 화들짝 고개를 숙여 버리는 광마. 하지만 이내 고개를 들어 슬그머니 수하들 쪽을 바라본다.

반짝이는 그의 눈빛엔 왠지 모를 호기심이 어려 있었다.

'설마, 저 녀석들을 부러워하고 있는 건가?'

하지만 그럴 리야 있겠나 싶어 고개를 돌리는데 갑자기 일진광풍이 불어왔다. 광마가 다가온 것이었다.

"무슨 일인가?"

음풍마제가 눈살을 찌푸리며 묻자 쭈뼛쭈뼛 머리를 긁던 광마는 갑자기 뚱딴지같은 말을 내뱉었다.

"나도… 나도 저기 끼고 싶어."

"저기 끼고 싶다니?"

"나도 막, 막 저렇게 해보고 싶어."

"저렇게 해보고 싶다니?"

밑도 끝도 없는 말이라 고개를 갸웃거리던 음풍마제는 무풍수라와 흡혈시마 쪽으로 고정되어 있는 광마의 시선을 보고 혹시나 하는 생각이 들었다.

"그러니까, 자네도 저 녀석들처럼 애들에게 기합을 주고 싶다는 말인가?"

"기합? 그런 거 몰라. 아무튼 나도 저렇게 해보고 싶어."

어린애 같은 광마의 대답에 음풍마제는 잠시 그의 얼굴을 살펴봤다. 농담이 아니었다.

정말로 무풍수라와 흡혈시마를 부러워하고 있는 것 같았다.

'허허, 이놈 봐라? 청하지도 않았는데 제 발로 호랑이 굴에 기어들어 와?'

그동안 광마가 은근히 부담스러웠던 음풍마제다. 한데 수하들을 굴리고 있는 무풍수라와 흡혈시마를 보고 부러움을 느끼다니.

'잘됐군! 좋은 기회야!'

음풍마제는 회심의 미소를 지으면서도 단호하게 고개를 가로저었다.

"미안하지만, 저건 아무나 할 수 있는 일이 아니라네."

"아무나 할 수 있는 일이 아니라니?"

예상대로 벌컥 화를 내는 광마.

음풍마제는 근엄한 표정으로 말했다.

"자네 눈으로 보고도 모르겠는가? 저 아이들은 우리 수하라네. 절대 아무에게나 고개 숙이지 않지."

"그, 그럼……?"

"저 아이들을 굴리려면 내 밑으로 들어와야만 하네."

"당신 밑으로? 크크, 말도 안 돼. 당신은 나보다 무공이 약하잖아."

'쿨럭!'

순간적으로 음풍마제의 얼굴이 확 달아올랐다.

'이런 버르장머리없는 놈!'

서로 무공을 겨뤄본 적도 없는데 어찌 이런 식으로 이야기할 수 있단 말인가?

그렇다고 누구 무공이 더 센가를 가지고 입씨름할 수도 없고, 직접 손을 겨뤄보자니 꺼려지는 바도 있고 해서 음풍마제는 은근슬쩍 그를 구슬리기로 했다.

"꼭 무공으로 위아래가 정해지는 건 아니라네. 그러니까, 예를 들어서, 후아가 나를 사부처럼 대하는 걸 봐도 그렇고, 또 자네가 혹오 그 아이에게 꼼짝 못하는 걸 봐도 그렇고……."

그 말이 끝나기가 무섭게 광마가 버럭 고함을 질렀다.

"난 누나에게 꼼짝 못하는 게 아냐!"

"꼼짝 못하는 게 아니면?"

"그게 그러니까……."

광마가 적당한 대답을 찾지 못해 끙끙거리고 있을 때다.

"대형, 뭐 하십니까?"

"어라? 저 뚱땡이는 왜 달고 계십니까?"

무풍수라와 흡혈시마가 다가왔다.

"음? 벌써 다 끝났나?"

"흐흐, 다 끝나긴요. 이제부터 시작이죠. 그런데 뭐 하고 계셨습니까, 저 뚱땡이랑?"

며칠 전 장무욱과 싸울 때의 감정이 남았는지 계속해서 광마에게 시비를 거는 흡혈시마다.

그러나 광마는 자기가 왜 흑오에게 꼼짝 못하는지 그 해답을 찾느라 딴생각에 빠져 있다.

"음, 저 친구랑……."

음풍마제는 고민에 휩싸인 광마를 가리키며 지금까지 나눈 이야기를 해줬다. 그러자 피식 웃으며 해결책을 내놓는 흡혈시마.

"뭐 그런 것 갖고 신경을 쓰고 그러십니까? 그냥 나이순으로 하자고 하면 될 걸."

"음? 나이순으로?"

듣고 보니 간단한 해결책이다.

아무리 정신이 오락가락하는 광마라도 나이순으로 형, 동생 한다는 건 알고 있을 테니.

"크르르, 나이순으로 형, 동생 하자고?"

"그래. 자네 나이가 어떻게 되나?"

"그게…… 나도 몰라."

"쿨럭!"

이래서야 답이 없다.

할 수 없이 다음 기회로 미루자 싶어 뒤로 물러서는데 흡혈시마가 불쑥 끼어든다.

"어이, 돼지. 너 손 좀 내밀어봐."

"손?"

의아해하면서도 순순히 손을 내미는 광마.

"흠……. 잔주름이 별로 없군. 피부도 탱탱한 편이고. 잘해봐야 쉰 살 정도겠다."

"쉰 살?"

"그래. 그러니까 네가 우리 밑이야."

"크르르! 말도 안 되는 소리!"

광마가 발끈하여 소리쳤지만 흡혈시마의 잔머리에는 당할 수 없다.

"왜? 불만이냐? 억울하면 빨리 나이를 먹던가."

"빨리… 나이를 먹어?"

"그래. 우리가 한 살 먹을 때 넌 열 살 먹으면 되잖아."

"오! 그럼?"

"네가 우리 대형이 되는 거지."

"좋아, 그럼 지금 당장 열 살 먹을 테다!"

"마음대로 해. 그래 봐야 예순 살 정도. 하지만 우리는 아흔 살, 일흔두 살, 예순여섯 살이니 여전히 네가 막내야."

"크앗! 말도 안 돼!"

"아, 아, 화내지 말고. 다음에 또 열 살 먹어. 그럼 되잖아."

"……?"

"왜? 애들 굴리고 싶다면서? 애들 굴리기 싫어?"

"그, 그건 아닌데……."

머리를 벅벅 긁으며 갈등하는 광마.

하지만 흡혈시마가 내린 명에 따라 모래밭을 뒹굴고 있는 마인들을 보더니 이내 고개를 끄덕였다.

"좋아, 그럼 애들 굴리고 나서 다시 열 살 먹을 테다!"

"마음대로 해."

"크크, 그럼 기다려. 금방 애들 굴리고 돌아올 테니까!"

"좋을 대로."

그 말을 듣자마자 신나게 달려가는 광마.

"흐흐, 어떻습니까? 간단하죠?"

"그게… 간단한 거냐?"

"그럼요. 녀석이 열 살 먹고 오면 우린 스무 살 먹었다고 하면 되죠. 나이는 저 혼자만 먹나? 크크크."

"끙! 네 녀석에게 뭔가 그럴듯한 방법을 기대한 내가 잘못이지."

한숨을 쉬며 고개를 설레설레 흔드는 음풍마제.

어쨌거나 두 사람 수준(?)이 비슷해서 다행이었다. 안 그러면 광마를 휘어잡기 위해 적잖은 심력을 소모했을 테니.

"그나저나 저놈, 어디로 가는 거냐?"

"그러게요? 뒤늦게 억울한 생각이 들었나?"

세 사람이 어리둥절해하는 이유.

신나게 마인들 쪽으로 달려가던 광마가 갑자기 방향을 틀어 지평선 쪽으로 달려가기 시작한 때문이었다.

"어라? 녀석이 도끼를 치켜드는데요? 어라라? 몸을 날리면서 마구 도끼를 휘두르는데요?"

그 말이 끝나기가 무섭게 지평선 너머에서 시퍼런 강기가 작렬했다.

"설마……?"

"놈들이?"

세 사람은 서로를 보다가 누가 먼저랄 것도 없이 동시에 몸을 날리기 시작했다.

                    *   *   *

"크르르."

흑오는 천년오공과 손장난을 치고 있다가 귀를 쫑긋했다.

멀리서 아스라한 소음이 들려왔기 때문이다.

'이게 무슨 소리지?'

너무 작은 소리라 판단하기가 쉽지 않았다. 그래서 고개를 갸웃거리는데 묵자후가 갑자기 자리에서 일어났다.

"손님이 온 모양이군."

그러면서 도를 챙겨 드는 묵자후.

흑오는 또 한 번 고개를 갸웃했다.

'손님이라면서 왜 화를 내는 거지?'

그때 신품귀수 냉희궁과 흑백무상이 긴장한 표정으로 자리에서 일어났다. 그제야 흑오는 단순한 손님이 아니라는 사실을 눈치챌 수 있었다.

'쳇!'

괜히 바보가 된 것 같아 입술을 삐죽이던 흑오는 살그머니 묵자후 뒤를 따르려 했다. 그런데 희사가 웃으며 고개를 가로저었다.

"아가씨는 따라오지 않아도 돼요."

그 말에 멈칫 묵자후를 바라보자 묵자후가 고개를 끄덕인다.

"그래. 금방 갔다 올 테니 넌 공공이랑 놀고 있으려무나."

그러면서 성큼성큼 밖으로 나가 버린다.

'크르르……'

왠지 기분이 나빠진 흑오.

자기 팔뚝 위에서 꼬물거리고 있는 천년오공을 바라보다가 놈의 꼬리를 잡고 휙 집어 던져 버렸다.

"크르룻(금방 갔다 올 테니 혼자 놀고 있어)!"

그런 표정으로 천년오공을 쏘아본 흑오는 쪼르르 천막 밖으로 달려갔다.

하지만 묵자후는 어느새 사라지고 없고, 저 지평선 너머로 자욱한 먼지구름이 피어오르고 있었다.

흑오는 어찌할까 망설이다가 곧바로 신형을 쏘아 올렸다. 그러자 천막 주위가 들썩이더니 지면이 갈라지고, 곧 백여 명의 추혼사자가 잠에서 깨어 일제히 흑오를 뒤따르기 시작했다.

두두두두!

이히히힝!

멀리서 요란한 말발굽 소리가 들려왔다.

흑오는 자기 키만 한 바위 위에 올라 한 손으로 해 그림자를 만들며 안력을 모아봤다.

저 언덕 너머에서 광마를 비롯한 마인들이 낯선 무리를 에워싸고 있었다.

대부분 말을 탄 상태로 병장기를 휘두르고 있는 이들.

극히 일부는 낙타를 타고 있었는데, 모두 이백 명쯤 되어 보였다.

'누구지? 금방 잡히겠네.'

사방이 포위되어 당황하고 있는 그들.

한눈에 봐도 마적들이라는 걸 알 수 있었지만 흑오는 아직 세상 경험이 짧다 보니 그들의 정체를 파악하지 못하고 있었다.

그런 흑오를 배려해서일까.

누군가가 투덜거리며 다가왔다.

"제기랄! 정파 놈들인 줄 알고 좋아했더니 고작 마적 떼잖아? 한심한 놈들. 차라리 호랑이 수염을 뽑지, 가뜩이나 악에 받쳐 있는 우리 애들은 왜 건드려?"

어이없다는 표정으로 고개를 설레설레 흔드는 사람, 흡혈시마였다.

다른 마인들도 비슷한 표정이었다. 다들 김빠진 얼굴로 구경에만 몰두하고 있었다.

그나마 신이 난 사람은 광마를 비롯한 일부 마인들 뿐.

그런데도 마적들은 우왕좌왕하며 갈피를 못 잡고 있었다.

"그건 그렇고. 어이, 꼬마야. 넌 왜 나와 있냐? 후아는 어디로 가고?"

주위를 둘러보던 흡혈시마가 흑오를 발견하고 말을 건네왔다. 흑오는 대답 대신 사방을 둘러봤다. 묵자후를 찾기 위해서였다. 그러던 어느 순간 흑오의 눈이 환히 빛났다.

태양을 정면으로 받고 있는 언덕.

금빛을 반사하는 모래언덕 위에 우뚝 치솟아 있는 절벽 위에서 묵자후를 발견한 것이다.

'쳇.'

흑오의 표정이 금세 시무룩해졌다.

절벽 위에 나란히 서 있는 사람들. 그 가운데 희사가 묵자후의 옷매무새를 고쳐 주고 있었기 때문이다.

그들 사이로 한줄기 바람이 불어 두 사람의 옷자락을 휘날리자 주위에 있던 사람들이 요란하게 웃으며 박수를 쳐댔다.

'쳇, 저게 뭐가 우습다고……. 시시해. 재미없어, 여긴.'

그림처럼 햇빛을 받으며 나란히 서 있는 두 사람.

그리고 그들을 보며 웃고 있는 이들을 보자 왠지 모를 소외감이 느껴졌다.

마치 묵자후와 떨어져 있는 이 거리만큼 그들 모두와 멀어진 기분이었다. 그래서 까닭 모를 서러움에 눈시울을 붉히는데,

"너, 저놈 좋아하냐?"

갑자기 흡혈시마가 짓궂은 질문을 던져 왔다.

"……!"

흑오는 팩 소리 나게 고개를 돌리며 하얗게 눈을 치떴다.

하지만 그런 반응이 오히려 흡혈시마의 호기심을 자극했다.

"어라? 펄쩍 뛰는 걸 보니 정말인 모양이네?"

"캇! 아냐!"

"어쭈? 아니라는 말도 할 줄 알고? 큭큭. 장난이 아니라 정말 좋아하는 모양이구나? 좋아! 이제 네 녀석 약점을 알았으니 이제부터 넌 내 밥이다. 크흐흐."

"카앗!"

거듭된 흡혈시마의 장난에 발칵 화를 내며 달려드는 흑오.

"흐흐흐, 그렇게 느린 걸음으로는 절대 날 잡을 수 없…… 어이쿠!"

한껏 여유를 부리다가 흑오에게 코를 얻어맞고 만 흡혈시마.

"아이고, 아파라! 요 쥐방울만 한 계집애가 감히 내 코를 걸어차?"

그러면서 흑오를 노려봤지만 곧 표정을 바꿀 수밖에 없었다.

"크르르……."

흑오를 노려보자마자 추혼사자들이 다가와 이글거리는 눈빛으로 살기를 내뿜기 시작했으니.

"끙. 아가야, 많이 화났냐? 난 그저 농담을 한 것뿐인데……. 그러니까 그게… 나이를 먹으면 양기가 입으로 올라가 나도 모르게 헛소리가 나온단다. 그러니까 이제 화 풀려무나. 응?"

그러면서 어색하게 꼬리를 마는 흡혈시마.

흑오는 코대답도 않은 채 싸늘한 눈길로 흡혈시마를 노려봤다.

그때,

"여기서 뭐 하고 있는 게냐, 다른 사람들은 모두 바쁘게 움직이는데?"

근엄한 목소리와 함께 음풍마제가 나타났다. 어느새 마적들을 제압하고 돌아오는 모양이었다.

"아이고, 대형. 어서 오십시오. 벌써 다 끝난 모양이군요?"

음풍마제가 나타나자 흡혈시마는 구세주를 본 듯 활짝 웃었다. 하지만 흑오는 여전히 시선을 그에게 고정하고 있다.

"음? 우리 아기 표정이 왜 저러냐? 저 녀석들은 또 왜 저러고 있고?"

음풍마제가 의아한 표정으로 흑오와 추혼사자들을 가리키자, 흡혈시마는 흑오의 눈치를 살피며 귀엣말로 전후 사정을 이야기했다.

"이런 한심한 녀석! 네가 애냐? 애야? 어디 놀릴 사람이 없어 저 아이를 놀려? 제발 이놈아, 나이를 먹었으면 나잇값 좀 해라."

그러면서 흡혈시마의 뒤통수를 쥐어박은 음풍마제는 온화

한 표정으로 흑오의 어깨를 안아주었다.

"아가야, 저 주책바가지 때문에 화가 많이 났겠구나."

"……"

흑오는 힘없이 고개를 가로저었다.

그런 흑오를 보며 음풍마제는 따뜻한 음성으로 말했다.

"녀석, 화내고 싶을 땐 화내고 울고 싶을 땐 울어도 된단다. 그게 자연스러운 사람의 감정인 게야."

그러면서 어깨를 다독이자 흑오의 눈빛이 차츰 젖어갔다.

"흑흑흑. 와아앙!"

급기야 닭똥 같은 눈물을 흘리며 음풍마제에게 안기는 흑오.

그동안 힘들었던 기억이 한꺼번에 떠오르며 왈칵 서러움이 솟구쳤다.

나는 왜 여기 왔을까?

무엇 때문에 여기까지 와서 이런 서러움을 느끼고 있는 것일까?

그가 보고 싶어서, 그와 함께 있고 싶어서 온 것뿐인데 그는 너무 많은 사람들에게 둘러싸여 있다. 모두 그와 아는 사이고 혼자 외톨이가 된 것 같다.

그런 생각이 흑오의 가슴을 짓누르고 있었다.

누군가에게 이런 고민을 털어놓고 싶었지만 말을 못하니 더더욱 속이 상했다. 그러던 차에 음풍마제가 따뜻하게 안아

주니 봇물처럼 눈물이 흘러나왔다.

"그래, 실컷 울어버리려무나. 네 속이 뻥 뚫릴 때까지 마음껏 울어버리려무나."

음풍마제는 흑오의 어깨를 다독이며 측은한 눈빛을 보냈다.

'불쌍한 녀석. 네 인생이 실로 기구하구나.'

이미 어제 묵자후와 광마가 나눈 이야기를 듣고 흑오의 처지에 대해 어느 누구보다 잘 이해할 수 있게 된 음풍마제였다. 그러다 보니 자기 품에 안겨 울고 있는 흑오를 보고 마음속 깊이 연민의 정을 느끼기 시작했다.

"아가야, 잘 들어라. 지금부터는 내가 네 할아비가 되어주마. 어려운 일, 힘든 일이 있으면 언제든지 내게 말하거라. 저 방정맞은 놈이 놀릴 때도, 저 얍삽한 놈이 괴롭힐 때도 언제든지 내게 말만 하거라. 그러면 내가 저놈들을 반 죽여놓을 테니까. 알겠느냐?"

그 말이 흑오의 마음을 움직였을까.

"킥."

울면서도 웃으며 고개를 끄덕이는 흑오.

"쳇. 우리가 무슨 난봉꾼입니까? 괜히 혼자만 멋진 척하시네."

언제 왔는지 무풍수라가 입술을 삐죽였다.

"제 말이 바로 그 말입니다. 우리가 저 녀석을 처음 만났을 때, 제가 끝까지 반대했으면 저 녀석은 지금 저 뚱땡이 녀석과 함께 주랑남산을 헤매고 있을 겁니다."

흡혈시마도 마찬가지라는 표정으로 투덜댔다.

"쯧쯧, 저 팔랑귀 같은 놈들이 그래도 자존심은 있다고 떠들어대는구나. 아가야, 저놈들 말은 신경 쓰지 말고 우리끼리 이야기나 나눠볼까?"

그러면서 한적한 곳으로 흑오를 데려가더니 마치 할아버지가 손녀딸에게 옛이야기를 들려주듯 자기 무릎 위에 흑오를 앉혀놓고 조근조근 입을 열기 시작했다.

"아가야, 네가 보기엔 후아 녀석이 너를 너무 소홀히 여긴다고 생각할지 모르겠지만……."

음풍마제는 자상한 목소리로 흑오가 느끼고 있는 소외감, 좀 더 정확히 말하면 묵자후와 회사, 그리고 묵자후를 바라보는 마인들의 시각에 대해 이야기하기 시작했다.

"…그러니까 후아는 그만큼 존귀한 신분이란다. 우리 모두를 대표하는 얼굴이란 말이지. 넌 우리의 얼굴인 그가 다른 사람들에게 무시를 당했으면 좋겠니? 못 먹고 못 입어서 다른 사람들에게 거지 취급을 받았으면 좋겠어?"

"크르르!"

당연히 고개를 가로젓는 흑오.

"그래. 바로 그 때문이란다. 지금 후아 곁에 있는 사람들은 모두 후아가 남들에게 무시당하지 않도록 시중드는 사람들이란다. 저 희사란 아이도 그렇고 그 뒤에 있는 녀석들도 모두 마찬가지지. 그러니 너한테 너무 소홀하다고 생각하지 말고 웃으면서 이해해 주렴. 알았지?'

그제야 안심하며 고개를 끄덕이는 흑오.

'하지만 저 여자는 정말 마음에 안 들어.'

새치름한 흑오의 시선이 다시 절벽 쪽으로 향했다. 그러다가 우연히 묵자후와 눈이 마주치게 됐다.

왜 나왔느냐고 책망하듯 살짝 눈살을 찌푸리는 묵자후.

'쳇. 내 맘이야!'

흑오는 볼을 부풀리며 고개를 홱 돌려 버렸다.

그러자 황당하다는 표정으로 눈을 끔뻑이는 묵자후.

흑오의 반응이 이해가 안 되는지 혼자 고개를 갸웃거리다가 음풍마제와 무풍수라 등을 보고 뒤늦게 눈인사를 보낸 뒤 천천히 절벽 아래로 사라져 갔다.

"휴우, 녀석이 이제야 갔군."

묵자후가 떠나고 나자 음풍마제는 안도의 한숨을 내쉬었다. 그리고는 흑오의 머리를 쓰다듬으며 은근한 목소리로 물었다.

"아가야, 너 저 녀석 좋아하지. 그렇지?"

조금 전에 흡혈시마가 한 질문과 똑같은 내용이었으나 반응은 판이하게 달랐다.

끄덕끄덕.

다소곳이 눈을 깔며 고개를 끄덕이는 흑오.

"그래, 네 마음을 알았으니 이 할아비가 도와주마. 대신, 네 노력이 필요하단다. 화만 내고 고집을 부리는 여자는 누구나 싫어하거든."

그러면서 소곤소곤 귀엣말을 건네자 무풍수라와 흡혈시마가 황당하다는 듯 소리쳤다.

"아니, 대형? 지금 뭐 하시는 겁니까? 설마 팔자에도 없는 월하노인 흉내를 내시려는 겁니까?"

"쥐새끼도 아니고, 뒤에서 그러면 후아가 무척 싫어할 텐데요?"

두 사람이 동시에 힐난하자 음풍마제의 표정이 와락 일그러졌다.

"뭐야? 쥐새끼? 이놈의 자식들이 요즘 겁을 상실했나? 터진 입이라고 마구 주둥이를 나불대?"

퍼퍼퍽!

"어이쿠!"

"아이고, 대형! 제 말은 대형이 쥐새끼라는 게 아니라……."

"됐다, 됐어. 에휴! 도둑질도 손발이 맞아야 해먹지."

장력을 날리다 말고 한숨을 쉬며 고개를 설레설레 흔드는 음풍마제.

그가 밤새 묵자후와 광마의 대화를 엿듣고 있을 때 두 사람은 코를 골며 펑펑 퍼질러 자고 있었다. 그러니 묵자후를 위한 음풍마제의 노심초사를 어찌 이해할 수 있으랴.

"아무튼 아가야, 이 할아비가 해준 말, 명심하거라. 너도 기구한 운명이지만 후아 역시 힘들게 살아왔으니 서두르지 말고 차근차근, 조신하게 행동해야 하느니라. 알겠느냐?"

그러면서 이야기를 끝내자 무풍수라와 흡혈시마가 슬그머니 눈치를 보다가 다시 딴죽을 걸기 시작했다.

"그런데 형님, 정말 그 아이를 손녀로 들이시게요?"

"그렇게 되면 족보가 꼬이지 않겠습니까? 저 뚱땡이 녀석을 막내로 삼기로 해놓고 그 아이를 손녀로 받아들이면 저 뚱땡이 녀석도 형님 손자가 되어야 할 텐데요?"

"어흥! 내 요놈의 주둥아리들을!"

"으악!"

"아이고! 말로 합시다, 말로! 으아악!"

결국 눈탱이가 밤탱이가 되도록 얻어맞고 멀리 달아나는 두 사람이었다.

그 모습을 보며 킥킥 웃던 흑오는 문득 고개를 갸웃했다.

'그런데 조신하게 행동하라니, 그게 무슨 뜻이지?'

아직 규방의 법도를 모르는 흑오다.

혼자 그 속뜻을 생각해 보다가 내심 결론을 내리고 만다.

'아까 신선 할아버지가 화를 내거나 고집 부리지 말라고 했으니 그냥 웃으면서 고개를 끄덕이라는 뜻인가?

아무튼, 그날의 소동은 그렇게 끝이 났다.

하지만 그날 이후부터 모두의 괴로움이 배가됐다.

점점 추워지는 날씨와 식량 수급의 어려움 때문이었다.

제55장

회의

魔道
道
天下

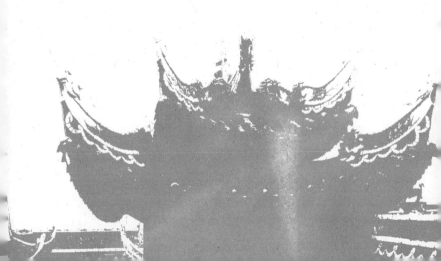

"놈들을 취조해 본 결과, 대막 인근에서 활동하고 있는 사타부족이랍니다. 최근 들어 군부의 움직임이 심상치 않아 본거지를 옮기던 중에 우리 아이들을 보고 웬 떡이냐 싶어 달려들었답니다."

화톳불이 일렁이는 막사 안.

스무 명가량의 마인들이 한자리에 모여 있다.

막사 안쪽 가장 상석에는 묵자후가 앉아 있고, 그 옆으로 음풍마제와 무풍수라, 흡혈시마 등이 앉아 있다.

희사는 묵자후 뒤에 시립해 있고 흑백무상과 신품귀수 냉희궁이 그녀를 보좌하고 있는 가운데 흑오는 묵자후 앞에 앉아 천년오공과 장난을 치고 있었다.

"그럼, 정파 놈들의 공작이 아니었단 말이군."

"그렇습니다, 장로님."

"흠, 지존께서는 이 일을 어찌 처리했으면 좋겠는가?"

음풍마제가 묵자후를 보며 물었다.

며칠 전에 제압한 마적단의 처리에 관한 질문이었다.

"들어보니 우리 쪽에 아무 피해도 없었고, 또 부족으로 이뤄진 마적단이라고 하니 적당히 혼을 낸 뒤에 보내주도록 하죠."

"그러다가 혹시 소문이라도 나면?"

묵자후는 상관없다는 듯 빙긋 미소를 지었다.

"소문 나봐야 별문제있겠습니까? 어차피 마적들 이야기에 불과하니 한 귀로 듣고 한 귀로 흘려버릴 겁니다."

"흠, 그건 그렇지만, 이대로 보내준다는 건……."

음풍마제가 탐탁지 않다는 듯 말꼬리를 흐릴 때였다.

"저어, 지존. 천첩이 잠시 아뢰어도 될는지요."

묵자후 뒤에 있던 희사가 조심스럽게 입을 열었다.

"음? 무슨 의견인지 말씀해 보시오."

음풍마제 일행이 오고 난 뒤부터 좀체 앞으로 나서지 않던 희사였다. 그런 그녀가 모처럼 입을 열자 모두의 시선이 그녀에게 집중됐다.

"아뢰옵기 황송하오나, 천첩의 소견으로는 그들을 그냥 풀어주는 것보다 약간의 일거리를 맡기는 게 어떨까 싶습니다."

"약간의 일거리를 맡긴다?"

"예. 현실적으로 우리가 너무 급하게 움직이다 보니 많은 부분에서 준비가 미흡합니다. 특히 식량과 월동준비가 가장 큰 문제인데 그들을 이용해 필요한 물품을 구입했으면 좋겠습니다."

그 말이 끝나기가 무섭게 흡혈시마가 불쑥 끼어들었다.

"차라리 고양이에게 생선 가게를 맡기지, 마적 놈들을 어떻게 믿고?"

느닷없는 참견이었으나 회사는 태연히 받아넘겼다.

"그 말씀이 옳습니다만 몇 가지 방법을 사용하면 통제가 가능할 것 같습니다."

"음……."

묵자후는 잠시 침묵을 지켰다.

회사 말대로 마적단을 통제하는 건 일도 아니었다. 남해검문을 휘저을 때처럼 마안섭혼공이나 단혼절맥 같은 제혼(制魂), 제맥술(制脈術)을 쓰면 되니.

하지만 굳이 마적단을 이용해 식량과 월동준비를 할 필요가 있을까 싶어 회의적인 생각이 들었다. 다른 사람들도 마찬가지 생각인지 의아한 표정으로 회사를 쳐다봤다.

그러자 뺨을 붉히며 무안한 표정을 짓던 회사는 내친걸음이라 싶었는지 재차 말을 이어나갔다.

"사실… 천첩이 그들을 이용하자고 말씀드리는 이유는 몇 가지 복안(腹案)이 떠올랐기 때문입니다."

"몇 가지 복안?"

"그렇습니다. 먼저 그들이 이곳 지리에 익숙하니 물품을 구입하는 데 많은 시간을 절약할 수 있을 것 같습니다. 또한 혹시 있을지 모를 정파 놈들의 이목도 교란시킬 수 있고……."

"잠깐! 시간을 절약하는 거야 이해가 되지만 정파 놈들의 이목을 교란시킨다니? 그게 무슨 귀신 씻나락 까먹는 소리냐?"

흡혈시마가 또다시 끼어들자 희사는 살포시 웃으며 대답했다.

"마적들을 내보낼 때 우리 쪽 사람들도 일부 합류시킬 생각입니다. 또한 무림 방파가 아닌 마방이나 조방, 염상 같은 문파의 주인들도 모두 돌려보냈으면 좋겠고요."

"흠. 이유는?"

"앞으로 있을 지존행(至尊行)을 위해섭니다."

"지존행을 위해서라고?"

"예."

대답과 함께 희사는 냉희궁에게 눈짓을 해 보였다. 그러자 냉희궁이 독심객들에게 신호를 보내 미리 준비한 지도를 펼처 들게 했다.

중원 전역의 지형과 물길, 각 세력의 분포 등이 세세하게 그려진 대형 지도였다.

"보시면 아시겠지만, 현 강호는 영웅성과 구대문파, 그리고 오대세가와 그들을 따르는 각 지역 군소문파로 나뉘어져 있습니다. 바꿔 말하면 근 이십 년 동안 정파 천하가 지속되고 있기에 우리 쪽 세력은 존재감조차 느껴지지 않을 정도지요. 때문에 우리가 어떻게 움직이든 그들의 정보망에 걸려들게 마련입니다. 따라서 가장 먼저 해야 할 일은 놈들의 눈과 귀를 가리는 일이라 사료되옵니다."

"음, 좋은 말이긴 한데, 놈들의 이목을 가리는 것과 마적단을 활용하는 게 무슨 상관이 있지?"

이번에는 무풍수라가 끼어들었다.

희사는 미소 띤 얼굴로 재차 대답했다.

"성동격서(聲東擊西)에 혼수모어(混水摸魚), 금선탈각(金蟬脫殼)을 생각하고 있습니다."

"성동격서에 혼수… 뭐라고?"

어리둥절한 표정으로 반문하는 무풍수라.

그 옆에 있던 흡혈시마와 광마 등도 멍한 표정으로 희사를 바라본다. 평생 무공만 익히며 살아온 그들에게 병법과 전략 용어는 딴 나라 말이나 마찬가지이니.

"훗."

그들의 표정을 보고 살짝 웃던 희사는 이내 죄송하다는 뜻으로 고개를 숙인 뒤 간략한 설명을 덧붙였다.

"성동격서는 동쪽에서 소리치고 서쪽을 친다는 뜻입니다. 그와 같이 마적들에게 물품 구입을 맡겨 놈들의 시선을 북쪽으로 유인한 뒤, 우리 쪽 요인들을 남하시켜 향후에 있을 지존행을 대비할 계획입니다. 그리고 혼수모어란 물을 흐려놓고 고기를 잡는다는 뜻. 물품 구입이 끝난 마적들을 구슬려 성곽 보수나 천막 증설, 지하수 확보 같은 허드렛일을 맡길 생각입니다. 인원이 부족하면 북방에 있는 이족들을 더 끌어들일 생각이구요. 그렇게 여기서 겨울 날 준비를 함과 동시에 남는 인력을 다른 곳으로 보내 지존궁을 건립할 계획입니다."

"지존궁이라니?"

흡혈시마가 눈을 끔뻑였다.

음풍마제 역시 무슨 소리냐는 듯 희사를 처다봤다.

희사는 지도를 가리키며 대답했다.

"여러 어르신들께서도 아시다시피 이곳은 너무 척박합니다. 농토도 없고 식수원도 멀리 떨어져 있으며, 결정적으로 수비하기도 힘들고 중원으로 진출하기도 쉽지 않습니다. 사방이 탁 트인 지형이라 조금만 움직여도 종적을 들키기 쉬우니까요."

"으음."

회사가 말한 부분은 누구나 알고 있는 단점이다. 그럼에도 불구하고 모두 이곳을 성지처럼 여기는 이유는 이곳이 자신들의 뿌리나 마찬가지이기 때문이다.

철마성의 역사가 바로 여기서 시작됐고 또 많은 이들이 이곳을 지키기 위해 목숨을 잃었다. 그런데 어찌 지형의 유불리(有不利)를 따져 가치를 논할 수 있을까.

모두 그런 눈빛으로 회사를 쳐다봤다.

그러나 회사는 안색 하나 변하지 않고 계속 말을 이어나갔다.

"외람된 이야기지만, 소녀가 알기로 전대 지존께서 이곳에 성을 세우신 이유는 필요에 의해서가 아니라 상황에 밀려서라고 했습니다. 그분께서 종남파 장문인을 쓰러뜨리고 무신(武神)으로 추앙받자 자존심 상한 정파 놈들이 강호 공적이라는 누명을 앞세우고 대대적인 압박을 가해왔기에 어쩔 수 없이 이곳으로 물러나 성을 세울 수밖에 없었지요. 하지만 이제 상황이 많이 달라졌습니다. 지존께서도 선언하셨지만, 지금부터는 우리가 놈들을 몰아붙일 차례! 괜한 미련으로 불리한 입지를 고집하느니 장소를 옮겨 놈들과 제대로 된 승부를 벌이는 게 어떨까 싶어서 말씀드리는 것입니다."

"음……."

차분하면서도 설득력있는 회사의 말에 음풍마제 등은 잠시 침묵을 지켰다. 뭐라고 반박하기 힘들었기 때문이다.

결국 모두의 시선은 묵자후를 향했다. 결정은 지존의 몫이기 때문이다.

"그럼 그대가 생각하는 입지는?"

"예. 천첩 생각으로는 별들의 고향이자 황하의 발원지, 눈과 얼음이 뒤덮인 용신(龍神)의 대지에 푸른 초원과 소금바다가 끝없이 펼쳐져 있는 곳, 청해가 어떨까 싶습니다만……."

"청해?"

"그러하옵니다. 말씀드린 것처럼 초원이 있고 황하가 있어 내실을 키움과 동시에 중원으로 진출하기가 용이할 것 같습니다."

"음, 혹시 성숙해(星宿海) 쪽을 생각하고 있다면 곤륜파와 너무 가깝지 않을까?"

음풍마제가 우려를 표했으나 기우에 불과했다.

"성숙해라 하더라도 곤륜파와는 천 리 이상 떨어져 있지요. 그리고 소녀가 생각하는 곳은 성숙해가 아니라 청해호(青海湖) 쪽입니다. 그곳이 옛 토번국(吐蕃國)의 성지라 정파로서도 함부로 공격해 올 수 없을 것 같아서요."

"청해호?"

"예. 청해호 부근의 일월산(日月山)을 생각하고 있습니다."

"일월산이라……."

일월산이라면 음풍마제도 익히 알고 있는 곳이다.

당(唐) 태종과 토번국 송찬간포(松贊幹布) 왕, 그리고 송찬

간포에게 시집간 당나라 문성공주(文成公主)의 일화가 전해져 내려오는 곳이다.

"좋은 장소를 택했군. 그곳이라면 정파 놈들도 도발하기 쉽지 않지. 지금도 많은 이들이 성지처럼 여기고 있는 곳이니까."

내심 어려운 분으로 생각하고 있던 음풍마제가 고개를 끄덕이자 희사는 한결 마음이 놓였다.

이제 남은 것은 지존의 허락.

묵자후는 희미하게 웃으면서도 고개를 갸웃했다.

"다 좋은데 너무 앞서 나가는 이야기가 아닐까 싶군. 우리가 그곳에 터를 잡으려면 자금도 필요하고 시간도 많이 걸릴 것 같은데……."

그러자 희사가 문제없다는 듯 눈을 반짝였다.

"지존께서 허락해 주시면 단시일에 가능합니다. 아까 제가 염상이나 마방 같은 상단의 주인들을 먼저 돌려보냈으면 좋겠다고 말씀드리지 않았습니까? 그분들을 활용할 계획입니다. 성동격서의 계(計)에 따라 놈들의 이목이 북방으로 쏠릴 때, 그분들로 하여금 자금을 끌어모으라고 명하시면 됩니다. 그러는 동안 우리는 이곳에서 성을 쌓는 것처럼 움직여 놈들의 이목을 또 한 번 끌고, 그사이 중원에서 끌어모은 자금을 청해로 보내 지존궁을 건립하는 거죠. 또한 놈들의 이목이 이쪽으로 쏠려 있을 때 금선탈각의 계로 청해로 이동, 놈들의 눈과 귀를 무력화시키면 아무 문제 없을 것 같습니다."

"오! 그거 괜찮은 생각이군!"

"동쪽에서 소리치고 매미가 허물을 벗는다더니 그 말이 바로 그 말이었군!"

무풍수라와 흡혈시마가 솔깃한 표정으로 고개를 끄덕였다.

음풍마제 역시 수염을 쓰다듬으며 희사를 쳐다봤다.

'예상보다 훨씬 똑똑한 계집애로군.'

이때까지는 소혼파파 두낭랑의 후계자로만 생각하고 있었으나 가만히 들어보니 과거의 마녀를 보듯 일 처리가 빈틈이 없고 야무지다.

'하지만 중요한 건 자금이 아니라 힘과 조직력이야.'

마도의 생리상 힘과 조직이 갖춰져 있으면 돈은 그냥 굴러 들어 온다. 반면 힘과 조직이 약하면 제아무리 성을 쌓고 궁을 지어도 사상누각(沙上樓閣)이 될 수밖에 없다.

'그런 관점에서 볼 때 고수들의 숫자가 너무 모자라.'

독보강호(獨步江湖)가 아닌 정파와의 싸움을 염두에 두고 있다면 고수들의 숫자가 승패를 좌우한다고 해도 과언이 아니다.

그런데 묵자후를 석년의 철혈마제와 동격이라고 보고, 자신과 광마를 혈영노조와 거의 동급이라고 본다면, 그리고 무풍수라와 흡혈시마를 예전 기량 그대로라고 판단한다면 나머

지 고수들, 그러니까 귀검 손포나 생사도 묵잠 같은 초절정고
수들의 숫자가 너무나 부족하다.

　게다가 이 자리에 있는 혈우검마나 기련혈마, 사검 막청이
나 혈비도 괴랑 등의 전력을 모두 합쳐도 과거 칠대마가 휘하
에 있던 이들의 전력에는 비할 바가 못 된다.

　'결국 현 상태로는 옛 철마성 전력의 반도 되지 않는다. 그
에 비해 놈들은 더욱 강해졌으니……'

　구대문파도 그렇고 오대세가도 그렇고, 특히 영웅성은 과
거보다 배 이상 강해졌다. 더구나 흑마련이라는 정체불명의
세력까지 상대해야 하니 자기도 모르게 가슴이 답답해 왔다.

　그런데 이상한 건, 현재의 전력으로 싸워도 놈들에게 진다
거나 밀린다는 생각은 들지 않는다는 것이다.

　칠대마가로 나눠져 있던 과거에 비해 하나로 뭉쳐 있다고
생각해서일까.

　'그런 이유도 있지만 저 아이의 숨겨진 힘이 예측 불가능
해서일 거야.'

　음풍마제의 시선이 흑오를 향했다.

　묵자후 앞에 앉아 손장난을 치다가 지루한 듯 사지를 꼬며
입술을 뾰루퉁 내미는 흑오.

　자신과 눈이 마주치자 배시시 미소 짓다가 이내 하품을 하
며 꾸벅꾸벅 조는 흑오를 보고 음풍마제는 속으로 실소를 터
뜨렸다.

'허허, 녀석. 무척 지루한 모양이군.'

아닌 게 아니라 자신도 슬슬 진력이 나기 시작한다. 벌써 회의가 한 시진 이상 계속 되고 있었으니.

그런 생각을 눈치챘을까.

지도를 가리키며 전반적인 강호 정세를 설명하던 회사의 어조가 점점 빨라지기 시작했다.

"따라서 문제는 지존행을 언제, 어디서, 어떻게 시작하느냐가 관건인 것 같습니다."

이야기는 어느새 본격적인 지존행, 지존강림을 넘어 지존출세와 마도천하 이야기로 넘어가고 있었다.

"천첩이 생각하기로는 우리 전력이 과거에 비해 절대적인 우위에 있지 않기에 단계적으로 움직였으면 좋겠습니다."

'허허! 저 아이가 내 마음을 읽었나? 현실을 잘 파악하고 있군.'

음풍마제가 고개를 끄덕이는 동안에도 회사의 이야기는 계속 이어지고 있었다.

"그래서… 청해에 모인 전력을 둘로 나눠, 먼저 감숙과 산서를 장악했으면 좋겠습니다. 놈들의 의표를 찌르기 위해섭니다."

"감숙과 산서?"

"그게 놈들의 의표를 찌르는 거라고?"

마인들이 하나같이 고개를 갸웃했지만 회사는 태연히 대

답했다.

"그렇습니다. 놈들은 우리가 영웅성을 먼저 칠 것이라고 예상하고 있을 겁니다. 하지만 지금 전력으로 영웅성을 친다는 건 섶을 지고 불속으로 뛰어드는 격. 차라리 감숙과 산서를 먼저 치는 게 유리할 것 같습니다. 아시다시피 감숙과 산서는 국경과 가까워 무림 문파가 드물지 않습니까? 게다가 천산금로를 따라 상권이 발달해 있으니 일거양득이 될 것 같습니다."

'흠······.'

일리있는 이야기였다.

감숙과 산서 지역에 주둔하고 있는 군부가 마음에 걸리긴 하지만, 기련혈마나 혈우검마처럼 옛 마도의 잔존 세력이 많으니 감숙과 산서를 손에 넣는다면 굳이 상단을 아우르지 않아도 전력이 두 배 이상 늘어날 것 같았다.

"그 두 지역을 장악하고 난 뒤에는 섬서를 쳐야 하는데, 그때부터는 치열한 공방전이 예상됩니다. 섬서가 누대의 황도(皇都)이다 보니 놈들의 저항 역시 만만찮을 테니까요."

그 또한 옳은 말이다.

섬서는 서주(西周) 때부터 당(唐)나라에 이르기까지 무려 다섯 개의 황조가 기반으로 삼았던 지역이다. 지금도 황제의 넷째 아우인 양왕(梁王)이 서안에 거주하고 있고, 구대문파의 두 축인 화산파와 종남파가 섬서를 양분하고 있었으니 실로 와호잠룡지처(臥虎潛龍之處)라고 해도 과언이 아닐 정도였다.

"따라서 섬서를 치기 위해서는 먼저 내실을 다져야 할 것으로 사료됩니다."

"내실을 다진다?"

"그렇습니다. 섬서를 무너뜨린다는 말은 곧 화산과 종남을 무너뜨린다는 말. 그때부터는 놈들도 총력을 기울여 응전해 올 테니 그야말로 석년의 마정대전이 다시 펼쳐지는 것이지요."

"으음……."

"마정대전, 제이의 마정대전이라……!"

모두의 얼굴이 딱딱하게 굳어갔다.

지금까지는 막연히 지존행을 재개한다는 생각에 들떠 있기만 했는데 실제로 마정대전이 벌어질지 모른다는 이야기를 듣자 가슴이 쿵쿵 뛰기 시작한 것이다.

"하여 지존께 감히 부탁드립니다. 내일부터 짬을 내셔서 여러 존주(尊主)*들께 은혜를 베풀어주시길……."

"은혜라니? 무슨 은혜 말인가?"

묵자후가 빙긋 웃으며 묻자 희사가 마주 웃으며 대답했다.

"시치미를 떼시는 걸 보니 이미 생각해 두신 모양이군요. 죄송합니다. 천첩이 주제넘었습니다."

그 말과 함께 고개를 숙이며 뒤로 물러나는 희사.

---

* 존주(尊主):문파의 주인을 높여 부르는 호칭.

마인들은 어리둥절한 표정으로 묵자후와 희사를 번갈아 쳐다봤다.

"아니, 무슨 이야기기에 하다가 마는 거요?"

"두 분만 알고 계시지 말고 우리에게도 좀 알려주시오."

여기저기에서 튀어나오는 마인들의 성화에 희사는 입을 가리고 웃으며 말했다.

"현 상태에서 내실을 다지는 가장 확실한 방법이 뭐겠습니까? 지존께서 알고 계시는 무공을 모두 내놓으시는 거죠."

"오!"

"그게 정말입니까?"

"그렇게만 해주신다면 밤잠 안 자고 무공을 익히겠습니다!"

환호성을 터뜨리며 기뻐하는 마인들.

그 열렬한 반응을 보며 음풍마제는 속으로 무릎을 쳤다.

'그렇지! 저 녀석이 바로 움직이는 비급 창고였었지!'

정파와의 극심한 전력 차이에도 불구하고 왜 걱정이 되지 않는지 그 이유를 이제야 깨닫는 음풍마제였다.

묵자후가 알고 있는 무공을 모두 공개한다면, 그것도 마인들이 잘못 알고 있거나 미처 깨닫지 못하고 있는 부분을 집중해서 가르쳐 준다면 단시일에 상상 이상의 성취를 거둘 수 있으리라. 이미 초절정고수인 자신도 경험해 본 일이 아니던가.

'그러고 보니 혈영노조 당신이 후아를 택한 이유가 바로

이 때문이었구려!'

천금마옥이 폭발하던 그날, 위험을 무릅쓰고 자신의 모든 것을 묵자후에게 전해주던 혈영노조가 떠올랐다.

'십 년 뒤를 내다본 당신의 승부수가 드디어 빛을 발하게 됐구려! 축하하오, 혈영노조.'

마음속으로 혈영노조에게 엄지를 치켜 보이는 음풍마제.

'그건 그렇고……'

서서히 안색을 추스르더니 시선을 회사 쪽으로 향했다.

'다 좋은데, 저 아이가 설마 존후(尊后) 자리를 노리고 있는 것인가?'

처음엔 흘려들었는데 자꾸 듣다 보니 천첩이란 단어가 은근히 신경 쓰였다.

'그러고 보니 후아를 보는 눈빛도 심상치 않군.'

그나마 묵자후가 담담한 태도를 유지하고 있어 다행이다만, 이미 전대 마후였던 금소선자 양화연 때문에 죽음보다 더한 고통을 겪은 음풍마제다. 그러니 자기 허락 없이는 어느누구도 마후 자리에 앉히지 않겠노라고 굳게 다짐하고 있던 차였다.

'특히 후아는 한창때라 유혹에 약할 수밖에 없는 나이. 저 아이나 다른 계집아이들의 꼬임에 넘어가지 않도록 주의를 기울여야겠군.'

그렇게 생각을 하며 고개를 드는데 우연히 회사와 눈이 마주치게 됐다.

자신을 보며 살포시 미소 짓는 회사.

'홍! 그렇게 꼬리쳐 봐야 소용없다!'

차가운 표정으로 고개를 돌려 버리려는데,

"저어, 이 자리를 빌려 한 가지 더 건의드리고 싶은 게 있습니다."

회사의 나긋나긋한 목소리가 들려왔다.

'건의? 무슨 건의?'

눈은 자신을 향하고 몸은 묵자후를 향하니 누구에게 하는 말인지 판단하기 애매했다. 그래서 눈을 가늘게 뜨고 회사를 바라보는데 묵자후의 목소리가 들려왔다.

"이미 여러 가지 건의를 하고 있지 않소? 계속 말씀해 보시오."

그 말에 민망한 듯 뺨을 붉히던 회사는 이내 음풍마제와 무풍수라, 흡혈시마 등을 보며 조심스럽게 말했다.

"아뢰옵기 민망하오나, 우리가 궁을 짓고 내실을 다지고 지존행을 시작한다 하더라도 강호에서 부딪칠 수 있는 여러 가지 상황에 대해 방향을 제시하거나 앞장서서 움직일 수 있는, 다시 말해, 우리 모두가 믿고 따를 수 있는 어르신이 몇 분 안 계십니다. 다들 전대의 참화로 행방불명되셨거나 유명을 달리하셨기에……."

그렇게 서두를 시작하는 회사.

'아니, 저 아이가 대체 무슨 말을 하려고?'

음풍마제는 어리둥절한 표정으로 회사를 봤다. 뜬금없이 웬 어르신 타령인가 싶어서였다. 그런데 회사에게서 느닷없는 이야기가 흘러나왔다.

"하여 지존께 감히 청하옵니다. 옛 어르신들의 풍모는 가슴속에 간직하되, 잃어버린 마도의 명예와 자존심을 되찾기 위해 음풍마제 모 장로님을 대장로님으로, 두 분 호법님을 장로님으로 위촉하여 주시길 원합니다."

"헉!"

"뭐, 뭐라고?"

"우리를 장로로?"

세 사람은 깜짝 놀라 눈을 휘둥그레 떴다.

특히 음풍마제는 수염을 부르르 떨며 회사를 돌아봤다.

'대장로라니! 나를 대장로로 추천하겠니……!'

이미 초절정을 넘어 무아지경에 다다른 음풍마제였으나 가슴속에 휘몰아치는 한줄기 격동만은 감출 수 없었다.

십만 마도의 대장로 자리.

그 자리는 음풍마제 평생의 소원이었다.

오죽하면 천금마옥에서조차 혈영노조를 질투했을까.

그런데 그 꿈을 회사가 대신 이뤄주려 하다니.

'허허, 눈치가… 아니, 생각이 무척 깊은 아이로구나!'

얼떨결에 회사에 대한 평가까지 달라지는 음풍마제다.

그러나,

'가만, 가만. 내가 이게 무슨 추태냐? 기껏 어린 계집아이의 말에 마음이 흔들리다니.'

자신을 보며 빙긋 웃는 묵자후를 보니 번쩍 정신이 들었다.

말이 나오지 않았다면 모르되 말이 나온 이상 나 몰라라 할 묵자후가 아니다. 그러니 지금은 웃어른으로서 위신을 지킬 때.

"흠, 흠. 방금 대장로라고 했느냐? 허허, 고마운 이야기다만 지금은 때가 아닌 것 같구나. 아직 비명에 가신 전대 지존의 원수는 물론이고 정파 놈들에 대한 복수도 시작하지 않았는데 어찌 감투 이야기로 논점을 흐릴 수 있겠느냐. 그보다는 차라리 어떻게 하면 정파 놈들을 철저하게 짓밟아줄 수 있을까, 그것부터 연구하는 게 옳을 것이야."

그러면서 지그시 수염을 쓰다듬자 모두 존경스러운 눈빛으로 자신을 쳐다본다.

하지만 거기에 찬물을 끼얹는 사람이 있었으니.

"아이고, 대형. 논점을 흐리다니요? 우리가 무슨 용천*이든 것도 아니고, 뭐 하러 주는 떡도 마다하십니까?"

"그러게 말입니다. 대형께서 사양하시든 말든 저는 장로할랍니다. 무조건 장로 하고야 말 거라고요!"

입에 침을 튀기며 동시에 소리치는 두 사람.

---

* 용천:문둥병, 지랄병 따위의 몹쓸 병.

'이, 이, 내 인생에 결코 도움이 되지 않는 저 빌어먹을 주 둥이들!'

음풍마제가 이를 빠드득 갈며 두 사람을 노려봤지만 이미 물은 엎질러진 뒤다.

"하하! 그렇게 하시지요. 곰곰이 생각해 보니 세 분께서 그 자리에 계신 지도 벌써 이십 년이 넘지 않았습니까?"

묵자후가 웃으며 고개를 끄덕이고, 나머지 마인들도 박수 를 치며 환호하고 있다.

'끙⋯⋯.'

음풍마제는 김이 팍 새버렸다.

자신은 사양하고 남들이 계속 간청하는 상황에서 대장로 직을 받아야 위엄이 서는 것인데⋯⋯.

'에잉!'

그렇다고 이 상황에서 계속 뻗대자니 어째 모양새가 이상 해질 것 같고.

"할 수 없군. 지존께서 그리 말씀하시니 기쁘게 받아들이 겠소이다."

"와아!"

"드디어 나도 장로가 됐다! 크하하하!"

음풍마제가 승낙하기가 무섭게 가가대소를 터뜨리는 무풍 수라와 흡혈시마.

'에휴⋯⋯.'

한숨이 절로 나왔지만 어쩌겠는가.

묵자후 말마따나 저 두 사람은 너무 오래 호법 직을 맡고 있었다. 그러니 지겨울 만도 했으리라.

'아무튼 내가 드디어 대장로가 되었단 말인가.'

물론 길일을 택해 정식으로 임명받는 절차가 남았지만 음풍마제는 가슴 한구석이 뿌듯해지는 것을 느꼈다.

명실상부한 마도의 대장로.

철모르는 나이에 강호로 뛰어들어 칠십 년 만에 마도의 최고 웃어른이 되었다.

그 감회가, 그 책임감이 양 어깨를 짓눌러 왔다.

그래서일까.

'보고 계시오, 혈영노조? 내가 당신 후임이 되었구려.'

음풍마제는 혈영노조를 떠올리며 추억에 잠겼다. 동시에 천금마옥에서 죽어간 수하들을 떠올리며 감상에 빠져들었다.

그러자 장내 분위기가 숙연하게 변해갔다.

다들 뭔가를 느낀 듯 조용히 입을 다물거나 고개를 숙인 것이다.

하지만 그 틈을 이용해 슬그머니 회사 곁으로 다가서는 사람이 있었으니.

자기 딴에는 조용히 움직였으나 마치 태산이 움직인 듯 주위의 이목을 단숨에 집중시켜 버리는 사람, 광마였다.

그가 귀엣말로 회사에게 뭔가를 물어보더니, 묵자후를 향해 투정 부리듯 소리쳤다.

"천마시여, 저도 대장로가 되고 싶습니다. 부디 허락해 주십시오!"

"뭐라고?"

"말도 안 돼!"

"허허……."

좌중이 발칵 뒤집어졌다. 도저히 받아들일 수 없는 상식 밖의 발언이었기 때문이다.

하지만 광마는 태연한 표정으로 무풍수라와 흡혈시마를 가리켰다.

"천마시여, 저 두 사람은 저보다 훨씬 무공이 약합니다. 그런데 장로가 된다니 저는 마땅히 그보다 높은 자리, 대장로가 되어야 마땅할 것 같습니다."

'아이고, 머리야…….'

보아하니 장로가 됐다고 목에 힘을 주는 무풍수라와 흡혈시마를 보고 질투가 난 모양이었다.

그러나 아무 공로도 없이, 더구나 정식으로 입문한 처지도 아닌데 어찌 장로가 될 수 있단 말인가.

기가 막혀 광마를 쳐다보는 마인들.

그런 반응을 보며 실소를 터뜨리는 묵자후.

중간에 회사가 나서서 무마하려 했지만 광마는 요지부동

이었다.

할 수 없이 음풍마제가 나섰다.

"네 기분은 이해한다만 대장로는 아무나 할 수 있는 게 아니다. 나처럼 나이가 많아야 될 수 있다."

딴에는 광마 수준에 맞춰 나이로 밀어붙이려 했다.

하지만 웬걸.

"나도 나이 많다."

즉각 반격이 날아온다.

"허허, 그래도 우리보다는 젊지 않으냐?"

그 말을 하면서 음풍마제는 자기 입을 꿰매고 싶었다.

'내가 이 나이에 저놈과 나이를 논해야 하다니. 그것도 의제 놈들이 정한 뚱딴지같은 나이를 두고.'

그렇게 한숨 쉬고 있는데 의외의 일격이 날아들었다.

"아니다. 나도 나이 많다. 어제부터 내 나이는 무량대수(無量大數)*에 이르렀다!"

"뭐, 뭐라고? 무량대수?"

기가 막혀 말이 나오지 않았다.

녀석이 요 며칠 동안 흡혈시마에게 당하다 보니 나름대로 꾀가 생긴 모양이었다.

'끙! 무량대수보다 더 큰 수는 없는데 이 일을 어찌하면 좋지?'

---

* 무량대수(無量大數):금강경에 나오는 무한히 큰 수.

속으로 난감해하고 있는데 흡혈시마가 불쑥 끼어들었다.

"클클, 그래도 소용없어. 대형은 무량대수보다 세 살 많고, 저 형님은 두 살 많고, 나는 한 살 더 많으니까 여전히 네가 제일 막내야."

"크아! 그럼 나는 무량대수보다 네 살 더 먹을 거야!"

"그럼 우리는 무량대수보다 다섯 살, 여섯 살, 일곱 살 더 먹을 테다!"

"크르르! 그런 게 어딨어?"

광마가 펄쩍 뛰며 항의했지만 흡혈시마에겐 당할 수 없었다.

"어디 있긴, 여기 있지. 그래도 어제보다는 나이 차이가 많이 줄었네. 앞으로 조금만 더 노력하면 우리보다 더 많이 먹을 수 있을 것 같다."

"그, 그래?"

"아무렴. 그러니까 장로 하지 말고 호법 해. 호법 하면서 나이를 팍팍 먹으면 되잖아."

"호법?"

"그래. 나쁜 놈들에게서 후아를 지키는 일이지."

"크르르. 천마님은 나보다 강해. 그러니까 천마님께 내 호법을 하라고 해!"

"쿨럭! 지존에게 호법을 하라니? 그게 말이나 되는 소리냐?"

그렇게 두 사람이 어린애처럼 다투자, 보다 못한 음풍마제가 고개를 휙 돌리며 소리쳤다.

"저놈들은 무시하고, 우리끼리 계속 이야기하지!"

이후, 회의가 재개됐으나 제대로 진행될 리 만무했다.

제56장

전운

魔道

道

天下

만리장성이 아스라이 펼쳐져 있는 산서 북부. 그중에서도 대동(大同) 인근에 위치한 병영(兵營)에 긴급 파발이 도착했다.

"뭐라고? 우리가 찾고 있던 놈들이 천산금로 쪽에서 발견됐다고?"

"그렇습니다. 정확하진 않지만 토로번(吐魯番) 부근에서 그들을 봤다는 사람이 있습니다."

"음……."

토로번 부근이라면 이곳에서 사천 리 이상 떨어진 곳이다.

"어찌할까요?"

"글쎄… 우리 관할을 훌쩍 넘어서니 방법이 없군. 일단 도독부(都督府)에 인편을 띄워보게나."

"존명!"

군례를 취하며 달려나가는 병사를 보며 사십대의 장수는 나직이 한숨을 내쉬었다.

'장성 밖에 있는 이족들의 동태도 감시하기 힘든데 이곳에서 수천 리 떨어져 있는 강호인들의 종적을 탐문하라니. 아무리 도독부라지만 영(令)이 너무 심하지 않은가.'

속으로 푸념해 보지만 어쩔 수 없는 일이다.

조상 대대로 통병(統兵)이나 출병(出兵) 등, 평상시 군의 통수권(統帥權)을 갖고 있는 대도독(大都督) 직을 맡거나, 못해도 산서 지역의 병권을 한 손에 거머쥐고 있는 후군도독부(後軍都督部)의 좌우도독(左右都督)을 맡고 있는 연가(燕家)에서 내려온 명이 아닌가.

그들에게 밉보여 한직으로 밀려나기 싫다면 무슨 수를 써서라도 명심봉행(銘心奉行)할 수밖에.

'그런데 무슨 일로 강호의 일에 군령을 동원했을까? 듣자하니 연 도독의 차남(次男)과 관련된 일이라던데, 그가 무슨 사고라도 쳤나?'

속으로 궁리해 보지만 당사자가 아닌 이상 알 수 없는 노릇.

장수는 고개를 설레설레 저으며 다시 집무실로 향했다.

*   *   *

산서의 성도인 태원(太原).

위하(渭河)와 함께 황하의 양대 지류를 이루는 분하(汾河)
가 도시를 반으로 가르며 유유히 흐르고 있다.

분하의 푸른 물결이 긴 실타래처럼 보이는 언덕.

용호(龍虎)가 그려진 솟을대문에 성벽을 방불케 하는 높은
담장을 둘러 세인들의 이목을 완전히 차단하는 고풍스런 장
원이 세워져 있다.

하늘을 가리는 송백(松柏)과 구름을 쫓는 죽림 사이로 앙상
한 꽃나무가 바람에 흔들리는데, 그 사이로 언뜻 고색창연한
건물이 드러나 보인다.

붉은 기둥에 푸른 기와를 이고, 활처럼 휜 추녀가 우아하게
하늘로 향한 팔작지붕 형태의 전각.

그 아래 한 사내가 서 있다.

누구를 기다리는지 수화문(垂花門)* 쪽을 바라보며 초조하
게 회랑(回廊)*을 거니는 사내.

어디선가 본 듯한 얼굴이다.

화려한 무복 차림에 귀공자 풍의 외모를 지녔으나 얇은 입

---

*수화문(垂花門):건물(특히 장원 규모의 대저택)의 내, 외부를 구획하는 문.
중문(中門)이라고도 한다.
*회랑(回廊):지붕이 있는 긴 복도.

술과 좁은 눈매로 인해 다소 신경질적이고 성급해 보이는 사
내.

연성걸이었다.

호북 균현과 진령산맥 부근에서 묵자후에게 시비를 건 적
이 있는 공동파 속가제자.

사부인 현오 진인이 기련산에서 폐인이 됐다는 소식을 전
해 듣고 담화검 화무린과 함께 급히 사문으로 달려간 그가 왜
이곳에 있는 것일까?

답은 간단했다.

이곳이 바로 산서 군부의 병권을 한 손에 거머쥐고 있는 후
군도독부 좌도독 연묵환(燕默煥)의 집이었고, 연성걸이 바로
그의 차남이었기 때문이다.

산서 인근에서는 나는 새도 떨어뜨린다는 권력자의 아들
이 무슨 일로 회랑을 거닐며 초조하게 수화문 쪽을 바라보고
있는 것일까?

이유는 금방 알 수 있었다.

평소에는 굳게 닫혀 있던 수화문 안쪽, 병문(屛門)이 활짝
열리더니 하인 차림의 중늙은이가 헐레벌떡 달려왔다.

"도련님, 도착했습니다! 드디어 전서구가 도착했습니다!"

그 말을 듣는 순간 연성걸의 얼굴이 확 밝아졌다.

"오! 그게 정말이냐? 어디, 서찰은 어디 있느냐? 어서 서찰
을 건네지 못할까?"

단숨에 회랑을 뛰어넘어 하인에게 성화를 부려대는 연성걸.

그가 기다린, 황궁에 가 있는 아비의 전언이 하인의 품에 안겨 있었다.

천 리를 날아온 비둘기. 그 발목에서 대롱을 풀어 급히 서찰을 펼쳐 보니, 밀랍으로 봉인된 편지지에 단 한 글자만 쓰여 있었다.

가(可)!

그 글자를 보는 순간 연성걸의 입에서 파안대소가 흘러나왔다.

"와하하하! 됐다, 됐어! 드디어 아버님의 허락이 떨어졌으니 속히 웅관(雄關)으로 파발을 보내라! 그리고 공동산에도 사람을 보내 사형께도 이 기쁜 소식을 얼른 알려 드리도록 해라!"

"알겠습니다. 그럼 소인은 이만……."

하인이 서둘러 자리를 떠나자 유유자적 정원을 거닐며 콧노래를 부르던 연성걸.

갑자기 무슨 생각을 떠올렸는지 번쩍 고개를 치켜들었다.

"이런! 내가 이러고 있을 때가 아니지. 얼른 숙부님을 만나 뵈어야겠다."

그 말과 함께 장원 안쪽으로 사라지는 연성걸이다.

"음, 형님이 결국 허락하셨다고?"

"그렇습니다, 숙부님."

"곧 한파가 들이닥칠 텐데 출병이라⋯⋯. 괜찮겠느냐?"

"예, 아무 문제 없습니다!"

씩씩하게 대답하는 조카를 보고 피식 실소를 흘리던 연묵진은 품속에서 뭔가를 꺼내며 말했다.

"녀석, 고생길이 뻔한데 뭣 때문에 고집을 부리는지 이해가 되지 않는구나. 아무튼 좋다! 형님이 허락하셨다니 참장(參將) 중에 한 사람을 딸려 보내주마. 그리고 형님께서 따로 파발을 보냈다고 하니 감숙에 가거든 그쪽 지휘사(指揮使)에게 이 직인을 보여주고 협조를 구하도록 해라."

그러면서 용호가 음각된 신패와 직인을 건네주자 연성걸이 황송하다는 듯 두 손으로 받아 들었다.

"그리고 가는 길에 무용각(武勇閣)에 들러 옷을 갈아입도록 해라."

"옷을요?"

"그래. 아무래도 남의 눈도 있고 하니 갑주를 준비해 놨다. 편법으로 천호(千戶) 직을 줄 테니 잘 다녀오도록 해라."

"처, 천호입니까? 감사합니다, 숙부님!"

입을 함지박만 하게 벌리며 급히 군례를 취해 보이는 연성걸.

연묵진이 말한 천호 직이란 휘하에 천이백 명의 병사를 거느리는 정천호(正千戶)를 말함이다.

왕왕 달단 토벌이나 녹림 토벌 같은 중요 군사작전을 벌일 때 애꿎은 병력 손실을 막기 위해 강호인들에게 정천호 직을 안겨주고 그들로 하여금 선봉에 서도록 부탁한 사례가 많았다. 그러니 이 일이 알려진다고 해도 크게 구설수에 오를 건 없었다.

하지만 개인적인 복수심으로—폐인이 된 사부를 위해—부친을 졸라댄 연성걸로서는 뜻하지 않은 관직에 입이 귀밑에 걸릴 수밖에 없었다.

물론 정식 임명이 아닌 임시직인데다가 부친이 좌도독이고 숙부가 우도독이었기에, 더하여 조부가 대도독이었기에 가능한 일이었지만, 자신의 형인 연성욱은 서른이 되어서야 정천호를 제수받지 않았던가.

'결국 형보다는 나를 더 믿으신다는 뜻인가?'

그런 생각을 하며 속으로 뿌듯해하는 연성걸.

이번 일이 끝나고 나면 그동안의 고집을 꺾고 군문에 들어가는 것도 한번 고려해 봐야겠다고 생각하며 방을 나섰다.

*   *   *

"하아! 하아!"

두두두두두!

호쾌한 기합 소리.

고막을 뒤흔드는 말발굽 소리.

거기다 찢어질 듯한 말울음 소리까지.

장관이었다.

기치창검을 번뜩이는 천여 기의 마필.

그들이 자욱한 흙먼지를 휘날리며 들판을 가로지르자 거칠 것이 없어 보였다.

하긴, 선두에는 갑옷 차림의 장수들이, 후미에는 창검을 든 기병들이 호호탕탕 말을 달리고 있었으니 어느 누가 이들을 막을 수 있겠는가. 달단이나 회족이 집단으로 거주한다는 녕(寧)* 땅임에도 감히 이들을 막아서는 사람이 없었다.

'후후, 과연 숙부님께서 신임할 만한 정예부대로군!'

연성걸은 뿌듯한 표정으로 좌우를 둘러봤다.

벌써 두 시진째 말을 달리고 있는데도 한 치의 흐트러짐도 없는 일사불란한 대열.

이런 엄정한 군기(軍紀)는 강호인으로선 엄두도 내지 못할 일이다.

---

* 녕(寧):지금의 녕하회족자치구(寧夏回族自治區)

'아마 사형께서 보면 깜짝 놀라시겠지?'

속으로 담화검 화무린의 표정을 상상하며 은근히 목에 힘을 주는 연성걸이다.

얼마 전 태원을 출발한 연성걸 일행이 향하고 있는 곳은 청수하(淸水河) 상류 지역인 고원현(固原縣) 부근.

그곳이 사문인 공동산과 가까워 기마병에게 휴식을 줌과 동시에 사형인 화무린을 만나 함께 감숙으로 들어갈 계획이다.

'감숙에 들어가면 또 한 번 놀라시겠지?'

감숙은 대륙에서 서역으로 통하는 주요 무역로다. 마찬가지로 서역에서 대륙으로 들어오는 입구 관문이며, 특히 달단을 비롯한 새외이족(塞外異族)들이 대군을 끌고 공격해 들어오는 주요 침입 경로이기도 하다.

따라서 그 통로 격인 옥문관과 웅관, 그리고 그 배후 도시인 주천(酒泉), 장액(張掖), 무위(武威), 란주(蘭州) 등에는 평소에도 많은 병력이 집결해 있었다. 군사적으로 볼 때 서북부 최대의 분쟁 지역이자 일차 방어선이기 때문이다.

그곳에서 연성걸은 또 한 번 군병을 차출해 오천의 군세로 토로번을 휘저을 작정이다.

그때 오천의 병사를 호령하는 자신을 보며 사형은 얼마나 놀랄 것인가?

'아마 그때부터는 더 이상 나를 철없는 막내 동생 취급하

진 않을 것이다.'

그런 생각을 하며 신패와 직인을 만지작거리는데,

"공자, 드디어 다 온 것 같습니다. 어떻게, 계속 전진할까요?"

옆에서 말을 달리고 있던 참장 서문기의 목소리가 들려왔다. 그 말에 고개를 들어보니 과연 육반산(六盤山)과 공동산이 아스라이 보이고 그 아래 백여 호쯤 되는 마을이 나타났다.

"호! 변방치고는 꽤 괜찮은 곳이군!"

산비탈을 깎아 만든 계단식 논밭과 졸졸졸 소리를 내며 흐르는 실개천.

강변 따라 하늘거리는 갈대와 야트막한 언덕 위에서 자유롭게 뛰어노는 양 떼.

특히 언덕 양편으로 늘어서 있는 회족 특유의 가옥들이 왠지 모를 여유로움과 신선함을 안겨주었다.

"쩝……. 이대로 들이닥치면 모두 기절초풍하겠군. 일단 이곳에서 휴식을 취하면서 소식을 기다리도록 하죠."

연성걸이 아쉬운 표정으로 말했다.

마음 같아서는 개선장군처럼 들어서고 싶었지만 길도 좁고 괜한 평지풍파를 일으키는 것 같아 마음 한구석이 찜찜했기 때문이다.

"알겠습니다. 그럼 모두에게 휴식을 명한 뒤 몇 명 추려서 마을로 들여보내겠습니다."

서문기가 목례를 취하며 병사들에게 명을 내리려 허리를 틀 때였다.

두두두두!

갑자기 산모퉁이에서 요란한 말발굽 소리가 들려왔다.

깜짝 놀란 서문기는 급히 말머리를 틀어 연성걸 앞을 막아섰다.

"중군, 공자를 보호하고, 선봉, 경계 태세를 갖춰라!"

명이 떨어지자 창검이 일제히 곤두섰다.

어느새 진형을 갖추고 삼엄한 눈빛으로 전면을 주시하는 병사들.

연성걸은 내심 감탄하며 서문기에게 전음을 보냈다.

"장군, 괜찮습니다. 우리 편입니다."

그 말과 함께 모두 보라는 듯 한쪽 팔을 번쩍 치켜드는 연성걸.

느닷없는 그의 행동에 병사들이 어리둥절해했다. 하지만 연성걸 뒤에서 눈짓을 보내는 서문기를 보고 피식 웃으며 일제히 창을 내렸다.

휘리릭, 쿵!

마치 무력시위 하듯 창을 한 바퀴 돌리며 지면으로 쿵 내리찍는 병사들.

가히 정예병다운 위세였다. 그로 인해 또 한 번 어깨가 으슥해진 연성걸은 서문기에게 고맙다는 눈빛을 보낸 뒤 말허리를 박차 앞쪽으로 달려나갔다.

'어라라? 저게 다 뭐야?'

화무린을 마중 나가기 위해 신나게 말을 달리던 연성걸은 차츰 눈을 부릅떴다.

산모퉁이에 가까워지면서 자욱했던 흙먼지가 가라앉고 화무린 일행의 모습이 드러났다.

그런데 그 숫자가 예상을 훨씬 뛰어넘는 게 아닌가.

사형을 위시한 공동파 제자들이야 그렇다 쳐도 평소 얼굴 보기 힘든 사숙들까지 합류해 있었다.

뿐인가.

사형 뒤에 늘어서 있는 비단 화복 차림의 무인들은 분명 사형의 가문인 화씨세가의 무인들이다.

거기다 저 붉은 경장 차림의 중년인들은 누군가.

하나같이 정갈하면서도 으스스한 분위기를 자아내고 있다.

'언가장! 진주 언가장이다!'

정사대전 당시, 혈전의 선봉에 서서 혁혁한 전공을 세웠다던 파괴적인 가문. 그러나 음풍마제에게 치명적인 일격을 당해 거의 괴멸 직전에 이르렀다던 그들이 다시 강호에 등장한 것이다.

'그리고 저들은 또 누구야?

언가장의 등장이 놀랍긴 하지만 그들뿐이었다면 어느 정도 놀란 가슴을 다스릴 수 있었으리라. 그런데 언가장 뒤에 서 있는 저 얼음장 같은 검수(劍手)들은 또 누구란 말인가?

'혹시… 검각(劍閣)의 고수들……?'

아마 틀림없을 것이다.

나는 새도 뒤돌아선다는 촉도(蜀道).

하늘을 찌를 듯한 산봉우리와 천야만야한 절벽이 끝없이 늘어서 있는 곳. 그리하여 첩첩산중이라는 말이 더할 나위 없이 잘 어울리는 계곡, 깊이를 알 수 없는 절벽 끄트머리에 십팔층 전각을 짓고, 통로는 오직 맞은편 벼랑에 길게 늘어뜨린 쇠줄 하나만 갖춰놓고 평생 검로만 수련한다는 절정검수들의 집단! 한번 등장하면 반드시 강호에 파란이 인다는 일격필살(一擊必殺), 혈견휴(血見休)의 그 검각이 분명해 보였다.

'으음……'

그들 외에도 승, 도, 속의 다양한 무리가 보였다.

'항산파와 오태산 승려들, 거기다 왕옥산의 도사들까지?'

몇몇 반가운 얼굴들도 보였다.

'맙소사! 잠룡지회의 친구들까지 합류했군!'

공동파 삼대제자 중 최고수이자 공동파가 자랑하는 복마 십팔검에 든 담화검 화무린.

그의 인맥은 상상을 초월했다. 때문에 화무린을 만나기 전까지만 해도 그의 표정을 상상하며 즐거워하던 연성걸은 오히려 화무린이 동원한 고수들을 보고 정작 자신이 놀라고 말았다.

'과연 사형이시다!'

이렇게 다양한 문파들과 교류 관계를 맺고 있는 사형 앞에서 어쭙잖게 위세를 자랑하려 했다니…….

하지만 이 모든 상황보다 더 놀라웠던 건, 푸른 도포 자락에 상투를 틀고 그 위에 도관까지 갖춰 쓴 화무린의 차림새였다.

"아니, 사형? 설마 저 없는 사이에……?"

그 설마가 사실이었다.

"원시천존……. 서찰은 받았다만 뜻밖에도 정예 기병을 데려왔구나. 고맙다, 사제."

평소와 달리 도호를 외우며 무심하게 고개를 끄덕이는 화무린.

불과 한 달 전까지만 해도 따뜻하게 자신을 돌봐주던 화무린이 갑자기 딴사람이 되어버린 듯하자 연성걸은 가슴 한구석이 싸하게 저려왔다.

폐인이 된 사부를 보고 복수를 맹세하던 그가 결국 사부의 뒤를 이어 공동파에 뼈를 묻기로 결심한 모양이다.

이제 따뜻한 미소가 흐르던 그의 얼굴엔 차가운 한기만 감돌고 있었다.

'사형······.'

사부의 원수를 갚기 위해 세상과의 인연을 단절해 버린 화무린.

그의 도사 복장을 보고 흐뭇해하는 사숙들과 달리, 착 가라앉은 화무린의 눈빛을 보고 그의 분노가 어느 정도였는지를 새삼 깨닫는 연성걸이었다.

'아마 사형은 자신의 출가를 담보로 사숙들을 끌어들였을 것이다.'

그렇지 않다면 심산유곡에 은거하고 있던 사숙들이 나설 까닭이 없었으니.

'그러고 보니 검각은 현풍 사숙께서 끌어들이셨군!'

어째 이상하다 했다.

언가장이나 항산파, 잠룡지회의 친구들 등은 화무린의 연줄로도 가능했지만, 십 년에 한 번 강호에 나올까 말까 한다는 검각과는 서로 일면식이 있을 리 만무했다. 그러니 한때 검도인(劍道人)이란 별호로 천하를 떠돌며 비무행을 벌였던 옛 공동제일검 현풍 사숙의 연줄이리라.

'아무튼 내가 바보였군. 하늘 같은 사형 앞에서 고작 천호장의 위세를 뽐내려 했다니······.'

너무 순수한 사람. 그러나 한 번 분노하면 제 모든 것을 불사르는 무서운 사람.

그런 성정을 알았기에 하늘 높은 줄 모르고 날뛰던 자신이

은연중에 고개를 숙였던 건지도…….

"아무튼 뭐, 갑자기 도사님이 되신 사형이 어색하긴 하지만, 지금부터 놈들을 사냥하러 가볼까요?"

"그럴까?"

석고상 같은 표정으로 고개를 끄덕이는 화무린, 아니, 이제는 청인(靑刃)이라는 도사로 바뀐 그가 눈짓으로 신호를 보내자, 연성걸이 이끄는 천이백 명의 기병과 공동파를 위시한 삼백여 명의 고수가 일제히 감숙으로 향했다.

묵자후 일행이 출몰한다는 신강 땅, 그중에서도 은신처로 활용하고 있다는 토로번 일대를 초토화시키기 위해.

*   *   *

"뭐라고? 공동파가 움직였다고?"

"공동파뿐만이 아닙니다. 검각과 언가장, 화씨세가와 항산파 등이 모두 함께 움직였답니다."

"검각에 언가장, 항산파까지? 미치겠군! 누구 마음대로 움직여? 아무 통보도 없이 움직여 버리면 다른 사람들은 어떡하라고?"

탁자를 후려치며 노발대발 고함을 지르는 늙은 거지.

뻐드렁니에 주근깨투성이인 그는 현 개방 방주 철심협개 고태독이었다.

산서의 병권을 한 손에 거머쥐고 있는 연가장. 그곳 움직임
이 심상치 않아 정보망을 총가동하고 있는 중이었다. 그런데
이런 날벼락 같은 소식이 날아들 줄이야.

'이건 좋지 않다! 만약 그들이 놈들에게 몰살당하기라도
한다면…….'

그럴 리는 없겠지만, 졸지에 산서와 감숙이 무주공산이 되
어버린다.

'그렇게 되면……?'

대륙 서북부가 단번에 놈들 수중에 들어가게 된다.

"그건 안 돼!"

버럭 고함을 지르며 자리에서 벌떡 일어나는 철심협개.

"대지급(大至急)이다! 이 소식을 즉시 화산에 알려라! 화산
에 모여 있는 장문인들에게 모든 논의를 중지하고 급히 감숙
으로 사람을 보내 그들을 멈춰 세워야 한다고 전해라! 반드
시! 반드시 멈춰 세워야만 한다고 전하란 말이다!"

"알겠습니다!"

고개를 숙임과 동시에 부리나케 달려나가는 이결제자.

곧 개방 총단에서 화산을 향해 대지급을 알리는 전서구가
날아올랐다.

그러나…….

*   *   *

"흠, 개방에서 급전이 날아왔다구요?"

"그렇다더군요."

"듣자 하니 공동파 속가 아이들이 중심이 돼서 일을 벌인 모양인데, 음, 그걸 우리더러 막아달라니 모양새가 좀 우습지 않습니까?"

"그렇습니다. 더구나 군부까지 끼어들었다고 하니, 쯧쯧. 감숙과 산서는 어차피 변방에 불과하니 최악의 상황이 벌어진다고 해도 대세에는 큰 지장이 없을 터인데……."

"동감이외다. 설령 놈들이 감숙과 산서를 장악한다 해도 어차피 주목표는 영웅성이 될 겁니다. 서두를 필요가 전혀 없는 일이예요."

회의실에 둘러앉아 느긋이 한담을 나누는 강호 명숙들.

그들의 관심은 감숙이 아니라 다른 데 쏠려 있었다.

"그건 그렇고, 한 달 뒤에 개최하기로 한 무림맹주 선출대회 말이오. 차라리 봄쯤으로 미루면 어떻겠소이까?"

"왜요? 딱히 미뤄야만 할 이유라도 있으시오?"

"그게… 날씨도 날씨려니와 먼 곳에 있는 사람들은 참석하기 쉽지 않을 것 같아서 말이오."

"어허, 무슨 말씀을! 강호 제문파에 서신을 띄운 지가 언젠데 참석하기 쉽다느니 어렵다느니 그런 말이 나오는 겁니까? 게다가 강호인으로서 날씨 타령이라니, 남들이 들으면 웃습니다, 장문인."

"허허, 남들이 웃다니요? 이왕이면 많은 사람이 모이는 게 좋지 않습니까?"

"제 생각은 달라요. 우리가 사적인 이익을 취하기 위해 시작한 일도 아니고, 강호 정의를 수호하기 위해 합의한 일이 아니외까? 그런데 고작 날씨와 거리를 따져 대회를 연기하자니요? 그 정도 성의도 없는 사람들이라면 아예 오지 않는 것이 좋아요."

"어허, 그게 아니래두 그러는구려."

오가는 말은 점잖았지만, 그 안엔 가시가 숨어 있었다.

근 이십육 년 만에 개최하는 무림맹주 선출대회.

다들 자파가 지지하는 인사를 당선시키기 위해 조금이라도 유리한 일정을 잡으려고 암투를 벌이고 있었다. 그러다 보니 개방 방주가 보낸 서신은 한낱 휴짓조각이 되어 모두의 기억에서 사라져 버리고 말았다.

*　　　*　　　*

같은 시각, 영웅성.

두 사람이 밀담을 나누고 있었다.

"그대는 이 일을 어찌 처리했으면 좋겠는가?"

차분한 표정으로 질문을 던지는 사내.

불과 한 달 전까지만 해도 뇌존 눈 밖에 나 십 년 면벽형을 받고 있다가 천화신검 장무욱과 운룡검 유소기의 죽음으로 한순간 사면 복권되어 다시 영웅성 무공총사 겸 척마단주로 임명된 비룡검 양욱환이었다.

"제 생각에는 별 의미가 없는 것 같습니다. 괜히 장성 이북을 들쑤셨다가는 잠자코 있는 늑대들, 달단족이나 회흘족*을 자극할 우려가 있습니다."

양욱환의 질문에 공손히 대답하는 사람.

천밀각 산하의 광동 지단주였다가 묵자후의 정체를 파악한 공로로 일약 천밀각 서열 삼위인 지단총령으로 승진한 옥척수사 이일화였다.

지금 두 사람이 나누고 있는 대화의 주제는 화무린을 비롯한 공동파와 언가장, 검각 등의 토로번 공략 건.

기련산 참사 이후 강호에 전력을 기울이기로 한 뇌존 탁군명의 지시에 따라 영웅성의 모든 정보망은 묵자후를 비롯한 옛 철마성 마인들의 행적을 쫓기에 여념이 없었다. 그런데 오늘, 정파 쪽에서 의외의 정보가 날아와 그 처리 방향을 의논하고 있는 중이었다.

"하면 이대로 결과만 지켜보자고? 그러다가 사부님께 문책

---

*회흘(回紇):현재의 위구르. 몽골과 투르키스탄 등에서 활약한 투르크계 민족. 쿠틀룩 빌게 카간(Kutlug Bilge Kagan)이 오르콘 강 유역을 지배하면서 오르콘 제국이라고 불렸고, 전성기 때는 알타이 산맥에서부터 바이칼 호까지 지배했다.

이라도 당하면……?"

"아마 그런 일은 없을 겁니다. 공자께서도 짐작하고 계시다시피 놈들의 거점이 너무 쉽게 밝혀지지 않았습니까? 우리 쪽 요원들이 그렇게 찾아도 못 찾은 거점을 말입니다."

"그건 그렇지만……."

"아무래도 함정일 가능성이 높습니다. 하니 제 생각에는 토로번을 조사할 시간에 차라리 다른 곳을 조사해 봤으면 좋겠습니다."

"다른 곳?"

"예. 어차피 마도나 흑도나 서로 오십보백보. 냄새 나는 곳에 파리가 꼬이듯, 이권이 있는 곳에 놈들이 끼어들게 마련입니다. 특히 철마성처럼 한 시대를 풍미한 조직이라면 반드시 그만한 돈줄이 있게 마련. 따라서 이번 기회에 놈들의 자금줄을 한번 파헤쳐 봤으면 좋겠습니다."

"오! 그거 괜찮은 생각이군. 그런데 그걸 조사하려면 엄청난 시간과 인력이 소모될 텐데?"

양욱환이 반색하면서도 우려를 표하자 이일화는 자신있다는 듯 미소를 지었다.

"이미 생각해 둔 바가 있습니다. 며칠 전, 우연찮게 옛 자료들을 뒤져 봤는데 거기서 몇 가지 연결고리를 발견하게 되었습니다. 염상이나 마방, 기루 같은 어두운 곳들 말입니다. 그곳들을 중심으로 조사해 보면 뭔가 그럴듯한 게 잡힐 것 같습니다. 마침 환마라 불리던 묵자후 그놈이 이용한 것으로 보이는 기루에 대한 첩보도 들어와 있는 상태거든요."

"오! 그래?"

"예. 그래서 몇몇 요원을 그곳으로 파견해 두었습니다. 그리고 또 한군데, 아단용성 부근도 조사해 볼 계획입니다."

"아단용성?"

"그렇습니다. 정사대전 초기에 놈들이 본거지로 사용하던 곳입니다. 그곳에 성을 세우면서 철마성이라 불리기 시작했는데, 아무래도 그곳에 웅크리고 있을 확률이 높을 것 같습니다."

"옛 철마성이라면 이미 폐허가 된 장소가 아닌가? 놈들이 바보가 아닌 이상 그곳을 또 사용할 확률이 있을까?"

"저도 같은 생각을 했습니다만, 놈들 중에 진법의 대가가 있다면 허허실실의 묘를 살릴 수 있습니다. 그래서 여러 가지 가능성을 생각해 한번 조사해 볼 계획입니다."

"음. 자네 판단이 그렇다면 알아서 하게. 대신 이 서찰은 이제 필요없겠군."

"그렇습니다."

이일화가 고개를 끄덕이자 정파, 보다 정확하게는 개방으로부터 전해 받은 서찰을 구겨 버리며 가볍게 손을 내젓는 양욱환이다.

대화가 끝났으니 이만 나가보라는 뜻인데, 엉거주춤 자리에서 일어나던 이일화는 뭔가 빠뜨린 게 있는 듯 다시 자리에 앉으며 말했다.

"저어, 공자님. 공자님께 한 가지 더 부탁드릴 일이 있습니다."

"뭔가?"

무심히 고개를 드는 양욱환.

갑자기 사람이 달라져 버린 듯했다.

서찰을 구겨 버린 직후부터 착 가라앉은 눈에 인정이라곤 느껴지지 않았다.

'내가 뭘 잘못했나?'

이일화는 속으로 고개를 갸웃거리며 조심스럽게 말했다.

"죄송하오나, 공자님께서 시간을 내서서 한 사람을 좀 만나보셨으면 좋겠습니다."

"누구를?"

"검후라고, 남해 보타암 출신의 여협입니다."

"혹시 기련산에서 이기어검을 펼쳤다는 그……?"

무심하던 양욱환의 눈에 희미한 빛이 번쩍였다.

이일화는 재빨리 고개를 끄덕였다.

"그렇습니다. 제 생각으로는 기련산 참사 이후 정파의 희망이 된 검후, 그녀를 공자님 편으로 끌어들이셔야 공자님의 입지가 더욱 탄탄해질 것 같습니다."

"흠, 그녀는 지금 어디에 있지?"

묘한 표정으로 턱을 괴던 양욱환이 불쑥 질문을 던졌다.

이일화는 곧바로 대답했다.

"예. 기련산을 떠나 종적이 묘연한 것으로 알려졌습니다
만, 현재 파양호 부근에 있는 작은 암자에서 휴식을 취하고
있는 것으로 압니다."

"알겠네. 짬을 내서 한번 만나보도록 하지."

"감사합니다. 그리고 혹시 시간이 남는다면 남해검문과의
연계도 한번 생각해 보시지요."

"남해검문? 그들이 아직도 남아 있었나?"

"예. 워낙 저력이 있는 곳이라 빠르게 재기를 도모하고 있
습니다. 하니 그들과 손을 잡게 되면 광동 연안의 고수들은
물론이고 그들이 끌어모으고 있는 은거고수들과도……."

"알겠네. 내 자네의 충심은 마음 깊이 새겨두도록 하지."

이야기를 듣다 말고 다시 손을 휘휘 내젓는 양욱환.

뭔가 이상하다는 생각이 들었지만, 재차 내려진 축객령이
라 어쩔 수 없이 자리에서 일어날 수밖에 없는 이일화였다.

이일화가 떠나고 나자 양욱환은 한동안 석상처럼 앉아 있
었다. 그러다가 갑자기 혼잣말처럼 말했다.

"언제 오셨소?"

누구에게 하는 말일까.

집무실 그 어디에도 인적이라고는 느껴지지 않는데 마치

누군가의 대답을 듣기라도 한 듯 서탁으로 자리를 옮긴 양욱환은 희미하게 고개를 끄덕이며 서찰을 작성하기 시작했다.

'존경하는 의조모님께' 라는 글귀로 시작되는 편지.

거기에는 작금의 영웅성 상황과 구대문파의 무림맹 결성 소식, 그리고 천밀각을 통해 밝혀진 옛 철마성 마인들의 명단과 예상 이동 경로 등, 당금 강호의 주요 현안들이 낱낱이 작성되기 시작했다. 또한 옥척수사 이일화와 나눈 방금 전의 밀담 내용까지 속속들이 포함되었다.

촘촘한 글씨로 반 시진에 걸쳐 서찰을 작성한 양욱환은 말미에, '소손이 이러한 정보를 파악하게 됐으니 의조모님께서 지침을 내려주시기 바랍니다' 라는 문구를 적어 넣은 뒤 서명을 하고 편지를 갈무리했다.

이후 은은한 장력으로 먹물을 말린 양욱환은 서찰 앞뒤로 촛농을 떨어뜨리고 품 안에서 약병을 꺼내 하얀 가루를 뿌린 뒤 둘둘 말아 천장으로 휙 집어 던졌다. 그러자 천장에서 일진 미풍이 불어와 서찰을 휘감고 소리없이 사라져 버렸다.

*　　　*　　　*

삐이익! 삐리리릭!

아득한 창공에 한 떼의 독수리가 날아들었다.

매서운 바람.

황량한 사막마저 얼려 버리는 혹한의 날씨에 먹이는 자취를 감춘 지 오래.

어린 독수리들은 생존을 위해 남쪽으로 떠나가지만, 억세고 강한 독수리들은 사막을 횡단하며 먹이를 찾아 떠돈다.

그런 독수리들이 수십 리를 날아 도착한 곳.

사막 외곽에 위치한 넓은 초지다.

비록 사방에 불길이 일렁이고 시커먼 연기가 피어오르고 있었지만…….

화르르!

천막이 불길에 쓰러진다.

쓰러지는 천막 안에서 사람들이 뛰쳐나온다.

공포에 질린 사람들.

그들을 향해 소나기 같은 화살이 쏘아진다.

쐐애애애액!

파바바바박!

"으아악!"

"아아악!"

애처로운 비명을 지르며 힘없이 쓰러지는 사람들.

피투성이가 된 그들 머리 위로 광포한 말발굽이 들이닥친다.

두두두두두!

"죽여! 모두 죽여 버려!"

"특히 꼬마들은 씨도 남기지 마! 요것들이 커서 국경을 넘본단 말이야!"

힘없는 노인들과 어린아이들, 심지어는 공포에 떠는 여인들마저 짓밟으며 광소를 터뜨리는 병사들.

그들의 눈은 시뻘겋게 충혈되어 있었다.

과도한 살육이 그들의 이성을 마비시켜 버린 것이다.

취리릭!

"휴우! 여기도 아닌 것 같군."

한 사람이 검신에 맺힌 핏방울을 털어내며 나직이 한숨을 쉬었다.

"가는 곳마다 허탕이니 아무래도 정보가 잘못된 것 같습니다."

옆에서 검을 회수하던 사람도 무거운 표정으로 고개를 끄덕였다.

우울한 표정으로 대화를 나누는 이들.

그들의 소매엔 작은 주먹이 수놓아져 있었다.

타는 듯 붉은 무복에 황토 빛 주먹이 수놓인 경장.

이는 진주 언가장의 독문 복색이 아닌가?

그들 외에도 많은 사람들이 저마다의 무복을 갖춰 입고 있었다.

승, 도, 속을 망라한 각양각색의 무복.

그렇다면 이들은 녕하를 지나 신강으로 들어선 화무린 일행이란 말인가?

그랬다.

지난 열흘 동안 토로번 일대를 돌며 스무 개의 마을을 초토화시켜 버린 산서 후군도독부 소속의 기병들과 웅관 소속의 기병들, 그리고 공동파와 언가장, 검각 등으로 구성된 화무린 일행이었다.

애초 이들의 목표는 묵자후를 비롯한 옛 철마성 마인들을 치는 것.

그러나 엉뚱하게도 겨울을 나기 위해 초원으로 이동하는 유목민들을 짓밟고 있었다. 그러니 원행(遠行)에 지쳐 제 성질을 터뜨리는 병사들은 몰라도, 뜻한 바가 있어 이번 일에 참여한 무인들로서는 지금 상황이 곤혹스러울 수밖에 없었다.

"아무리 이족들이라지만, 희생이 너무 커지는군요."

"그러게 말입니다. 우리가 여기까지 온 이유는 향후에 있을 민초들의 희생을 줄이기 위해서인데, 으음……."

차마 말을 잇지 못하겠다는 듯 장탄식을 흘리는 이들.

그들 역시 말발굽에 밟혀 죽어가는 유목민을 보고 그 고통을 덜어준다는 명분하에 검을 휘둘렀다.

그 죄책감이 가슴을 답답하게 만들었다. 그래선지 씁쓸한 표정으로 고개를 돌리는 그들의 시선은 서서히 마무리되어 가고 있는 학살 현장으로 향하고 있었다.

"잡아! 저 계집을 잡아!"

"와하하하, 이년! 어디로 도망치려고?"

"꺄아아악!"

음흉한 괴성에 쫓기던 이름 모를 여인의 비명도,

"끄으! 텡그리, 거크 수가르(하늘이 너희에게 천벌을 내릴 것이다)……."

심장에 박힌 화살을 빼내며 간신히 내뱉는 노인의 저주도,

두두두두두!

폭풍처럼 들이닥치는 말발굽 소리에 휘말려 금방 사그라지고 말았다.

창검과 갑주로 중무장한 채 힘없는 유목민을 말살하는 병사들.

그들은 이미 인간이 아니었다. 피에 굶주린 짐승이나 다름없었다.

제57장

서전

魔道
天下

'휴… 일이 점점 꼬이는군. 병사들이 전혀 통제가 되지 않고 있어.'

연성걸은 속으로 한숨을 내쉬었다.

감숙에서 병사들을 차출할 때까지는 좋았다.

강호 고수 삼백에, 기병이 오천이었으니 천하에 두려울 게 없었던 것이다.

하지만 신강으로 들어서면서부터 차츰 걱정거리가 늘어났다.

먼저, 명이 통하지 않는 병사들.

서로 지휘 체계가 다르고 추위 속에 강행군하다 보니 하루가 다르게 거칠어져 갔다. 그러다가 보급마저 제때 이뤄지지 않자 하나둘 불만을 터뜨리더니 급기야 유목민들에게 그 화풀이를 해대기 시작했다.

비록 이족들이라지만 그들도 엄연한 생명을 가진 인격체가 아닌가. 더욱이 겨울을 나기 위해 이동하는 평범한 유목민에 불과했으니 정파 출신인 연성걸로서는 병사들의 만행이 이해가 되지 않았다. 그래서 몇 번이고 통제하려 했지만 차마 입이 떨어지지 않았다. 참장 서문기나 웅관의 장수들도 묵인하고 있는 상황이라 참견하기가 쉽지 않았던 것이다.

또한 눈치를 봐야 하는 윗사람이 너무나 많다는 것도 문제였다.

사문인 공동파의 사숙들을 비롯해 항산파와 언가장, 검각의 고수들, 오태산의 승려와 왕옥산의 도사들, 거기다 언젠가부터 말문을 닫아버린 화무린까지.

큰소리쳐도 마땅찮을 판국에 눈치 볼 사람이 한두 사람이 아니니 도대체 위신이 서지 않았다.

'게다가 날씨는 또 왜 이렇게 추워?'

애초에 추위를 각오하지 않은 건 아니지만 예상보다 훨씬 추웠다. 특히 늦은 밤부터 이른 새벽까지 이어지는 뼈를 엘 듯한 한기라니!

제아무리 연성걸이라도 이런 추위는 감당하기가 쉽지 않았다. 밤과 낮의 기온 차이가 너무 심해 체력 소모가 컸기 때문이다.

물론 추위를 이기기 위해 불을 피우거나 내공을 쓰면 되지만 그것도 하루 이틀이지, 적지나 다름없는 곳에서 불을 피운다는 게, 그것도 수련이나 비무를 위해서가 아닌, 추위를 이기기 위해 내공을 사용한다는 게 왠지 꺼림칙하게 느껴졌다.

'그렇다고 이대로 돌아가자고 할 수도 없고…….'

현오 진인의 복수를 위해 이곳까지 온 사숙들이나 사형을 설득하는 건 둘째 치고 스스로에게도 변명의 여지가 없는 일이었다. 부친은 물론이고 숙부에게까지 부탁해서 병사들을 차출하지 않았던가. 그러니 이대로 돌아간다는 건 자기 얼굴에 먹칠을 하는 것이나 다를 바 없다.

'이럴 줄 알았다면 병사들을 데려오지 말걸.'

뒤늦게 후회가 되었다.

지금 상태로 해를 넘기게 되면 부친이나 숙부 입장이 곤란하게 된다. 아무리 군부의 실력자들이라지만 병력을 장기간 이동시켰다가는 추궁을 면치 못하게 되니.

'결국 관건은 하루라도 빨리 놈들을 일망타진하는 것인데, 어디 숨었는지 코빼기도 보이지 않으니 정말 미치고 환장할 노릇이군!'

그렇게 속으로 투덜거리고 있을 때였다.

"공자, 찾았습니다! 드디어 놈들의 은신처를 알아냈습니다!"

저 앞쪽에서 서문기가 희색이 되어 달려왔다.

"뭐라고요? 그게 정말입니까?"

"그렇습니다! 방금 이곳 부족장을 취조해 봤는데, 주기적으로 식량을 사 가는 강호인들을 본 적이 있답니다."

"주기적으로 식량을 사 가는 강호인?"

"그렇답니다. 몇몇 부족들과 계약을 맺어 일꾼들도 뽑아갔답니다."

"일꾼들이라고요?"

"예! 성곽을 고치고 지하 수로를 파기 위해 인력이 필요하다고 했답니다."

"성곽과 지하 수로?"

연성걸의 눈이 번쩍 뜨였다.

'놈들이다! 틀림없이 그놈들이다!'

연성걸은 자기도 모르게 주먹을 불끈 움켜쥐었다.

"어딥니까? 그 위치가 어디랍니까?"

"옥문관 부근 아단용성이랍니다."

"아단용성? 그럼 지금까지 우리가 엉뚱한 곳을 헤매고 다녔다는 말입니까?"

"그게… 그런 것 같습니다."

"허허……."

어이가 없었다.

하지만 아무려면 어떠랴. 드디어 놈들의 위치를 알아냈으니 지금까지의 고생을 깡그리 되갚아주리라.

"갑시다! 지금 즉시 병사들을 움직여 주십시오."

"알겠습니다. 전군 집합—!"

*　　　　*　　　　*

두두두두!

자욱한 흙먼지를 날리며 까만 점으로 사라져 가는 병사들.

멀리서 그들을 보며 이를 가는 사람들이 있었다.

"으드득! 찢어 죽일 놈들!"

"절대 용서할 수 없다!"

비분강개한 표정으로 눈물을 훔치는 사람들.

방금 잿더미로 화한 부락, 준갈이(準噶爾) 부족의 용사들이었다.

지금은 비록 세 갈래로 흩어졌지만, 한때 신강과 막북을 지배했던 바람의 용사들.

그들이 치를 떨며 분노하고 있었다.

자신들이 사냥을 떠나는 바람에 허무하게 몰살당한 가족들.

그 원수를 갚기 위해 회흘족 최강의 무력을 자랑하는 준갈이 부족 용사들이 움직이기 시작했다.

"이 소식을 가한(可汗)*께 알리고 타클라마칸[塔里木] 부족

---

*가한(可汗):카간, 혹은 칸. 몽골고원에 세워졌던 여러 유목국가 군주(君主)의 칭호. khaghan에서 khaan, khan으로 변형되었다.

에 협조를 요청해라! 로프노르[羅布泊] 인근에서 놈들을 친다!'

비록 계란으로 바위 치기에 불과할지도 모르지만, 그들은 죽음을 두려워하지 않는 바람의 전사들이었다.

*　　　*　　　*

휘이잉……!

사막의 겨울은 모든 걸 얼려 버린다.

힘겹게 돋아난 풀도, 풀잎 사이에 숨어 내일을 꿈꾸는 작은 생명도.

지금도 마찬가지다. 흑오 품에 안겨 바르르 떨고 있는 어린 독수리도 추위에 지쳐 서서히 얼어 죽어가고 있었다.

'불쌍해…….'

무리와 떨어져 헤매다가 생사의 기로에 선 어린 독수리.

흑오는 녀석의 부리를 쓰다듬으며 눈물을 글썽였다.

예전에 까마귀들을 돌볼 때도 그랬지만 흑오는 말 못하는 짐승들과 교감을 나눌 때가 가장 기분이 좋았다. 그래서 어미가 제 새끼를 돌보듯 추위에 얼어붙은 독수리를 안고 따스한 체온을 불어넣어 주고 있었다.

그런 흑오의 귓가에 아련한 노랫소리가 들려왔다.

일이월은 눈 때문에 못 가고
삼사월은 눈 녹은 물이 길을 막아 못 가네
오유월은 진흙이 발목을 잡아 못 가지만
칠팔월은 쭉쭉 나아간다
구시월에 제값 받고 돌아오면
십일 십이월엔 상처 난 흔적도 잊혀지리

듣는 이의 심금을 울리는 구슬픈 가락.

저 절벽 아래, 무너진 성곽을 보수하고 있는 회흘족들에게서 흘러나온 노래였다.

세파에 찌든 세월만큼이나 깊게 파인 주름살.

몇몇 나이 든 여인들이 돌을 옮기며 노래를 부르고 있었다.

한번 생필품을 구하려면 험한 산을 넘고 거친 사막을 지나 몇백 리 이상 떨어진 도회지로 가야 한다. 거기서 애써 키운 양과 염소를 팔고, 가족들이 먹고 입을 생필품을 구해 집으로 돌아오면 훌쩍 한 달이 지나가 버린다.

그렇게 고생하던 기억을 떠올리며 여인들이 노래를 부르자 한쪽 구석에서 쉬고 있던 사람들이 일어나 다시 벽돌을 옮기기 시작했다.

그들 외에도 많은 사람이 움직이고 있었다.

돌궐족과 회족, 장족(藏族) 등이 저마다 무리를 이뤄 돌을 나르거나 수로를 파고 있었다.

그때 어디선가 웅성거리는 소리가 들려왔다.

성곽 끝머리 쪽, 외부로 식량을 구입하러 간 사람들이 돌아오는 소리였다.

그런데 그들 중에 몇 사람이 구슬픈 목소리로 뭐라고 고함을 질렀다. 그러자 성곽 주위에 있던 사람들이 일제히 술렁이기 시작했다.

'왜 저러지?'

흑오는 의아한 표정으로 고개를 갸웃했다.

이유는 잘 모르지만 언젠가부터 저 사람들이 자꾸 자기에게 인사를 보내왔다. 그래서 덩달아 인사를 하며 지내는 사이였는데, 갑자기 그들 전체가 비통하게 울부짖으며 눈물을 흘리자 가슴이 찡하게 아파왔다.

'씨이. 뭐 때문에 우는 거야? 괜히 나까지 슬퍼지잖아.'

이유도 모른 채 눈물을 글썽이는 흑오.

그런 흑오를 향해 몇 사람이 다가왔다.

수염이 머리카락보다 긴 노인과 너무 뚱뚱해서 잘 걷지도 못하는 노파, 그리고 홀쭉 마른데다 허리까지 꼬부라져서 땅만 보고 다니는 주름살투성이의 노파 등이었다.

그들은 절벽 가장자리에 앉아 있는 흑오를 보고 공손히 인사를 건넸다.

흑오 역시 덩달아 고개를 숙여 보였다.

그러자 앞 다퉈 떠들어대기 시작하는 노인들.

무슨 소리를 하는지 하나도 알아들을 수 없었다.

흑오는 인상을 찡그리다가 그들의 눈을 쳐다봤다.

하나같이 충혈된 슬픈 눈빛이었다.

'이 사람들… 가족을 잃었어. 그래서 슬퍼하는 거야.'

언젠가 새끼를 잃은 어미 새가 서럽게 우는 걸 본 적이 있다. 그때와 똑같은 눈빛이었다.

'도대체 누가 이들의 가족을……?'

흑오는 깊은 슬픔과 아픔, 절망과 분노에 가득 찬 노인들의 눈빛을 다시 한 번 들여다봤다. 천마유혼합일대법을 통해 얻은 능력으로 그들의 기억을 읽어보려는 것이었다.

염력을 쓰자마자 흐릿한 영상이 떠올랐다.

드넓은 초원.

하얀 뭉게구름 아래 둥근 천막이 늘어서 있고, 그 사이로 크고 작은 양 떼가 뛰어놀고 있었다.

말과 낙타도 보이고 흙장난을 치는 아이들과, 그런 아이들을 보며 미소 짓는 여인들도 보였다.

그런데 한순간 돌풍이 일더니 모든 정경이 뒤바뀌어 버렸다.

두두두두두!

지축을 울리는 말발굽 소리.

"와하하하! 죽여! 모두 죽여 버려!"

고막을 뒤흔드는 거친 호통 소리.

사방에 불길이 치솟고 자욱한 연기와 함께 처절한 비명이 메아리쳤다.

그리고 망막으로 휙 날아드는 검붉은 선혈.

어린 아기가 말발굽에 짓밟히고 있었다.

피투성이가 되어 죽어가는 아기의 눈에 비친 사람은 시커먼 갑옷을 입은 병사들.

그들이 광소를 터뜨리며 어린 아기의 목을 베고 있었다.

"카앗!"

흑오는 더 이상 지켜볼 수가 없어 자리에서 벌떡 일어났다.

품에 독수리를 안고 파랗게 눈을 빛내는 흑오.

"위대한 아나*시여, 도와주십시오."

"저희들에게 복수할 수 있는 힘을 내려주십시오."

노인들은 바닥에 이마를 찧으며 이구동성으로 외쳤다.

예로부터 북방 민족, 특히 회흘족은 마니교를 믿었고 미신을 숭상했다. 그러다 보니 신과 교감하는 제사장을 극진히 섬겼는데, 노인들이 볼 땐 흑오가 바로 전설에 나오는 위대한 어머니, 여제사장처럼 보였다. 품에 독수리를 안고 불꽃같은 눈으로 죄인들을 징계하는…….

다른 부족들도 마찬가지 생각을 갖고 있었다.

성곽을 보수하면서 귀동냥 삼아 들은 이야기, 죽은 사람을

─────────────

* 아나(ana): 위구르어로 어머니라는 뜻.

수하로 거느리고 천 년 묵은 지네를 친구처럼 다루며, 꿈에 볼까 두려운 거인의 시중을 받으면서 무례한 이를 눈빛으로 제압하는 소녀.

거기다 까마귀를 비롯한 각종 짐승들과 자유로이 대화를 나눈다는 흑오 이야기를 듣고, 다들 자기 부족의 옛이야기에 등장하는 여신이나 여제사장처럼 흑오를 바라보기 시작했다. 때문에 역사적으로는 서로 앙숙일 수밖에 없는 돌궐족과 회흘족, 장족* 등이 한자리에 모여 있었지만 지금까지 아무 분란도 일어나지 않았던 것이다.

물론, 흑오는 그런 생각을 전혀 눈치채지 못하고 있었다.

하지만 지금 노인들이 뭘 원하고 있는지는 분명히 알 수 있었다.

그 옛날, 새끼 잃은 어미 새가 그랬듯이 자기에게 도움의 손길을 요청하고 있다는 걸.

그래서일까.

노인들의 하소연을 듣다가 먼 하늘을 바라보는 흑오.

그녀의 눈에 섬뜩한 혈광이 감돌기 시작했다.

*   *   *

삐이익, 삐리리리릭……

---

*회흘족이 위구르 제국을 형성할 때 당나라를 도와 돌궐을 공격했으며 티벳(서장西藏:장족 밀집 지역)을 자주 정벌했었다.

아득한 창공에서 독수리 울음소리가 들려왔다.

장마철 먹구름이 움직이듯 어디론가 떼 지어 날아가는 독수리들.

"젠장. 저것들이 피 냄새를 맡았나? 으스스하게도 몰려다니는군."

"그러게 말일세. 평소에는 열 마리 보기도 힘든데 오늘은 수천 마리도 넘어 보이는군."

"저놈들, 날아가는 방향도 이상해. 마치 우리가 가려는 곳에 미리 가 있으려고 하는 것 같아."

"글쎄……. 우리 몸에서 피 냄새를 맡았나? 그래서 미리 방향을 예측해 먹잇감을 확보하려는 건가?"

"그 말을 들으니 더 기분이 나쁘군. 마치 저놈들이 우리들의 죽음을 재촉하는 것 같아서 말이야."

"하하! 좋은 쪽으로 생각하자고. 녀석들이 우리를 먹잇감 던져 주는 마음씨 좋은 주인처럼 여기고 있다는 식으로."

"하긴 그 말도 일리가 있군. 그래도 불길한 기분이 드는 건 이놈의 날씨 때문인가?"

찬바람을 헤치며 투덜투덜 대화를 나누는 이들.

기치창검과 갑옷으로 무장한 기마병들이었다.

토로번을 떠나 아단용성으로 향하는 연성걸 일행이었는데, 고로극탑격산(庫魯克塔格山)을 지나자마자 나타난 독수리 떼를 보고 모두 하늘을 쳐다보느라 행렬이 다소 느려졌다.

연성걸 역시 말고삐를 늦추며 무심코 하늘을 쳐다봤다.

과연 기분 나쁠 정도로 많은 독수리 떼가 날아가고 있었다.

"쳇. 평소에는 멋있게 보이던 놈들이 저렇게 떼 지어 날아가니 왠지 흉측하게 느껴지는군. 그나저나 이놈의 아단용성은 도대체 어디쯤 있는 거야?"

그러면서 좌우를 둘러보자 옆에 있던 서문기가 웃으며 앞쪽을 가리켰다.

"이제 거의 다 왔습니다. 저 언덕만 넘으면 옛 루란국(樓蘭國)*이 있던 아단용성 지역입니다."

"그래요? 말씀대로라면 저 언덕 뒤에 놈들이 우글거리고 있다는 말인데, 어째 아무 인기척도 느껴지지 않는 것 같습니다."

연성걸이 고개를 갸웃거리며 묻자 서문기 역시 이상하다는 듯 고개를 갸웃했다.

"그렇군요. 놈들이 저기 모여 있다면 뭔가 사람 사는 흔적이 보여야 하는데 다른 곳과 마찬가지로 황량한 모래벌판밖에 안 보이는군요."

그뿐만이 아니었다.

오랜 세월, 비바람에 깎여 신기하게 형성된 아단지형(雅丹地形)도 제대로 보이지 않았다.

"저기에 뭐가 있다는 거야? 정말 아단용성이 맞기는 한

---

*루란국(樓蘭國):기원전 2세기까지만 해도 서역 36국 중 가장 번성하던 나라였으나 어느 날 갑자기 사라져 버린 신비의 왕국.

거요?"

마침내 연성걸이 짜증을 부리기 시작했다. 이야기하는 중에 언덕을 넘어섰는데도 아단지형이 보이지 않자 심통이 난 것이었다.

"그게… 제 기억으로는 틀림없는데 뭔가 이상하군요. 모래바람이 너무 심하게 불어서 그런가?"

서문기가 민망한 표정으로 이마에 해 그림자를 만들 때였다. 연성걸이 손가락으로 하늘을 가리키며 말했다.

"그런데 저놈의 독수리들은 참 신기하군. 마치 바람 따위는 안중에도 없다는 듯 자연스럽게 날아가고 있지 않소?"

"음? 그러고 보니 그렇군요."

두 사람이 멍한 표정으로 모래바람 속을 통과하는 독수리떼를 보고 있을 때였다.

"사제, 병사들에게 전투 준비를 명해주게."

저 앞쪽에 있던 화무린이 갑자기 전음을 보내왔다.

"예? 주위에 개미새끼 한 마리 보이지 않는데 무슨 전투 준비를?"

연성걸이 고개를 갸웃거리자 화무린이 재차 전음을 보내왔다.

"저 앞에 진법이 설치되어 있다. 방금 왕옥산의 진인들께서 낯선 기운을 감지하시고 진을 해체하러 가셨다."

"진법… 입니까? 알겠습니다!"

대답과 동시에 연성걸은 서문기에게 눈짓을 보냈다. 그러
자 서문기가 말머리를 돌리며 병사들에게 명을 내렸다.

  "전군, 지금 즉시 전투태세에 들어간다! 선봉은 강노(强弩)
부대! 연속 발사가 끝난 뒤 중군, 후군 가릴 것 없이 백인대
다섯! 일자진형(一字陣形)으로 전원 돌격할 준비를 갖춰라!"

  명이 떨어지자 병사들이 급히 대오를 갖추기 시작했다.

  가장 먼저 자기 키보다 큰 활을 든 병사들이 이인 일조로
나아와, 한 사람은 바닥에 누워 양발을 활대에 대고, 다른 한
사람은 창처럼 긴 화살을 시위에 걸었다.

  그들 뒤로는 오백 명의 기병이 일렬횡대로 늘어섰다.

  그 뒤로 오백 명의 기병이 도열했고, 그 뒤로 또다시 오백
명의 기병이 도열했다.

  그렇게 강노부대를 선두로, 오천 명의 기병이 일자진을 형
성한 채 돌격 명령을 기다렸다.

  "강호 제위들께서는 기병들이 돌격하고 난 뒤 후위를 맡아
주시오."

  연성걸은 혹시나 하여 강호인들에게 주의를 준 뒤 화무린
의 전음을 기다렸다.

  이윽고 화무린에게서 신호가 왔다.

  "지금이다, 사제!"

  그 말이 떨어지기가 무섭게 강풍이 그치고 아스라한 성곽
이 나타났다.

연성걸은 곧바로 서문기에게 신호를 보냈다. 그러자 서문기가 손을 번쩍 치켜들며 병사들에게 명을 내렸다.

"강노부대, 발사!"

쩌렁쩌렁한 호통과 함께 서문기가 손을 내리자 이인 일조로 구성된 강노부대가 일제히 활시위를 놓았다.

퉁! 투투투퉁!

쐐애애애액! 쐐쐐쐐쐐쐐액!

귀를 찢을 듯한 파공음.

벼락같이 공간을 가로지르는 화살들.

실로 장관이었다.

창처럼 긴 화살이 꼬리에 꼬리를 물고 날아가자 대기가 천 갈래 만 갈래로 찢겨져 나가는 것 같은 착각이 들었다.

"연속 발사!"

투투퉁! 투투퉁!

쐐애애애액!

쐐쐐쐐쐐쐐액!

지상에서 창공으로 끝없이 쏟아지는 화살들. 그 여파에 휘말린 몇몇 독수리가 형체도 없이 사라질 쯤, 서문기가 다시 명을 내렸다.

"중군, 후군, 돌격 준비!"

"돌격 준비!"

차차창!

복명복창 소리와 함께 병사들이 일제히 창검을 뽑았다. 그러자 전투마들이 흥분하여 거친 투레질 소리를 내뿜기 시작했다.

이윽고 소나기처럼 쏘아대던 강노부대가 마지막 화살을 쏜 뒤 후미로 빠지고.

"전원, 돌격―!"

서문기가 검을 뽑아 들며 돌격 명령을 내렸다.

"와아아아!"

끼히히힝!

두두두두두!

명이 떨어지자마자 질풍처럼 달려가는 오천 명의 기병.

그들이 일사불란하게 말을 달리자 산천초목이 흔들리듯 사방으로 자욱한 모래바람이 흩날렸다.

"이런!"

"에퉤퉤퉤!"

졸지에 모래를 흠뻑 뒤집어쓴 강호인들은 어이없다는 표정으로 머리를 흔들다가 각자 전열을 추슬러 기병들을 뒤따르기 시작했다.

＊   ＊   ＊

콰두두두두두!

"하아! 하아!"

지축을 울리는 말발굽 소리.

심장을 들뜨게 만드는 거친 기합 소리.

연성걸은 오천 명의 기병과 함께 숨 가쁘게 말을 달렸다.

자욱한 모래바람을 헤치며 한참 달렸지만 아무도 앞을 막아서는 사람이 없었다.

"워, 워! 잠깐 쉬었다 가지."

연성걸은 뭔가 이상한 기분이 들어 잠시 대열을 멈춰 세웠다.

비바람에 쓸려 기이한 형상을 이룬 바위계곡.

실로 감탄이 나올 만큼 멋진 광경이었지만 왠지 으스스한 기분이 들었다.

'내가 너무 예민해진 것일까? 느낌상으로는 분명 이 근처인 것 같은데 왜 성곽이 보이지 않지?

그뿐만이 아니었다.

진을 해체하러 간 왕옥산 도사들은 물론이고, 앞서 달려간 화무린과 사숙들마저 보이지 않으니 아무래도 일이 단단히 틀어진 것 같았다. 그래서 날카로운 눈으로 주위를 둘러보다가 서문기에게 신호를 보냈다.

혹시 매복이 있을지 모르니 병사들로 하여금 경계 태세를 갖추라고 명한 것이었다. 뒤이어 맞은편으로 보이는 바위 위로 훌쩍 몸을 날린 연성걸은 안력을 돋워 사방을 살펴봤다.

'음! 역시 문제가 있군.'

바위 아래 펼쳐진 광경은 끝없는 모래밭과 기괴하게 치솟은 바위산뿐, 조금 전에 봤던 성곽은커녕 지나가는 개미새끼 하나 보이지 않았다.

'설마 놈들이 우릴 보고 몽땅 달아나 버린 것일까? 그래서 사형을 비롯해 모두 놈들을 추격하느라 아무도 보이지 않는 것일까?

설령 그렇다 해도 성곽은 남아 있어야 할 게 아닌가?

도저히 이해가 되지 않아 멍하니 지평선을 바라보는데 저 아래에서 서문기의 음성이 들려왔다.

"공자, 혹시 모르니 병사들을 풀어 주위를 한번 뒤져 보라고 할까요?"

연성걸은 잠시 망설이다 고개를 끄덕였다.

잠시 후,

철컥이는 갑주 소리를 내며 일단의 병사들이 바위계곡을 빠져나갔다.

십 장, 오십 장, 백 장…….

어느새 지평선 끝으로 사라지는 병사들.

연성걸은 흠칫 그들을 만류하려 했으나 생각을 바꿔 잠시 지켜보기로 했다. 서로 약속해 둔 시간이 있기에 금방 돌아올 줄 알았던 것이다.

그런데 한참을 기다려도 돌아오는 사람이 없었다.

'이게 어찌 된 일이지? 분명히 이각 내로 돌아오라고 했는데?'

그때부터 슬슬 걱정이 되기 시작했다.

양옆으로 우뚝 치솟은 바위 위로 해 그림자가 길게 늘어지고 차츰 석양빛이 드리웠다.

"도저히 안 되겠군. 일단 정찰대에게 귀환 신호를 보내고 우리도 얼른 이곳을 벗어나도록 합시다."

연성걸은 괜히 불안한 기분이 들어 바위계곡에서의 철수를 명했다.

그런데 바로 그때,

삐이익! 삐리리릭!

푸드드득!

갑자기 하늘이 어두컴컴해지더니 수천 마리의 독수리가 나타났다. 고로극탑격산을 넘으면서 봤던 바로 그 독수리 떼였다.

"어이쿠, 이게 뭐야?"

"으갸! 이놈들이 단체로 미쳐 버렸나? 왜 멀쩡한 우릴 공격해?"

"으악! 내 눈, 내 눈!"

끼히히히힝!

사방에서 당혹스런 외침과 함께 구슬픈 비명이 들려왔다.

눈 깜짝할 사이에 들이닥친 독수리들이 흉흉한 기세로 말과 사람을 동시에 공격하기 시작한 것이다.

"으으, 이럴 수가! 저놈들이 갑자기 어디서 나타났지?"

연성걸은 어이가 없어 멍하니 독수리들을 노려봤다.

방금 바위 위에 올라가 주위를 살펴볼 때까지만 해도 아무 기척이 없었는데 어떻게 갑자기 나타날 수 있단 말인가?

"혹시……?"

순간적으로 뇌리를 스치는 생각.

"아냐! 그럴 리가 없어! 진법은 이미 왕옥산의 도사들이 모두 파훼했다고 그랬는데……."

만약 이 상황이 진법 때문에 벌어진 일이라면 실로 진퇴양난의 상황이 되어버리고 만다. 자신은 물론이고 이곳에 있는 장수들 중 강호의 진법에 정통한 사람은 아무도 없었으니.

하지만 누가 그랬던가.

항상 아니라고 생각하는 일들이 현실이 되어버린다고.

지금 같은 일은 아무리 생각해도 진법 외에는 마땅히 설명할 방도가 없었다. 때문에 연성걸은 초조한 심정으로 주위를 살펴봤다.

예상치 못한 독수리 떼의 공격에 우왕좌왕하는 병사들.

마인들을 토벌하기 위해 고르고 고른 정예 기병들이 고작 독수리 떼를 상대로 창검을 휘두르고 있다.

실로 황당하기 짝이 없는 상황이었지만, 그보다 더 황당하고 경악스러운 일이 벌어졌다.

"크르르……."

어디선가 들려오는 기이한 음향.

마치 지저 세계에서 흘러나오는 듯한 괴성이 가슴을 철렁하게 만들더니 바위계곡이 와르르 무너져 내리고 지면이 폭풍을 만난 듯 들썩이기 시작했다. 뒤이어 살점이 뚝뚝 떨어져 나가고 얼굴이 반쯤 썩어문드러진 괴인들이 모습을 드러내자 연성걸 일행은 머리카락이 쭈뼛 곤두서는 기분을 느꼈다.

"헉! 저, 저게 뭐야?"

"시체! 시체들이야!"

그랬다. 괴인들의 정체는 흑오를 따라다니던 시체, 추혼백팔사자였다.

그들이 푸르스름한 안광을 흘리며 껑충껑충 뛰어오자 연성걸을 비롯한 오천 명의 기병은 모두 혼비백산했다.

"으아아! 달아나!"

"안 돼! 좁은 계곡이라 달아날 공간이 없어! 우리가 도망치면 대열이 엉망진창이 되어버려!"

"엉망진창이 되든 말든 우선 뒤로 물러나! 어서 뒤로 물러나라고!"

비명을 지르며 우왕좌왕하는 병사들.

엎친 데 덮친다고, 이 좁은 계곡에서 강시들과 부딪치게 되니 모두 공황 상태에 빠져 버렸다.

연성걸 역시 마찬가지였다.

"으으……. 강시라니! 누가 일부러 헛소문을 퍼뜨리고 있다고 생각했는데 정말 강시들이 눈앞에 나타나다니……."

공포에 질려 주춤주춤 뒤로 물러나는 연성걸.

창백한 안색으로 검을 뽑아 드는 연성걸의 망막엔 말과 사람이 뒤엉켜 엉망진창이 되어버린 기병들과, 그런 병사들을 종잇장처럼 찢어버리며 한 발 두 발 다가오는 괴인들의 모습이 투영되고 있었다.

'으으, 사형! 어디 계시오? 어서 이곳으로 와서 날 도와주시오! 어서!'

화무린을 떠올리며 절규하듯 검을 휘두르는 연성걸.

그의 머리 위로 굶주린 독수리들이 떼 지어 몰려들었다.

*   *   *

휘이잉……!

사방에서 강풍이 불었다.

너무 차갑고 강한 바람이라 뼈가 산산이 해체되는 듯한 기분이 들었다.

화무린은 손으로 얼굴을 가리며 좌우를 둘러봤다.

그 어디에도 성곽은 보이지 않았다. 아찔한 낭떠러지와 깎아지른 듯한 절벽만이 시야를 혼란스럽게 만들 뿐이었다.

'여기가 어디지? 우리가 왜 이 낯선 곳을 헤매고 있는 거야?'

조금 전에 왕옥산의 노도사가 확신에 찬 눈빛으로 이야기 했었다.

바로 오백 장 너머에 놈들의 소굴이 있는 것 같다고. 그래 서 사제에게 뒤를 부탁하고 먼저 몸을 날렸는데 반 시진이 지 나도록 이 가파른 절벽을 벗어나지 못하고 있다.

"진법……. 너무 난해한 진법이오. 내 평생 이런 진법을 보 게 되리라고는 꿈에도 생각지 못했소."

자기 손을 거치면 그 어떤 진법이라도 무용지물이 되고 만 다며 호언장담하던 노도사가 침통한 표정으로 혼잣말을 중얼 거리고 있다.

화무린은 더 이상 그의 말에 관심을 기울이지 않았다. 그저 사문에서 배운 모든 진법을 떠올리며 생문을 찾기에 여념이 없었다.

'분명 미리진(迷離陣)과 연환진(連環陣)이 합쳐졌다. 거기 에 미혹(迷惑)의 묘를 더해 엉뚱한 곳을 헤매게 만들었을 것 이다.'

예상가능한 모든 추리를 동원해 사방을 살펴보는 화무린.

그의 눈길이 두어 발짝 옆에 있는 낭떠러지 쪽을 향했다.

'모험을 해보자. 광명 진인은 타초경사(打草驚蛇)의 우(愚) 를 범하게 될지 모른다며 망설이고 계시지만 이미 진법에 갇 힌 상황이다. 더 이상 망설일 게 뭐 있겠는가?'

생각과 동시에 화무린은 성큼 발을 내디뎠다.

"화 소협! 안 돼!"

"위험하오! 거긴 천길 벼랑……."

몇 사람이 고함을 지르다가 흠칫 입을 다물었다.

절벽 끝에서 낭떠러지 쪽으로 걸음을 옮긴 화무린.

그의 신형이 허공에 둥둥 떠 있었기 때문이었다.

"오오! 화 소협께서 휴문(休門)을 찾으신 모양이오!"

왕옥산의 노도사 광명 진인이 가슴을 쓸어내리며 말했다.

그가 말한 휴문이란 주역 팔괘의 토(土) 방위, 즉 중앙을 뜻하는 곳이라 여전히 오리무중을 헤매겠지만 그래도 지금 같은 상황에서 쉴 공간을 찾았으니 어찌 기쁘지 않겠는가.

모두 희색만면하여 화무린 쪽으로 움직이려 했다. 그때 화무린이 심호흡을 하며 모두를 만류했다.

"휴문이 아니라 사문(死門)일 수도 있으니 잠시만 기다려 보십시오."

그 말과 함께 다시 발을 내딛는 화무린.

"안 돼!"

"저, 저, 저……!"

모두 대경실색했지만 이번에도 아무 이상이 없었다. 아니, 화무린의 표정이 이전과 달리 환하게 밝아져 있었다.

"여기 뭔가 발에 걸리는 게 있습니다!"

그러면서 자세를 낮춰 허공을 더듬는 화무린.

"조, 조심하시오, 화 소협."

광명 진인 등은 침을 꿀꺽 삼키며 화무린을 주시했다.

이윽고 뭔가를 찾았는지 손을 번쩍 치켜드는 화무린.

"화살입니다!"

"화살?"

"오! 화살이라면 아까 병사들이 쏜 그 화살 아니오?"

"아! 그렇다면……?"

모두의 안색이 급격히 밝아졌다. 드디어 자신들이 서 있는 곳의 방위를 알 수 있게 된 것이다.

조금 전, 병사들이 쏜 화살은 남쪽으로 향했었다. 그러니 지금 자신들의 방위는 생사경각을 뜻하는 두문(杜門), 즉 화(火) 방위에 속했다.

"휴! 하마터면 큰일 날 뻔했군."

"그러게 말이오. 화 소협이 나서지 않았다면 무슨 횡액을 당할지 모를 뻔했구려."

안도의 한숨을 쉬며 고개를 끄덕이는 공동과 장로들과 왕옥산의 도사들. 모두의 얼굴에 화색이 가득했다. 특히 광명 진인은 대견하다는 표정으로 고개를 끄덕였다.

"허허, 이거 화 소협 덕분에 내 체면이 말이 아니게 됐군. 하지만 이미 입방정을 떨었으니 어쩌겠소. 마지막까지 추태를 부려보리다. 방금 화 소협이 찾은 화살로 두문과 휴문을 찾았으니 남은 건 생문의 위치. 당연히 오른쪽이 생문이라고 생각하겠지만, 노도는 역으로 접근해 보고 싶소. 왜냐하면 이렇게 난해한 진을 펼친 놈들이니 생문 역시 함정일 가능성이 높기 때문이오. 그래서 내가 추천하고 싶은 방위는……."

그러면서 어딘가를 가리키려는 순간,

"아! 별이 보입니다! 제 왼쪽으로 별이 떠 있습니다!"

화무린이 석양으로 물든 하늘, 성급하게 뜬 별을 보며 소리쳤다.

광명 진인은 얼른 손가락 방향을 바꾸며 말했다.

"에, 또, 지금이 동짓달이니 그 별은 태세신(太歲神:목성)이 분명하오. 사방신(四方神) 가운데 청룡이 태세신을 주관하니 회남자(淮南子)에 이르기를 태세신보다 더 존귀한 건 없다고 했지요. 또한 주역의 팔괘를 보면 청룡은 동쪽을 뜻하는 신이니 생문은 당연히 동쪽……. 어이쿠, 같이 갑시다!"

광명 진인이 장광설을 늘어놓을 동안 모두 화무린 곁으로 날아가고 있었다.

화무린 일행은 조심조심 신법을 전개했다.

내딛는 걸음마다 환상이 떠오르고 괴이한 풍경이 정신을 혼미하게 만들었으나 눈멀고 귀 먹은 사람처럼 모두 앞만 보고 달렸다.

그렇게 반 각 정도 달리자 주변 풍광이 확 바뀌고 끝없는 모래벌판이 나타났다.

"허허, 미리진에 연환진, 거기다 미혹과 회회(回回)의 묘를 더했구나! 이렇게 복잡한 진이었으니 엉뚱한 곳을 헤맸을 수밖에……."

광명 진인이 뒤늦게 탄식을 흘리는 동안 화무린은 안력을 돋워 저 지평선 쪽에 있는 모래벌판을 살펴봤다.

삐이익! 삐리리릭!

기이한 울음을 토하며 끊임없이 하강하는 독수리들.

그런 독수리에게 쪼여 비명을 지르는 병사들.

참담하면서도 왠지 어이없다는 생각이 들었다.

'고작 반 각 거리에 떨어져 있었는데도 저 소리를 못 들었다니…….'

그러다가 일방적으로 죽어가고 있는 병사들과, 그런 병사들을 무참히 몰아붙이고 있는 괴인들을 보게 됐다.

하나같이 등을 돌리고 있었으나 뻣뻣한 동작으로, 그러나 전광석화 같은 손속으로 살수를 펼치는 괴인들.

기이하게도 창검에 찔리면서도 한사코 공격만을 고집하고 있었다.

'어리석은 자들! 저렇게 싸우다가는 몸이 성치 않을 텐데…….'

그러나 아무리 봐도 쓰러지는 사람이 없었다.

도저히 이해가 되지 않아 다시 안력을 돋우려는데,

"강시! 강시들이다!"

앞쪽에 있던 옛 공동제일검 현풍 사숙의 목소리가 들려왔다. 그 말을 듣는 순간 화무린은 머리카락이 쭈뼛 곤두서는 것을 느꼈다. 동시에 괴인들이 왜 공격만을 고집하고 있는지, 그리고 병사들이 왜 수적 우위에도 불구하고 일방적으로 몰리고 있는지 그 이유를 눈치챌 수 있었다.

하지만 한 가지 이해가 안 되는 건 병사들이 왜 강시들을 상대로 일렬로 늘어서서 싸우고 있는가 하는 부분이었다.

사방이 탁 트인 모래벌판이니 넓게 포진해서 강궁을 쏘거나 기동력을 이용해서 각개격파를 시도하면 되지 않는가?

답답한 건 그뿐만이 아니었다.

병사들 뒤로 멀쩡한 모래밭에서 어푸어푸 헤엄치고 있는 수백 명의 강호인들이 보였다. 언가장을 비롯한 검각의 고수들과 용봉지회의 친구들이었다.

'그러고 보니… 저들도 모두 진법에 걸려들었구나!'

화무린은 그제야 모든 정황을 이해할 수 있었다.

광명 진인 역시 상황을 파악한 듯 허탈한 표정으로 혼잣말을 중얼거렸다.

"허허, 기가 막히는군. 미리진과 회회진, 미혹진 등이 맞물린 연환진만 해도 머리가 터져 나갈 지경인데 거기에 칠종칠금(七縱七擒)과 팔문금쇄(八門禁鎖)의 요결까지 포함시켰으니……. 누군지 몰라도 놈들 중에 진법의 대가가 있는 모양이구려."

그러면서 어깨를 축 늘어뜨리자 모두의 표정이 딱딱하게 굳어갔다.

　그때 강시들 쪽을 노려보고 있던 현풍 진인이 갑자기 검을 뽑아 들며 말했다.

　"이러고 있을 때가 아니오. 날이 더 어두워지기 전에 가서 저들을 도와줍시다!"

　"어떻게 말이오?"

　누군가의 질문에 현풍 진인이 하얀 검광을 피워 올리며 말했다.

　"힘으로 깨부수는 거요! 진법이든 뭐든!"

제58장

의욕

魔道
天下

"힘으로 깨부수고 싶다고?"

석양빛을 보며 누군가가 중얼거렸다.

치렁치렁한 머리카락에 다소 마른 듯한 체구.

그러나 짙은 검미에 흑백 뚜렷한 눈망울, 조각 같은 콧날에 한일 자로 꽉 다문 입술이 발목까지 내려온 검은 장포와 어울려 무척 강인하면서도 신비로운 느낌을 주는 사내, 묵자후였다.

"의욕은 좋지만, 글쎄… 당신들 힘으로는 쉽지 않을 것 같은데?"

그 말과 함께 빙글 등을 돌리는 묵자후.

희미한 미소를 띤 묵자후의 눈길이 어딘가를 향하고 있었다.

　오후 내내 진 안을 헤매다가 마인들에게 붙잡혀 온 바람의 전사들, 준갈이 부족과 타클라마칸 용사들을 넘어 아스라이 보이는 황토 빛 성곽 쪽이었다.

　모래언덕 위에 세워진 퇴락한 성곽.

　비바람에 깎이고 세월에 무너져 내려 옛 영화(榮華)의 흔적이라고는 전혀 찾아볼 수 없는 성곽에 한 소녀가 앉아 있다.

　"아아아아아!"

　석양으로 물든 하늘을 보며 기이한 음파를 발하는 소녀.

　그녀의 입에서 강렬한 염파가 흘러나오자 주홍빛 하늘이 차츰 먹빛으로 변해갔다.

　염파를 듣고 몰려온 수천, 수만 마리의 독수리 떼 때문이었다.

　삐이익! 삐리리릭!

　찬바람을 헤치며 앞 다퉈 날아온 독수리들.

　성곽 위를 선회하며 날카로운 울음을 토하다가 소녀의 눈빛을 따라 아득한 지평선으로 날아갔다.

　소녀 혹오는 까만 점으로 사라져 가는 독수리들을 향해 눈인사를 보내다가 천천히 고개를 돌려 누군가에게 손짓을 해 보였다. 그러자 쿵, 쿵, 쿵 소리를 내며 십 척 거한 광마가 나타났다.

"가, 가. 나랑 저기 가."

흑오는 광마를 보자마자 손가락으로 지평선을 가리켰다.

"저어, 그게… 나도 가고 싶기는 한데…….."

광마는 우물쭈물 대답을 흘리며 흑오의 시선을 피했다.

기병들이 고로극탑격산 입구를 지날 때, 절대 성곽을 넘어가지 말라고 한 묵자후의 명령이 떠올랐기 때문이다.

하지만 그런 사정을 알 리 없는 흑오.

"크르르. 안 가? 안 가?"

새침한 눈길로 계속 광마를 쏘아보다가 발끈하여 자리에서 일어난다.

"흥! 혼자 가. 혼자 가."

그 말과 함께 훌쩍 성곽을 넘어 아득한 지평선으로 사라져 간다.

"어이쿠! 지존께서 절대 움직이지 말라고 하셨는데…….."

마인들과 어울리다 보니 자연히 묵자후를 지존이라고 부르게 된 광마는 까만 점으로 변해가는 흑오를 보고 울상이 되어 안절부절못하다가 결국 체념한 표정으로 뒤따라 몸을 날렸다.

슈욱!

지면을 박차자마자 무서운 속도로 바람을 가르는 광마.

어느새 흑오 곁으로 날아가 슬그머니 어깨를 숙여 보였다.

하지만 이미 기분이 상할 대로 상한 흑오.

"캇! 가! 가!"

빽 소리를 지르며 본체만체 앞만 보고 달려나간다.

'이런!'

머쓱해진 광마는 이마를 벅벅 긁으며 고민하다가 급히 흑오를 따라가 한쪽 무릎을 꿇고 자세를 확 낮춘 뒤 다시 어깨를 숙여 보였다. 자기가 잘못했으니 그만 화 풀고 함께 가자는 뜻이었다.

"흥!"

광마의 저자세에 겨우 화가 풀렸을까?

코웃음을 치며 광마의 무릎을 냅다 걷어찬 흑오는 앞으로 잘하라는 듯 눈을 흘겨 보인 뒤 폴짝 뛰어 광마의 어깨 위에 올라앉았다.

그런 흑오를 보며 바보처럼 히히 웃던 광마.

흑오의 눈초리가 새치름하게 변하자 어, 뜨거라 싶어 짐짓 무릎을 감싸 쥐었다.

"아이고! 무릎에 금이 갔나 봐. 아파 죽겠어."

그러면서 경중경중 뛰자 고소하다는 듯 콧노래를 부르는 흑오.

그녀의 기분이 완전히 풀린 듯하자 광마는 안도의 한숨을 쉬며 다시 신형을 박찼다.

두 사람은 눈 깜짝할 사이에 석양 속으로 사라져 갔다.

　　　　　*　　　　　*　　　　　*

"결국… 아가씨께서 진 안으로 뛰어드셨답니다."

신품귀수 냉희궁이 불안한 표정으로 보고를 올렸다.

묵자후는 살짝 인상을 찡그리다가 맞은편에 있는 절벽 위로 올라갔다.

과연 석양 속으로 사라지고 있는 두 사람이 보였다.

"쯧쯧. 청개구리 같은 두 사람을 붙여놨으니 말을 들을 턱이 없지. 일이 번거롭게 됐지만 어쩌겠소. 일단 진을 해체하도록 해주시오."

"알겠습니다, 지존."

대답과 함께 냉희궁이 사라지자 옆에 있던 희사가 걱정스런 표정으로 말했다.

"어떻게, 몇 사람 보내서 아가씨를 보호해야 하지 않을까요?"

묵자후는 괜찮다는 듯 고개를 저었다.

"사공 숙부보다 더 무서운 사람이 같이 갔으니 별문제없을 거요. 그보다는 저 친구들이 문젠데…….."

묵자후의 시선이 석상처럼 앉아 있는 이족들, 활활 타오르는 눈길로 성곽 맞은편을 노려보고 있는 준갈이 부족과 타클라마칸 전사들을 향했다.

처음엔 저들이 왜 여기까지 와서 진 안을 헤매고 다니는지 이해가 되지 않았다. 그러다가 물품 구입을 맡고 있는 수하들에게 토로번 일대의 상황을 보고받고, 더하여 그즈음부터 흑오를 찾아간 이족 노인들과 그들의 사연을 듣고 분노를 터뜨리는 흑오를 보고 대강의 정황을 짐작할 수 있었다.

이후, 연성걸 일행을 급습하기 위해 달려온, 그러나 예정에 없던 진법에 걸려 우왕좌왕하고 있는 준갈이 부족과 타클라마칸 전사들을 구해주고 그들로부터 연성걸 일행이 저지른 모든 만행을 알게 됐다.

그때부터 묵자후는 주변에 설치되어 있는 진을 보강함과 동시에 수하들에게 전원대기 명령을 내렸다.

놈들이 진법에 빠져 허우적거릴 때 총공격을 가해 단숨에 섬멸시켜 버릴 작정이었다.

하지만 어이없게도 흑오가 먼저 수천 마리의 독수리와 추혼백팔사자를 움직여 버렸다. 뒤이어 진이 발동하고 아스라한 비명이 들려오자 초원의 전사들이 덩달아 흥분하기 시작했다. 당장에라도 창을 들고 진 안으로 뛰어갈 기세였던 것이다.

뒤늦게 회흘족 노인들이 나서서 그들을 다독였으나, 불난 집에 부채질하듯 훌쩍 성곽 밖으로 몸을 날리는 흑오와 광마를 보고 전사들의 눈에 다시 불길이 이글거렸다.

기회가 주어지면 금방이라도 뛰쳐나갈 듯이 저마다 핏발

선 눈으로 성곽을 노려보기 시작한 것이다.

동족의 원수를 갚으려는 그들의 분노를 무슨 수로 잠재울 수 있으랴.

희사는 안타까운 눈으로 그들을 바라보다가, 마침 묵자후의 시선이 그들을 향하자 조심스럽게 부탁했다.

"외람된 말씀이오나 지존, 저 사람들이 하나같이 복수를 갈망하니 원이라도 없게 그만 보내주는 게 어떨는지요."

묵자후는 잠시 침묵을 지키다가 말했다.

"글쎄……. 나도 그렇게 해주고 싶은데, 자칫 저들의 희생이 늘어날까 봐 걱정이오. 그래서 말인데……."

이야기하다가 좋은 생각이 떠올랐는지 웃으며 귀엣말을 건네는 묵자후.

희사의 표정이 환하게 밝아졌다.

"아! 그러면 되겠군요! 저 사람들은 마음껏 복수할 수 있어서 좋고, 우리는 뒷마무리를 신경 쓰지 않아서 좋으니 그야말로 일거양득의 계책이네요!"

그러면서 자기도 모르게 감탄한 표정을 짓는 희사.

묵자후는 그런 희사를 향해 장난스럽게 눈을 찡긋해 보인 뒤 절벽 아래로 가 질서정연하게 도열해 있는 마인들 앞에 섰다.

"어떤가? 저 앞에 정파 놈들이 떼거리로 모여 있는데 혹시 놈들을 상대로 힘자랑해 보고 싶은 사람 없나? 있으면 손 한

번 들어봐."

그 말이 끝나기가 무섭게 손을 치켜드는 마인들.

"제가 가겠습니다, 지존!"

"아닙니다. 저놈보다는 제가 훨씬 낫습니다, 지존!"

"모두 조용히 해! 저 혼자 가서 놈들을 몽땅 때려눕히겠습니다! 저를 뽑아주십시오!"

서로 목소리를 높이며 들뜬 표정으로 출전을 지원하는 마인들.

묵자후는 그중 일부를 지목해 앞으로 나오게 했다.

그러자 나머지 마인들이 아쉬운 표정을 지었다.

그때 마인들 뒤로 불만스러운 눈빛이 흘러나왔다.

가뜩이나 싸우고 싶어 안달이 나 있던 바람의 전사들이었다.

그들이 묵자후를 노려보며 노골적인 불만을 표시하자 마인들이 일제히 살기를 드러냈다.

순간 자라 목이 되어 고개를 숙이는 전사들.

그중 한 사람은 끝까지 묵자후를 노려봤다. 그러다가 도저히 못 견디겠는지 이를 악물며 어눌한 한어로 소리쳤다.

"우리도 싸우고 싶다! 우릴 보내다오!"

그 말이 떨어지기가 무섭게 사방에서 무시무시한 살기가 날아들었다. 이전과는 비교도 되지 않는 섬뜩한 살기였다.

"흐흐, 진 안에서 골골거리고 있던 놈들을 꺼내줬더니 감히 지존께 대거리를 하려고 들어?"

"모두 눈알에 바람구멍이 뚫리고 싶은 모양이군."

비록 말은 알아들을 수 없었으나 치 떨리는 살기가 전신을 옥죄어오자 준갈이 부족의 천호(千戶)인 아딜은 와락 공포가 밀려오는 것을 느꼈다.

그래서 자기도 모르게 시선을 떨어뜨렸고, 그 모습을 지켜보던 묵자후는 피식 웃으며 손짓으로 통역을 불렀다. 며칠 전에 혹오를 찾아간 긴 수염 노인이 황급히 고개를 숙이며 앞으로 나아왔다.

묵자후는 그를 통해 준갈이 부족과 타클라마칸 부족 전사들에게 몇 가지 제안을 건넸다.

그러자 눈을 휘둥그레 뜨며 아딜에게 달려가는 긴 수염 노인.

그의 입을 통해 묵자후의 제안을 들은 아딜은 처음엔 못 믿겠다는 표정으로 고개를 휘휘 내저었다. 그러다가 거듭된 노인의 설명에, 특히 방금 성곽을 넘어간 혹오의 능력과, 묵자후를 대하는 혹오의 태도에 대한 이야기를 듣고 뛸 듯이 기뻐하며 연신 묵자후에게 고개를 숙이기 시작했다.

과연 노인이 뭐라고 이야기했기에, 그리고 묵자후가 무슨 제안을 했기에 저토록 기뻐하는 것일까?

다른 이들의 표정도 아딜과 별반 다르지 않았다.

다들 아딜의 이야기를 듣고 일제히 환호성을 터뜨리며 묵자후를 향해 연신 고개를 숙이기 시작했다.

그리고 저 멀리 보이는 지평선을 향해 이를 뿌드득 가는 바람의 전사들.

그들의 눈엔 이전과 다른 결의가, 한층 더 강렬해진 복수의 염이 이글거리기 시작했다.

잠시 후,

마인들과 함께 성곽 너머로 사라지는 바람의 전사들.

그들의 뒷모습을 보며 푸념을 터뜨리는 사람이 있었다.

"쳇! 한바탕 몸이나 풀어볼까 했더니 한발 늦어버렸군."

"그러게 말이다. 너는 몰라도 나는 아직 팔팔한 청춘인데 저 녀석이 자꾸 날 퇴물로 취급하는 것 같아 기분 나쁘네."

그 말과 함께 힐끔 옆사람을 흘겨보는 사람, 무풍수라였다.

"아니? 뭐라고요? 그럼 저 녀석이 형님을 퇴물로 취급하는 게 바로 저 때문이란 말입니까?"

무풍수라를 마주 노려보며 길길이 날뛰는 사람은 당연히 흡혈시마였고.

"그럼 아니란 말이냐? 네 녀석이 여태 해온 행실을 되돌아봐 봐라. 과연 후아의 믿음을 살 만했는지."

"어라라? 사돈 남 말 하시네. 그러는 형님이야말로 스스로를 되돌아보슈. 과연 후아에게 신뢰를 받을 만큼 행동하셨는지."

"뭐야? 이 녀석, 지금 날 헐뜯는 거냐?"

"헐뜯는 게 아니라 사실이 그렇다는 이야깁니다."

"뭐라고? 그 말이 바로 그 말이잖아, 인마!"

"뭐가 그 말이 그 말이란 말이오? 내가 보기엔 분명 틀린 이야기구먼."

"이 자식이 진짜?"

그렇게 두 사람이 서로 옥신각신할 때였다.

"아이고, 두 분 어르신. 제발 고정해 주십시오. 제가 볼 때는 지존께서 두 분을 믿지 못해서 열외시키는 게 아니라 두 분께 폐가 될까 봐 일부러 조심하는 듯합니다요!"

그들 뒤에 있던 한 사람이 하소연하듯 소리쳤다.

그가 울상이 되어 소리치는 이유.

뾰족한 돌멩이 위에 이마를 박고 한쪽 다리를 치켜든 채 절벽 가장자리에서 철두공을 연마하고 있었기 때문이다.

그런데 자꾸 두 사람이 말싸움을 벌이니 저러다가 언제 기싸움으로 번질지 몰라 애간장이 타들어간 것이다.

하지만 그런 심정도 몰라주고 버럭 고함을 지르는 흡혈시마.

"이 자식아! 누가 몰라서 그러는 줄 아느냐? 하도 답답해서 우리끼리 말장난하고 있는 중인데 어린놈이 겁없이 어른들 이야기에 왜 끼어들어?"

그 말과 함께 신경질적으로 진각을 쿵 밟아버린다. 그러자 절벽이 진각의 파동 따라 우르르 요동을 쳤다.

"으아악! 백부님! 저 떨어져요! 정말 떨어진다니까요! 으갸 갸갸갸!"

애처로운 비명을 지르며 몸의 균형을 잡고자 애쓰는 사내. 그는 다름 아닌 흡혈시마의 조카 무음흡혈 사공극이었다.

"쳇. 네놈 조카는 그래도 강단이 있군, 아직까지 비명 지를 힘이 남아 있는 걸 보니. 내 제자 놈은 벌써 죽어버렸나 봐. 여태 비명 소리 한 번 못 들어봤어."

그러면서 손가락을 까닥이는 무풍수라.

그 움직임을 따라 저 절벽 아래에서 구슬픈 비명이 들려왔다.

"으아악! 사부님! 저 죽어요오오오!"

무풍수라의 손가락에 감겨 있는 실.

그 끝에 매달려 절벽 모서리에 이리 찍히고 저리 찍히는 사람. 그의 정체는 다름 아닌 무풍수라의 제자 능풍염라 육구달이었다. 흡혈시마의 조카와 무풍수라의 제자가 동시에 기합을 받고 있었던 것이다.

"쩝. 벌써 죽은 줄 알았더니 용케 살아 있었군. 그건 그렇고, 모처럼 세상에 나왔는데 할 일이 없으니 심심해서 미치겠군."

제자를 상대로 손장난을 치던 무풍수라가 갑자기 입맛을 다시며 투덜댔다.

"이렇게 따분할 줄 알았다면 차라리 기련혈마 그놈을 따라 갈 걸 그랬어. 그랬다면 지금쯤 분하(汾河)에 이르러 과거 성주님과 뱃놀이를 즐길 때처럼 마음껏 산서분주(山西汾酒)를 들이킬 수 있었을 텐데……."

그 말에 흡혈시마가 고개를 끄덕이며 맞장구를 쳤다.

"어디 산서분주뿐입니까? 전 그때 안았던 계집들이 눈에 아른거려 미치겠습니다. 아! 그 시절로 다시 돌아갈 수 있다면 더 이상 바랄 게 없을 텐데……."

그렇게 두 사람이 입에 침을 삼키며 과거를 추억할 때였다.

휘익― 딱!

"아이코!"

"어떤 놈이야?"

갑자기 주먹만 한 돌이 날아와 두 사람의 뒤통수를 강타해 버렸다. 그에 놀라 용수철처럼 튀어 오르는 두 사람. 그들의 귀에 느닷없는 호통 소리가 들려왔다.

"이런 게을러터진 놈들! 하라는 수련은 안 하고 또 농땡이를 피워?"

그 말과 함께 이번에는 집채만 한 바위가 날아왔다.

"으악!"

"아이고, 대형! 왜, 왜 이러십니까?"

비명을 지르며 황급히 몸을 피하는 두 사람.

그로 인해 무서운 속도로 날아오던 바위는 절벽 가장자리에 이마를 박고 있던 무음흡혈 사공극의 엉덩이를 스치고 지나가 절벽 아래에 거꾸로 매달려 있던 능풍염라 육구달의 콧등을 아슬아슬하게 스치며 맞은편 절벽에 틀어박혔다.

"꽥!"

당연히 사공극과 육구달은 입에 거품을 물며 기절했고, 졸지에 조카와 제자의 합동 장례식을 치를 뻔한 무풍수라와 흡혈시마는 놀란 가슴을 진정시키며 엉거주춤 고개를 돌렸다.

두 사람 머리 위로 우뚝 치솟아 있는 가파른 절벽. 그 꼭대기에서 음풍마제가 눈을 부라리고 있었다.

'어이쿠! 대형께서 다 지켜보고 계셨구나!'

음풍마제의 눈빛을 보고 간이 콩알만 해진 두 사람.

서로 눈치를 살피며 우물쭈물 변명을 늘어놓기 시작했다.

"저기요, 대형. 저희가 마냥 농땡이만 피운 건 아니거든요."

"그렇습니다. 이때까지 수련에 매진하다가 잠시 짬을 내어 제자 놈 정신교육을 시켜주고 있었습니다."

머쓱한 표정으로 주절거렸지만 돌아오는 건 냉랭한 코웃음뿐이었다.

"흥! 정신교육이라고? 네놈들이 뭐 한 게 있다고 애들 정신교육을 시켜? 차라리 지나가는 당나귀를 붙잡아놓고 그놈에게 대신 가르쳐 주라고 하는 게 낫지."

신랄한 음풍마제의 독설에 두 사람은 얼굴을 붉히며 억울하다는 표정을 지었다.

"끙……. 저희가 게으른 건 사실이지만 그렇다고 제자 놈 있는데서 당나귀와 비교하실 것까지는 없지 않습니까?"

"그러게요. 저희도 이제 장로 신분인데 가능하면 애들 앞에서 체면을 세울 수 있게 말씀을 좀 가려가시면서……."

순간, 음풍마제의 입에서 벽력같은 호통이 터져 나왔다.

"뭣이라? 장로? 체면? 오냐! 네놈들이 아직 정신을 못 차렸나본데, 오늘 곡소리 나게 한번 맞아봐라!"

그 말과 함께 훌쩍 몸을 날리는 음풍마제.

"으악! 대형!"

"제발 말로 합시다, 말로!"

무풍수라와 흡혈시마가 혼비백산하며 뒤로 물러났다. 하지만 눈 하나 깜짝 않고 소매를 둥둥 걷어 올리는 음풍마제.

두 사람은 울상이 되어 소리쳤다.

"아이고, 대형! 제발 맞더라도 이유나 알고 맞게 해주십시오."

"그러게 말입니다. 아닌 밤중에 홍두깨도 아니고, 왜 저희들에게 혈압을 올리시는 겁니까?"

"뭐라고? 내가 혈압을 올린다고?"

음풍마제는 어이가 없어 두 사람을 노려봤다.

겉으로는 앓는 소리를 내면서도 속으로는 불만스러운 듯 뺨을 부풀리고 있는 두 사람.

음풍마제는 치켜들었던 주먹을 내리며 긴 한숨을 내쉬었다.

"휴우, 이 한심하고 답답한 놈들아! 정말로 내가 왜 화를 내고 있는지 몰라서 그러는 것이냐?"

"…예."

"예에? 이 상황에서 '예' 소리가 나와?"

쾅! 쾅!

"으악!"

"끄으! 머리가 쪼개질 것 같아요, 대형."

눈물을 찔끔 흘리며 엄살을 부리는 두 사람.

음풍마제는 또 한 번 한숨을 내쉬었다.

"휴우, 이 당나귀보다도 못한 놈들아. 우리가 여기 온 지 얼마나 됐느냐? 벌써 한 달이 다 되어간다. 그동안 네놈들이 한 게 뭐가 있느냐? 시간을 쪼개가며 수하들 가르치기에 여념이 없는 후아를 도와주기라도 했냐, 아니면 위아래 없이 날뛰는 광마 놈을 휘어잡기라도 했냐? 허구한 날 퍼질러 앉아서 밥만 축내고 있으니 하늘 보기 부끄럽고 땅 보기 부끄럽지 않단 말이냐?"

"끙……."

"그, 그게……."

"게다가 며칠 전에 내가 뭐라고 이야기하더냐? 최대한 빨리 몸 상태를 끌어올려 예전보다 더 나은 무위를 보여주자고 그랬지? 그런데 결과는 어떠하냐? 여전히 수하들과 노닥거리며 수련을 등한시하고 있지 않느냐? 그런 정신 상태로 과연 탁군명이나 불마성승, 하다못해 탁군명 밑에 있는 조무래기들을 상대할 수 있을 것 같으냐?"

예상외의 추궁에 두 사람은 뭐라고 대답할 말이 없어 고개를 푹 숙일 수밖에 없었다. 그러다가 무풍수라가 기어들어 가는 음성으로 변명했다.

"저기요, 대형. 말씀은 다 옳으신데 무공 수위를 끌어올리는 게 마음처럼 쉽게 되는 게 아니지 않습니까?"

순간, 음풍마제의 눈빛이 칼처럼 곤두섰다.

"왜 안 돼? 네놈들보다 훨씬 젊은 광마 놈은 되는데 왜 너희는 안 돼?"

"아이고, 대형. 그런 억지가······."

"그놈은 너무 무지막지하지 않습니까? 막말로 대형께서도 그놈 나이 때는 그 정도까지 이르지 못하셨지 싶은데······."

"뭣이라?"

"이크! 제 말은··· 그놈처럼 아둔하게 힘만 셀 바에야 이대로 사는 것도 괜찮지 않을까 싶어서 드리는 말씀입니다."

도끼눈을 뜨는 음풍마제를 보고 찔끔하여 급히 말머리를 돌리는 흡혈시마.

"휴! 관두자, 관둬. 네놈들과 입씨름을 벌이느니 차라리 말 못하는 벽을 보고 이야기하는 게 낫지."

결국 음풍마제는 거듭 한숨을 쉬며 먼 하늘을 바라봤다.

사실 두 사람 이야기에도 일리가 있었다.

무풍수라와 흡혈시마 정도 되면 수련 유무(有無)에 따라 무위가 크게 늘거나 줄지 않는다. 이미 무공이 극에 이르러 한계의 벽에 다다랐기 때문이다. 따라서 그 벽을 뛰어넘으려면 수련이 아닌 깨달음을 얻어야 한다. 즉, 정(精) 기(氣) 신(神) 합일을 거쳐 마음이 대도(大道)를 엿보는 경지, 출신입화경(出神入化境)에 도달해야만 한계의 벽을 깨뜨릴 수 있는 것이다.

그런 사실을 누구보다 잘 알고 있는 음풍마제가 왜 자꾸 두 사람을 닦달하는 것일까.

이유는 간단했다.

하루하루 지날수록 조바심이 나서였다.

흐르는 세월을 누가 막을 수 있으랴.

시간이 흐를수록 조금씩 무너져 가는 육체.

그에 대한 걱정으로 잠 못 이루는 음풍마제였다. 때문에 더 늙기 전에 얼른 복수를 끝내고 싶었다. 그리고 더 늙기 전에 묵자후가 마도지존으로 우뚝 서는 모습을 보고 싶었다.

'그러기 위해서는 몸 상태를 최대한 끌어올려야 한다. 그래야 통쾌한 복수를 할 수 있고 후아에게 조금이라도 도움을 줄 수 있다.'

그런 생각이 음풍마제로 하여금 두 사람을 닦달하게 만드는 것이다.

또한 자존심 때문에 내색하지 않고 있었지만 은근히 광마가 신경 쓰이기도 했다.

초절정과 무아경을 넘어 황홀경의 무위를 자랑하는 광마.

그를 보니 괜히 위축이 됐다. 그래서 두 사람을 닦달함과 동시에 스스로를 채찍질하고 있던 중에 우연히 묵자후가 기련혈마 등을 산서로 파견했다는 소식을 듣게 됐다.

처음엔 그저 산서 쪽의 동향을 살피려나 보다 하고 흘려들었는데 알고 보니 단순한 산서행이 아니었다.

산서 은월상단.

묵자후의 모친이자 옛 군영당 당주인 금초초의 본가로 수하들을 파견한 것이다.

그때부터 음풍마제는 고민에 휩싸였다. 녀석이 아직도 제 부모를 그리워하고 있구나 싶어서였다.

마음 같아서는 천금마옥 폭발 때의 상황을 자세히 이야기해 주고 싶었으나 이미 묵잠 부부가 살아 있을지 모른다고 호언장담한 상태이니 그럴 수도 없고……

결국 음풍마제가 내린 결론은 묵자후를 정신없이 바쁘게 만들자는 것.

'누구나 일에 치이면 딴생각할 시간이 없어지지. 그렇게 시간을 끌다가 장가를 가서 아이를 낳게 되면 아이들 크는 모습을 보면서 차츰 부모에 대한 그리움을 털어버릴 수 있으리라.'

그런 생각으로 하루속히 지존행이 시작되기만 기다리고 있는데 의제 놈들이 자꾸 게으름을 피우니 혈압이 안 오르려야 안 오를 수 없다.

지존행이 시작되면 그때부터 매 순간순간 살얼음판을 걷는 격전이 이어질 텐데 뭘 믿고 저렇게 태평스러운지…….

음풍마제가 아무리 묵자후를 걱정하고 광마를 견제한다 해도 그건 사소한 고민에 불과할 뿐, 진정으로 염려되는 건 앞으로 있을 결전이었다.

부담스러운 뇌존.

더 부담스러운 정파의 전대고수들과 은거기인들.

그들만 해도 머리에 쥐가 날 지경인데 흑마련까지 상대해야 한다고 하니 절로 한숨이 나왔다.

사실 의제들에겐 별것 아닌 것처럼 이야기했지만 광마의 무위는 자신과 견주어도 별 차이가 없을 정도다. 그런데 흑암승이란 작자는 그보다 더 강하다고 하고 마탑에는 그와 비슷한 수준의 마인들이 우글거린다고 하니 걱정이 되어 잠을 이룰 수 없었다.

게다가 흑마련과 마탑을 암중 지배하고 있다는 여인은 과연 철혈마제의 부인이 확실할까. 만약 그렇다면 그녀를 어떻게 대해야 할까 하는 생각 등이 교차하여 하루하루 흰머리가 늘어갔다.

그러던 와중에 연성결 일행이 쳐들어왔고, 음풍마제는 내심 긴장했다.

혹시 정파 놈들이 대대적인 기습을 감행한 게 아닌가 싶어서였다.

그러나 잠시 지켜보니 강호인 일부를 동행한 기병에 불과했고, 그제야 마음이 놓인 음풍마제는 속으로 가슴을 쓸어내렸다.

'에휴! 이만한 일로 안절부절못하는 걸 보니 나도 늙긴 늙었나 보구나.'

과거, 영웅성을 비롯한 구대문파 무인들을 공포에 떨게 만든 절대사신이 이젠 사소한 일에도 신경을 곤두세우는 소심한 늙은이로 변해 버렸다.

잔뜩 찡그린 얼굴로 한숨을 내쉬는 음풍마제.

그의 시선이 먼 하늘로 향했다. 저 지평선 너머 독수리들이 새까맣게 모여 있는 바위계곡 쪽이었다.

*　　　*　　　*

"헉헉……!"

연성걸은 정신없이 움직였다.

입에선 가쁜 숨이 흘러나오고 몸은 납덩이처럼 무거웠지만 안간힘으로 보법을 펼치고 사력을 다해 검을 휘둘렀다.

"으으! 이 지긋지긋한 괴물들! 죽어! 제발 좀 죽어달란 말이야!"

괴성을 지르며 미친 듯이 검을 휘두르는 연성걸.

그러나 검이 닿기엔 너무 먼 거리였다. 그저 공포를 떨치기 위한 몸부림에 불과할 뿐 강시들에겐 아무 타격도 입히지 못하고 있었다. 아니, 오히려 주위에 있던 병사들에게 부상을 입히거나 그들의 목숨을 앗아가고 있었다.

그런데도 연성걸은 주위 상황을 전혀 눈치채지 못하고 있었다. 지나친 공포가 그의 이성을 잠식해 버렸기 때문이다.

'으으, 어떻게 하지? 어떻게 해야 이곳을 빠져나갈 수 있지?'

초조한 눈빛으로 좌우를 둘러보는 연성걸.

도저히 빠져나갈 방법이 없었다.

너무 많은 인원이 뒤엉켜 있어 후퇴하는 데 시간이 걸리기 때문이다. 더구나 시도 때도 없이 날아드는 독수리들이 시야를 가리고 창검조차 통하지 않는 괴물들이 마구 공격을 가해 오니 모두 공황 상태에 빠져 우왕좌왕하고 있었다. 그러니 퇴각 명령을 내린다 해도 아무 소용이 없을 것 같았다.

'이럴 줄 알았다면 뒤에서 지휘나 하고 있을걸. 괜히 사형 말만 믿고 너무 앞쪽으로 나왔어.'

뒤늦게 후회해 봤지만 그런다고 상황이 달라질 리 없다.

시시각각 다가오는 죽음의 공포.

머리카락이 쭈뼛 곤두서고 손발이 점점 오그라들었다.

원래대로라면 자신들이 놈들을 몰아붙여야 하는데 어쩌다가 이 지경이 되어버렸단 말인가. 숱한 훈련으로 단련된 기병들이 아무짝에도 쓸모없게 되어버렸다.

'어떻게든 방법을 쥐어짜내야 한다! 안 그러면 나까지 저 놈들에게 당하고 만다!'

속으로 중얼거리며 필사적으로 머리를 굴리는데, 우연히 바닥에 쓰러져 있는 병사들을 보게 됐다. 방금 자신의 검에 상처를 입은 병사들이었다.

'그렇지! 바로 이거야!'

연성걸의 눈에 기광이 번뜩였다. 그리고 그때부터 연성걸의 검법이 매섭게 변해갔다.

얼핏 보면 이전과 비슷한 검법처럼 보였지만 자세히 보면 검을 회수할 때 더 많은 공력을 불어넣고 있었다. 그 결과 연성걸의 등 뒤에서 요란한 비명 소리가 흘러나왔다.

"크헉! 공자……?"

"끄윽! 왜… 왜 저희들을……?"

비틀거리며 죽어가는 병사들.

그러나 연성걸은 눈 하나 깜짝하지 않았다. 오히려 이전보다 더 빠른 속도로 검을 휘둘러 나갔다.

'그래! 진작 이 방법을 썼어야 했어!'

짚단처럼 쓰러져 가는 병사들을 보며 연성걸은 쾌재의 미소를 지었다.

어차피 병사들은 소모품에 불과할 뿐.

등 뒤에 있는 이들을 죽임으로 드디어 강시들과의 거리를 벌일 수 있게 된 것이다.

하지만 너무 성급하게 손을 쓴 것일까?

연성걸의 안색이 딱딱하게 굳어갔다.

병사들이 놀란 기러기 떼처럼 사방으로 흩어져 버린 때문이었다.

아직 퇴로를 확보하려면 한참 남았는데, 병사들 대부분이 뒤에 몰려 있으니 좀 더 시간을 끌어야 하는데 앞에서 방패막이 역할을 해주던 병사들과 옆에서 호위를 서주던 병사들까지 모두 달아나 버리는 바람에 자신을 중심으로 일정 부분의 공간이 형성되어 버렸다. 그리고 그 공간을 향해 강시들이 빠른 속도로 접근하고 있었다.

'이런 개 같은 경우가!'

연성걸은 사색이 되어 급히 바닥에 쓰러져 있는 병사들의 시신들을 걷어찼다. 그렇게 해서라도 강시들의 발길을 늦추기 위해서였다.

하지만 그 방법에는 한계가 있었고, 얼마 못 가 세 구의 강시에게 포위당하고 말았다.

끼이이이!

크크크크!

오싹한 기음을 터뜨리며 살수를 날려 오는 강시들.

"으아아!"

연성걸은 공포에 질려 바닥에 엉덩방아를 찧고 말았다.

이제 꼼짝없이 죽게 됐구나 싶어 눈을 질끈 감는 찰나,

"갈!"

머리 위에서 쩌렁쩌렁한 호통이 들려왔다. 동시에 일진광
풍이 휘몰아치고 시야가 확 트이더니 눈앞에 한 사람이 나타
났다.

"사, 사숙!"

연성걸은 깜짝 놀라 눈을 휘둥그레 떴다.

위기의 순간에 나타나 목숨을 구해준 사람.

바로 옛 공동제일검인 현풍 진인이었다.

'혹시 사숙께서 도술이라도 부린 것일까?'

연성걸은 어리둥절한 표정을 지으며 반갑게 현풍 진인을
맞이했다.

그가 나타나자마자 강시들이 저만치 날아가 버렸고, 암담
하던 바위계곡이 광활한 모래밭으로 변해 버린 때문이었다.

그러나 현풍 진인은 못마땅한 눈빛으로 슬쩍 걸음을 옮겨
연성걸의 인사를 피해 버렸다.

"못난 놈! 수장된 자가 이토록 포악하다니……. 내 너의 행
실에 대해서는 나중에 추궁하도록 하겠다."

그 말과 함께 빙글 등을 돌려 다시 강기를 내뿜는 현풍 진
인.

쩌저저적!

끼아아!

모래 더미에 파묻혀 있던 강시들이 비명을 지르며 기우뚱 쓰러졌다. 단번에 목이 잘려 나간 것이다.

"와아!"

"드디어 괴물들이 쓰러졌다!"

강시들이 쓰러지자 병사들이 일제히 환호성을 터뜨렸다.

그러나 현풍 진인은 무표정한 얼굴로 다시 검을 세워 들었다. 아직도 백여 구의 강시가 남아 있었기 때문이다.

그들을 상대하기 위해 몸을 날리려는데 갑자기 수십 마리의 독수리가 얼굴을 공격해 왔다.

"갈! 한낱 미물들 따위가!"

현풍 진인은 인상을 쓰며 검극을 허공으로 향했다.

겁없이 날아드는 독수리들을 베어버리기 위해서였다.

바로 그때,

"사숙! 위험합니다!"

등 뒤에서 급박한 고함 소리가 들려왔다. 동시에 발목 부근에서 오싹한 한기가 엄습했고, 깜짝 놀라 몸을 피하려는 순간 허공에서 십여 줄기의 검기가 작렬했다.

짜자자작!

"끼아악……!"

단말마의 비명을 지르며 저 멀리 튕겨 나가는 강시.

그들 머리 위로 한 사람이 나타났다.

푸른 도복 차림에 정광이 번쩍이는 눈빛. 화무린이었다.

"사형! 사형께서 오셨군요!"

연성걸은 화무린을 보자마자 죽은 조상이 돌아온 듯 기뻐했다. 화무린은 그런 사제의 어깨를 두드려 준 뒤 현풍 진인에게 살짝 고개를 숙여 보였다.

"이런! 독수리들을 신경 쓰느라 저놈들이 강시란 걸 잊어버렸군. 고맙네, 사질."

현풍 진인은 미소로 화무린에게 고마움을 표했다.

자신에게 목을 베였는데도 여전히 살아 움직이는 강시.

때마침 화무린이 도착하지 않았다면 큰일 날 뻔했다.

하마터면 사질들 앞에서 다리를 잘릴 뻔한 것이다.

현풍 진인은 놀란 기색을 다스리며 주위를 둘러봤다.

아직 많은 강시들이 남아 있었지만 급한 불은 끈 듯했다.

화무린을 시작으로, 사제들과 왕옥산의 도사들이 도착해 강시들을 견제하고 있었고, 선두에 있던 강시들을 처치하는 바람에 약간의 시간과 공간을 확보하게 됐다.

'그러나 안심하기엔 아직 이르다!'

우연인지 모르나 자신들이 돌아오는 순간 진이 해제되어버렸다. 그로 인해 무사히 합류할 수 있었지만 왠지 등에 소름이 돋았다. 누군가가 자신들의 일거수일투족을 지켜보고 있는 것 같아서였다.

'그렇다면!'

최대한 빨리 이곳을 통과해야 한다. 자칫 잘못하여 진이 재가동해 버리면 모두 이곳에 뼈를 묻어야 하니.

현풍 진인은 손짓으로 연성걸을 불렀다. 그리고 착 가라앉은 목소리로 말했다.

"아직 경황이 없겠지만 잘 들어라. 이곳은 풍운만변하고 조화난무하는 곳이라 오래 머물면 머물수록 손해다. 그러니 병사들에게 명해 최대한 진형을 넓게 벌리라고 전해라. 그리고 진형이 갖춰지면 원거리에서 활을 쏘고 창을 던지되, 신호가 떨어지면 전속력으로 말을 달려 저놈들 사이를 통과하라고 명해라."

"예?"

"긴말할 시간 없으니 어서 명을 내리도록 해라. 신호는 나중에 내가 내려줄 테니."

"아, 알겠습니다. 여봐라—!"

연성걸은 현풍 진인에게 고개를 숙여 보인 뒤 급히 수하들에게 달려갔다. 이후 몇몇 장수를 불러 명을 내리고 있는데 저 뒤에서 한 무리의 강호인이 몰려왔다.

조금 전까지 진에 갇혀 있다가 겨우 빠져나온 검각과 언가장의 고수들이었다.

그들까지 합세하게 되자 현풍 진인은 물론이고 병사들 모두 환호성을 터뜨렸다. 진법 때문에 뿔뿔이 흩어져 있다가 다시 뭉치게 되니 사기가 충천한 것이었다.

특히 강시들에게 쫓겨 다니던 병사들의 기쁨은 더더욱 컸다.

무기력하게 도망 다니던 자신들과 달리, 현풍 진인과 화무린 등이 무서운 검법으로 강시들을 처치하는 모습을 본 터라, 더하여 진로를 방해하던 바위계곡이 안개처럼 사라져 버린 터라 모두 한번 해볼 만하다는 각오로 열렬한 함성을 질렀다.

하지만 그들의 기쁨은 반 각도 지나지 않아 물거품처럼 사라지고 말았다.

제59장

죽음

魔道
天下

"와아아!"

둥둥둥!

공격을 알리는 북소리.

투투퉁! 투투퉁!

쐐애애애액!

바람을 찢는 화살들의 날카로운 파공음.

"전군, 전속 전진!"

끼히히힝!

두두두두!

자욱한 모래를 날리며 달려가는 수천 명의 기병.

"전원, 투창!"

누군가의 명에 따라 병사들이 일제히 창을 던지려는 순간,

끼아아아아아!

멀리서 소름 끼친 괴성이 들려왔다.

뒤이어,

슈아아아악!

모골 송연한 기음이 다가왔다.

좀 이상한 표현 같지만 '다가왔다' 라는 표현이 정확했다.

처음엔 잠자리 날갯짓 같은 작은 소리였으나 어느새 고막을 찢을 듯한 굉음으로 변해 버렸기 때문이다.

그 소리에 놀라 병사들이 흠칫 귀를 틀어막는 찰나,

번—쩍!

어둑해지는 밤하늘에 푸른 섬광이 번쩍였다.

동시에,

콰아앙—!

굉음을 동반하며 병사들 코앞에서 엄청난 폭발이 일어났다. 아니, 자세히 보니 폭발이 아니라 대포알 같은 물체가 내리꽂혔다.

장정 두 사람이 힘을 합쳐야 겨우 들어 올릴 수 있을 것 같은 거대한 도끼.

그 도끼가 내리꽂히자 무시무시한 강풍이 일어났고, 그에 휘말린 병사들이 육포처럼 찢겨 나가며 방원 오 장여의 거대

한 웅덩이가 파여 버렸다.

가공할 기세로 어둠을 가르고 대지를 움푹 쪼개 버린 사람.

그가 한 소녀를 어깨 위에 태우고 장내에 등장하자 병사들은 자기도 모르게 그 자리에서 굳어버렸다.

"크크크, 어서오너라. 귀여운 것들."

우람한 근육을 꿈틀거리며 도끼를 뽑아 드는 광마.

그가 자신들을 향해 씨익 미소 짓자 등골에 오싹한 소름이 돋았기 때문이다.

"헉! 저, 저자는?"

"광마! 광마승이다!"

"설마… 놈들이 흑마련과 힘을 합쳤단 말인가?"

광마를 보고 놀란 사람은 병사들뿐만이 아니었다.

과거 영웅성의 협조 요청에 응해 흑마련과 호존승의 행적을 추적했던 일부 강호인들이 그를 알아보고 주춤주춤 뒤로 물러났다.

그들은 느닷없이 나타난 광마를 보고 혹시 묵자후 일행이 흑마련과 손을 잡은 게 아닌가 하는 오해에 휩싸였다.

현풍 진인을 비롯한 공동파 고수들의 안색 역시 심각하게 굳어갔다.

기련산에서 폐인이 되어 돌아온 현오 진인과 문하 제자들의 주검을 보고 분기탱천하여 사문을 나선 그들.

찬바람을 맞으며 보름 가까이 사막을 헤맸으나 가는 곳마다 허탕을 치고 급기야는 도검이 통하지 않는 강시들과 상상을 초월하는 고수를 만나게 됐으니 아연 긴장할 수밖에 없었다.

특히 연성걸의 안색은 보기 딱할 정도로 일그러져 있었다.

병사들이 총공격을 감행하고 있던 터라 이번에도 남들보다 조금 앞에 나와 있었기 때문이다.

'으으, 이를 어쩐다?'

허공에서 도끼를 날려 병사들을 피떡으로 만들어 버린 괴물.

그를 무슨 재주로 상대할 수 있단 말인가?

더욱이 빗발처럼 쏟아지는 화살을 맞고 잠시 쓰러졌던 강시들이 다시 몸을 일으키고 있었다.

그들이 이전보다 더 흉흉한 기세로 다가오자 연성걸은 두려움을 이기지 못해 슬금슬금 뒤로 물러났다. 반면 그의 손은 허공으로 향했고, 입에선 매서운 폭갈이 흘러나왔다.

"모두 뭘 망설이고 있어? 어서 공격해! 전원 투창하라고!"

연성걸이 뒤로 물러나면서 고래고래 고함을 지르자 명령에 길들여진 병사들이 엉겁결에 창을 던지기 시작했다.

그러나,

"호호, 이따위 수수깡으로 뭘 해보겠다고?"

광마가 입꼬리를 말아 올리며 태양부를 휘두르자 날아오

던 창들이 반 토막이 되어 우수수 바닥으로 떨어졌다.

그 광경을 보고 병사들이 입을 쩍 벌리는 순간, 강시들이 다시 공격을 펼쳐 오기 시작했다.

"막아! 놈들을 막아!"

연성걸은 사색이 되어 소리쳤다.

그러나 검강에 목을 베이고도 상체 따로, 하체 따로 움직이던 강시들이다. 내력 한 점 없는 병사들의 검쯤이야 모기에 물린 듯 신경도 쓰지 않았다.

결국 병사들은 또다시 패잔병마냥 흩어졌고, 보다 못한 공동파와 항산파, 왕옥산의 도사들, 언가장과 검각의 고수들 등이 달려와 강시들 앞을 막아섰다.

필생의 공력을 발휘해 강시들과 사투를 벌이는 강호인들.

모두 동귀어진의 각오로 임했으나 상황은 전혀 호전되지 않았다.

그리고 광마가 본격적으로 움직이면서부터 강호인들마저 정신없이 뒤로 밀려났고, 그때부터 독수리들이 다시 극성을 부리기 시작했다.

삐익, 삐리리리릭!

강호인들이 검을 휘두르거나 병사들이 활을 쏘면 일제히 허공으로 날아올랐다가 다시 하강하여 얼굴을 쪼아오는 독수리들.

도저히 이해가 되지 않는 몸놀림이었다.

'혹시 누군가가 저것들을 조종하고 있는 게 아닐까?'

몇몇 강호인들이 의심스런 눈으로 고개를 갸웃거릴 때였다.

"아이리리리!"

"끼야호오오!"

갑자기 사방에서 기이한 함성이 들려왔다.

그 소리가 메아리를 울리며 점점 가까이 다가온다 싶더니,

피웅! 피웅!

스스스슷……

어둠 속에서 신경을 곤두서게 만드는 미세한 소음이 들려왔다.

그 소리가 지척에 다다랐다고 느끼는 순간,

"컥!"

"끄윽……!"

일부 병사들이 답답한 신음을 흘리며 와르르 쓰러졌다.

그때부터 들려오는 다급한 외침.

"독침, 독침이다!"

"모두 암기를 조심… 끄르륵."

경고를 발하다가 사지를 부르르 떨며 맥없이 쓰러지는 병사들.

싸늘하게 식어가는 그들의 눈동자엔 검은 그림자가 어른거리고 있었다.

까무잡잡한 피부에 번들거리는 눈빛.

준갈이 부족과 타클라마칸 전사들이었다.

어둠 속에 숨어 피리 같은 물건으로 독침을 쏘는 이족 전사들.

그들이 어딘가를 향해 신호를 보내고 뒤로 빠지자 이번에는 낙타를 탄 수백 명의 그림자가 나타났다.

"우오오오오!"

"끼야호!"

기괴한 목소리를 내며 질풍처럼 달려오는 초원의 전사들.

그들이 들이닥치자 이곳저곳에서 처절한 비명이 메아리쳤다.

사막에 익숙한 준갈이 부족과 타클라마칸 전사들.

그들의 급습에 병사들이 속수무책으로 쓰러진 것이었다.

물론 준갈이 부족과 타클라마칸 전사들의 피해도 만만찮았다.

정신없이 후퇴하는 기병들 틈에 섞여 있던 강호인들과 마주쳐 목이 달아나거나 팔다리를 잘리는 전사들이 속출한 것이다.

하지만 그 피해는 미미했고, 다수였던 연성걸 측의 피해가 더 많았다. 전체 상황이 피아를 구분할 수 없는 혼란 상황이었기 때문이다.

또한 이족 전사들이 휩쓸고 간 자리에 불쑥불쑥 나타나는 그림자.

그들마저 장내로 뛰어들자 사방이 아비규환의 도가니로 변해 버렸다.

"헉! 저놈들은?"

"마인들이다! 우리가 찾던 마인들이다!"

암담한 표정으로 소리치는 강호인들.

그랬다. 이족 전사들에 이어 등장한 사람들은 유명마곡의 곡주인 마귀혈수 음구유를 비롯해, 사망교의 교주인 저주혈광 마극타과 적사묘의 묘주인 천사 장기표 등이었다.

기련산에서 구주간마 반목륵의 꼬드김에 넘어가 잠시 묵자후를 거부한 전력이 있는 그들은 당시의 죄를 씻으려는지 선두에 서서 무서운 기세로 강호인들을 몰아붙이기 시작했다. 그로 인해 앞쪽에서 공격해 오는 강시들을 피해 뒤로 물러나던 기병들과, 광마를 피해 사방으로 물러나던 강호인들은 좌우에서 공격해 오는 이족 전사들과, 그 사이를 파고든 마인들에 의해 또 한 번 흩어졌고, 결국 수적 우위에도 불구하고 피아를 구분할 수 없는 혼란 상태에 빠져 버렸다.

"이건 꿈이야! 악몽이라구!"

연성걸은 정신이 하나도 없었다.

무려 오천에 달하는 기병들과 난다 긴다 하는 고수들이 속수무책으로 쓰러져 가다니.

도저히 믿을 수 없었다.

이 정도 전력이라면 소림과 무당은 물론이고 오대세가 연합과도 자웅을 겨뤄볼 수 있다고 생각했는데.

하지만 눈앞에서 펼쳐지고 있는 장면은 꿈이 아니었다. 생생한 현실이었다.

"크하하하! 이놈들, 몽땅 죽여주마! 크하하하!"

가가대소를 터뜨리며 도끼를 휘두르는 거한.

그의 웃음소리가 들려올 때마다 사방에서 피와 비명이 메아리쳤다.

그리고 언젠가부터 거한이 일정한 방향으로 움직이기 시작했다. 정확하게는 거한의 어깨 위에 앉아 있던 소녀가 누군가에게 지시를 받았는지 그에게 귀엣말을 건네고 난 뒤부터였다.

그때부터 좌충우돌 발길 닿는 대로 움직이던 거한은 방향을 틀어 사숙과 사형이 있는 쪽으로 다가가기 시작했다.

그리고 거한이 나타남과 동시에 이상하다 싶을 정도로 그 주변을 맴돌고 있던 강시들 역시 소녀의 눈짓을 받고 강호인들이 밀집해 있는 곳으로 움직이기 시작했다.

그러다 보니 기병들은 점차 강호인들과 떨어져 외곽으로 밀려나기 시작했다.

'아차! 이러고 있을 때가 아니다! 얼른 사형과 합류해야 해!'

현재 연성걸이 있는 곳은 강호인들 쪽과 가까웠다.

처음엔 광마의 무위를 보고 겁에 질려 뒤로 물러났으나 현풍 진인을 비롯한 사문의 고수들이 그 앞을 막아서고 언가장과 검각 등 초일류고수들이 그 뒤를 받치자 다시 말머리를 돌렸다.

하지만 중간에 이족전사들이 기습해 오고 마인들이 등장해 오도 가도 못한 신세가 되었고, 혼란 중에 몇 번 혈투를 벌이고 나니 어느새 강호인들 부근에 위치하게 된 것이다.

만약 후방에 있는 병사들 쪽이 조금이라도 안전해 보였다면 즉시 뒤로 물러났을 연성걸이다.

하지만 뒤쪽엔 이족들뿐만 아니라 정체를 알 수 없는 마인들이 득실거리고 있었기에 위험부담이 매우 컸다. 또한 도검불침의 강시들과 싸우고 있는 강호인들 쪽도 위험하긴 마찬가지.

따라서 조금 두렵긴 해도 사숙들과 사형이 버티고 있고 언가장과 검각 등의 초일류고수들이 모여 있는 쪽이 그나마 안전해 보였다. 그래서 말허리를 박차 화무린 쪽으로 다가가는데,

꽈르르릉!

갑자기 앞쪽에서 무시무시한 폭음이 들려왔다.

깜짝 놀라 말고삐를 틀어쥔 연성걸은 자기도 모르게 허공을 쳐다봤다.

"헉! 저, 저, 저……."

연성걸은 너무 놀라 말을 잇지 못했다.

사숙들과 사형이 있는 곳.

그곳에서 엄청난 강기가 회오리치더니 몇몇 신형이 피떡이 되어 사방으로 날아갔다.

그중 한 사람이 자기 쪽으로 날아오는데,

"헉! 사, 사형!"

순간적으로 심장이 목구멍 밖으로 튀어나오는 기분이었다.

전신이 피투성이가 되어 날아오는 사람.

다름 아닌 푸른 도복 차림의 사형, 화무린이었던 것이다.

"이, 이럴 수가! 사형!"

연성걸은 비통하게 울부짖으며 급히 신형을 날렸다.

"흐으…… 사제, 사제가 왔구나."

피투성이가 되어 중얼거리는 화무린.

"사형! 이게 어찌 된 일입니까? 정신 차리십시오, 사형!"

연성걸이 눈물범벅이 되어 소리쳤다.

평생 처음으로 사형제 간의 정을 알게 해준 사람.

늘 푸른 나무처럼 버팀목이 되어주고, 힘들거나 외로울 때 위로와 용기를 북돋워 주던 그가 피투성이가 되어 자기 품에 안기게 될 줄이야.

"사형, 정신 차리십시오! 제발!"

연성걸은 눈물을 줄줄 흘리며 화무린을 바닥에 뉘었다.

광마의 강기에 당한 그의 체온이 급격히 식어가고 있었다.

연성걸은 흐르는 눈물을 닦을 생각도 못하고 급히 진기 도인법을 실시하려 했다. 그러나 피 묻은 손으로 연성걸의 팔을 잡는 화무린.

"괜찮다……. 나는 괜찮다……."

연성걸은 울면서 소리쳤다.

"사형, 아무 말씀도 하지 마십시오. 소제가 알아서 하겠습니다. 더 이상 말씀하시면 기력이 탈진하니 제발……."

연성걸은 흐느껴 울며 다시 진기 도인법을 펼치려 했다. 그런데 갑자기 화무린의 어깨가 꿈틀거렸다. 동시에 그의 손이 전광석화처럼 움직이며 연성걸의 허리에 매달려 있던 검을 뽑아 들었다.

"사형?"

연성걸이 영문을 몰라 눈을 부릅뜨는 사이,

쉬익!

화무린의 손에 쥐어져 있던 검이 반원을 그렸다. 뒤이어 들려오는 소름 끼친 괴성.

"끼악!"

연성걸은 깜짝 놀라 등 뒤를 돌아봤다.

강시 하나가 목 잃은 동체로 비틀거리고 있었다. 소리없이 접근한 강시를 화무린이 대신 처치한 모양이었다.

연성걸은 감격한 표정으로 화무린을 돌아봤다.

이런 위급한 상황에서도 자기 목숨을 구해주다니.

목이 메어 뭔가 고마움을 표시하려던 연성걸.

그의 눈빛이 갑자기 흔들렸다.

"끄으……. 이런 개 같은……."

튀어나올 듯 커진 연성걸의 눈동자.

그의 눈꺼풀이 잔 떨림을 일으켰다.

힘겹게 이를 악물며 자기 어깨를 쳐다보는 연성걸.

크르르.

강시는 하나가 아니었다.

또 다른 강시가 으스스한 눈빛으로 연성걸을 노려보고 있었다. 그의 손은 연성걸의 어깨에 깊숙이 틀어박혀 있었고, 어깨를 뚫고 들어간 그 손이 난폭한 움직임을 시작했다.

"끄으……."

긴 손톱으로 힘줄을 끊고 신경을 후벼 파는 강시.

연성걸은 이를 악물며 왼손으로 장력을 날렸다.

퍼엉!

끼악!

단말마의 비명을 지르며 뒤로 나가떨어지는 강시.

그러나 금방 다시 일어나 흉포한 기세로 살수를 펼쳐 왔다.

"헉!"

연성걸은 이제 죽었구나 싶어 눈을 질끈 감고 말았다. 바로 그때 기적이 일어났다.

"사형?"

시체처럼 누워 있던 화무린이 벌떡 몸을 일으킨 것이었다.

지금 당장 쓰러져도 할 말이 없을 것 같은 화무린.

그가 온몸으로 강시를 막아서더니 문득 연성걸을 돌아봤다.

"사제, 도망가거라. 어서…….'

화무린이 힘겹게 말했다.

"사, 사형!"

"가서 장문인께 복수를 부탁해라."

"사형…….'

"어서… 어서 가거라. 어서!"

그 말을 끝으로 뒤돌아서는데,

푹!

화무린의 심장에 시커먼 손이 틀어박혔다. 뒤이어 삐쩍 마른 강시가 나타나 검으로 화무린의 머리를 내려쳤다.

퍼억!

화무린의 정수리에서 시뻘건 피가 솟구쳤다.

"아악! 사형!"

절규하는 연성걸의 비명을 들으며 화무린은 안간힘으로 검을 휘두르려 했다. 그러나 한발 늦어버렸다. 그의 심장에 손을 틀어박고 있던 강시가 먼저 팔을 오므렸다.

좌악!

심장이 뜯겨 나가고,

"끄으…….."

화무린이 하얗게 눈을 까뒤집으며 작살을 맞은 듯 부들부들 떨기 시작했다.

"아, 안 돼—!'

연성걸이 재차 소리쳤지만 화무린의 동체는 맥없이 쓰러지고 말았다.

"사형……. 사형!'

망연자실하여 화무린을 소리쳐 부르는 연성걸.

넋 나간 듯 바라보는 그의 시선엔 피범벅이 되어 쓰러진 화무린의 모습이 들어왔다.

"사제…… 도망…… 어서……."

안간힘으로 입술을 달싹이다가 서서히 식어버린 화무린의 입술.

어디선가 불어온 바람이 그의 얼굴에 모래를 덮어주었다.

휘이잉!

처연히 불어오는 차가운 바람.

연성걸은 멍하니 화무린을 바라봤다.

"나는 살려고 부하들을 뻈는데, 사형은… 사형은…….."

콱 잠긴 목소리로 혼잣말을 중얼거리는 연성걸.

붉게 충혈된 그의 눈에 굵은 눈물방울이 뚝뚝 흘러내리기 시작했다.

＊   ＊   ＊

묵자후는 무심한 표정으로 전장을 둘러봤다.

어둠이 깔리면서 상황이 차츰 정리되어 가고 있었다. 그러나 아직도 비명이 들려오고 시체가 산처럼 쌓여갔다.

바람에 휘날리는 낙엽처럼 이리저리 흩어져 단말마의 비명을 지르며 죽어가는 기병들과 강호인들.

그 와중에 한 사람의 모습이 시선을 자극했다.

누군가의 시신을 안고 오열을 터뜨리는 젊은 장수.

눈에 익었다.

'공동파… 속가제자라고 했던가.'

이미 죽어 시신이 되어 있는 사람은 자신에게 술잔을 날리던 자였고, 눈물범벅이 되어 그 시신을 지키고 있는 사람은 자신에게 시비를 걸던 자였다.

'음……'

두 사람을 보니 괜히 마음이 불편했다.

수하들도 저 모래언덕에서 목숨을 잃어가고 있었지만 아는 이의 주검을 보니 기분이 편치 않았던 것이다.

공동파는 자신과 불공대천(不共戴天)의 원수나 마찬가진데 왜 이런 기분이 드는 것일까?

묵자후는 냉랭한 표정으로 고개를 돌리려 했다. 그런데 그때 연성걸 뒤로 접근하는 강시들을 보게 됐다.

아무리 원수라지만 이런 상황에서 살수를 펼치는 건 마음에 들지 않았다.

묵자후는 살짝 인상을 찌푸리다가 장력을 날려 강시들을 뒤로 물러나게 했다. 그러자 이리저리 도망 다니던 몇몇 병사들이 연성걸을 발견하고 그를 부축했다. 이후 피아를 구분할 수 없는 격전의 소용돌이에 휘말려 그들은 어디론가 사라져 버리고 말았다.

*　　　*　　　*

"와아아!"

"이겼다! 놈들을 모조리 전멸시켰어!"

밤하늘에 우렁찬 함성이 메아리쳤다.

거의 일방적인 승리에 기뻐하는 마인들.

덩달아 환호성을 터뜨리며 춤을 추는 이족 사람들.

그러나 흑오는 우울한 표정으로 눈시울을 훔쳤다.

사방에 보이는 크고 작은 무덤.

특히 추혼백팔사자들과 독수리들이 묻혀 있는 무덤을 보자 마음이 아파왔기 때문이다.

묵자후는 그 모습을 지켜보다가 천천히 흑오 곁으로 다가

갔다.

묵자후와 눈이 마주치자 억지로 미소 짓는 흑오.

"헤……"

멋쩍게 웃는 흑오의 눈에 투명한 이슬이 고였다.

묵자후는 말없이 흑오의 어깨를 두드려 주었다. 그러자 와락 품에 안기며 소리없이 흐느껴 우는 흑오.

묵자후는 한숨을 쉬며 밤하늘 별빛을 바라봤다.

무슨 생각을 하는 것일까.

묵자후의 표정이 전에 없이 쓸쓸해 보였다.

"어라? 저 녀석 표정이 조금 이상한데요?"

흡혈시마는 운기조식을 하고 있다가 고개를 갸웃했다.

"글쎄? 우리 아이들 피해는 거의 없는데……. 혹시 녀석이 강시들의 죽음을 마음 아파하고 있는 게 아닐까?"

흡혈시마와 마찬가지로 운기조식을 하고 있던 무풍수라가 엉덩이를 들썩이며 대답했다.

"에이, 강시들이야 흙으로 돌아가는 게 오히려 좋은 거잖습니까. 그걸 가지고 슬퍼한다는 건 말이 안 되는데?"

그러면서 슬며시 운기조식을 푸는 흡혈시마.

"그럼 뭐, 흑오 녀석이 우니까 덩달아 마음이 아팠겠지."

힐끗 흡혈시마를 보고 덩달아 가부좌를 푸는 무풍수라.

이제 두 사람은 자연스럽게 허리를 펴고 잡담을 나누기 시작했다.

"아무튼 오늘은 여러 가지로 아쉬운 점이 많아. 처음부터 진법을 없애고 정면승부를 펼쳤어야 했어."

"에이, 그랬다면 우리 피해도 만만찮았을 거요. 비록 한주 먹거리도 안 되는 놈들이지만 그래도 갑옷으로 무장한 기병이 아니오? 더구나 강노까지 챙겨 왔으니 내공이 달리는 애들은 속절없이 당하고 말았을 겁니다."

"이런 바보 같은 놈! 정면으로 싸운다고 해서 애들을 앞장세우면 안 되지. 후아에게 강노를 막으라고 하고 너랑 나랑 뛰쳐나가서 놈들을 때려잡으면 되잖아."

"쳇. 그래도 힘들긴 마찬가지요. 얼핏 보니까 기병뿐만 아니라 공동파 놈들과 언가장 놈들도 보이던데, 그놈들까지 때려잡으려 하다간 형님이나 나나 초주검이 되었을 거요."

"아, 그럼 대형도 모시고 나가면 되지."

"얼씨구? 채신머리없게 대형께서 막 싸움에 나서요?"

"막 싸움? 하긴 대형까지 나서시면 격이 좀 안 맞긴 하지."

그러면서 맞장구를 치던 무풍수라. 뭐라고 말을 덧붙이려다가 귀신을 본 듯 흠칫 놀라더니 갑자기 태도를 바꿔 흡혈시마를 나무라기 시작했다.

"아니, 이놈아. 가만히 생각해 보니 그게 아니잖아. 아무리 막 싸움이라고 해도 대형께서 나서시면 표현을 달리 해야지. 뭐라고 할까? 고독하게 전장으로 뛰어든 승부사? 그래! 일기

당천, 만부막적의 대영웅이라 부르면 되겠군."

그 말에 흡혈시마는 어이없다는 듯 폭소를 터뜨렸다.

"푸하하! 형님, 갑자기 노망이 드셨소? 허구한 날 대형을 못 잡아먹어 안달이시더니 뚱딴지같이 웬 대영웅 타령이오?"

바로 그때였다.

"왜? 네놈은 내가 대영웅이 되는 게 그렇게 못마땅하단 말이냐?"

등 뒤에서 느닷없는 음성이 들려왔다.

"으헥!"

깜짝 놀라 고개를 돌리는 흡혈시마.

그의 눈에 유령처럼 뒷짐을 지고 서 있는 음풍마제가 들어왔다.

"아… 하하하! 대형, 언제 오셨습니까?"

엉거주춤 고개를 숙이며 멋쩍게 웃는 흡혈시마.

그러나 음풍마제의 손이 번쩍이고 흡혈시마의 이마에 박 깨지는 소리가 흘러나왔다.

딱!

"아이코!"

물론 무풍수라의 이마도 무사하진 못했다.

따콩!

"으갸갸!"

"한심한 놈들. 그사이를 못 참고 여기까지 기어내려 와 또 농땡이를 부리고 있어?"

기가 막힌다는 듯 두 사람을 노려보는 음풍마제.

절벽 위에서 운기조식을 하고 있다가 슬그머니 도망쳐 싸움 구경에 정신을 팔고 있던 무풍수라와 흡혈시마는 서슬 퍼런 음풍마제의 눈빛을 보고 얼른 가부좌를 틀었다.

음풍마제는 그런 두 사람을 보며 나직이 혀를 차다가 고개를 돌려 흑오를 다독여 주고 있는 묵자후를 쳐다봤다.

'녀석, 점점 피의 무게가 부담스러운 모양이구나.'

비록 먼발치에서 본 느낌이지만 거의 정확할 것이다. 자신도 묵자후와 비슷한 기분을 느끼고 있었으니.

'그러나 어쩌겠느냐? 강호에 들어선 이상 피와 죽음은 숙명이나 마찬가진걸. 피의 무게가 아무리 버겁더라도 받은 만큼 돌려줘야 하는 게 무인! 더구나 너는 십만마도의 주인이니 부디 흔들리지 말고 앞만 보고 나아가거라. 혹시 모를 업보나 저주가 있다면 이 늙은이가 대신 받아줄 테니.'

속으로 중얼거리며 묵자후를 바라보던 음풍마제는 천천히 고개를 돌려 기병들과 강호인들의 시신에서 뭔가를 떼어내는 회흘족과 장족, 돌궐족 등을 쳐다봤다.

노래를 부르며, 춤을 추며, 시신에게서 머리 가죽을 베어내거나 귀를 베어내어 목걸이로 만드는 이족 사람들.

그들을 보며 음풍마제는 고개를 끄덕였다.

'그래, 복수는 저렇게 하는 것이다. 다시는 짓밟히지 않게,

다시는 억압당하지 않게 철저히 응징하는 것. 그게 진정한 복수이자 비명에 간 동료들을 위로해 주는 유일한 길이다.'

혹자는 너무 잔인하다고 비난할지 모르나 죄를 지었으면 그에 상응하는 처벌을 받아야 하는 법.

'자업자득이다. 죄없는 유목민을 학살했으니 행한 만큼 돌려받는 것뿐이야.'

음풍마제의 시선은 한동안 회흘족 등에게 고정되어 있었다.

그런데 이상한 건 기병들과 싸우던 전사들의 모습이 보이지 않는다는 사실이었다.

지금 시신을 헤집고 있는 이들은 대부분 노인과 아녀자뿐, 실제로 혈전을 치른 당사자들은 그 어디에도 보이지 않았다.

또한 밀물처럼 쳐들어왔던 기병들의 숫자도 많이 부족해 보였고.

그들은 모두 어디로 사라진 것일까?

*　　　*　　　*

"헉헉……!"

참장 서문기는 정신없이 말을 달렸다.

사방에서 공격해 오는 이족 전사들.

시도 때도 없이 나타나 살수를 펼치는 정체불명의 괴한들.

도저히 버틸 재간이 없었다.

'이렇게 될 줄 알았다면 이족들을 건드리는 게 아니었는데. 아니, 아예 이 먼 곳까지 원정을 오는 게 아니었는데……'

뒤늦게 후회했지만 이미 때는 늦어버렸다.

십 척 거한의 도끼질 한 번에 넋이 나가 버린 병사들.

그때부터 사기는 바닥에 떨어졌고, 저마다 등을 돌리고 달아나기에 여념이 없었다. 그러니 반격은 고사하고 전멸이 불을 보듯 뻔한 상황.

할 수 없이 서문기는 수하들에게 퇴각을 명했다.

그러나 몇 번이고 소리쳐도 명이 전달되지가 않았다.

하긴 어둠이 짙게 깔리면서 사방에 피바람이 부니 어디로 달아나야 할지 스스로도 판단이 서지 않을 정도였으니……

결국 우왕좌왕하던 서문기와 기병들은 조금이라도 안전한 쪽으로 달아나게 되었고, 나중에 정신을 차렸을 때는 이미 끝없는 모래벌판 한가운데 서 있게 됐다.

'여기가 어디지? 설마……!'

서문기는 불안한 눈으로 좌우를 둘러봤다.

예감은 적중했다.

'맙소사! 여기는……'

아연실색하여 할 말을 잃어버린 서문기.

지금 그가 서 있는 곳은 무려 천이백억 평에 달하는 광대한 사막, 타클라마칸이었다.

회흘족 표현으로는 한 번 들어가면 결코 빠져나올 수 없는 곳. 오직 죽음만 기다리고 있다는 불모의 대지에 발을 들이게 된 것이다.

어둠에 잠긴 망망한 사막과, 그런 사막을 비추는 음산한 달빛을 보면서 서문기는 그만 절망하고 말았다.

'이게 어떻게 된 일인가? 설마 놈들이 계획적으로 우리를 이쪽으로 몰아넣었단 말인가?'

그의 예상은 이번에도 딱 맞아떨어졌다.

서문기 일행이 이곳까지 쫓겨온 이유.

준갈이 부족과 타클라마칸 전사들에게 복수할 기회를 주기 위해 묵자후가 작전을 짠 때문이었다.

기병들이 광마와 강시들에게 막혀 우왕좌왕하고 있을 때, 수하들과 이족 전사들을 보내 장내를 더욱 혼란케 만들었다. 이후 흑오에게 전음을 보내 기병들과 강호인들을 분리하게 만들었고, 뒤이어 흩어진 쌀을 모으듯 기병들을 한쪽으로 몰아 타클라마칸 사막 쪽으로 밀어붙인 것이었다. 그 결과 강호인들은 내심 기대했던 기병의 엄호도 받지 못한 채 광마와 강시를 상대하느라 피똥을 싸게 됐고, 기병은 기병들대로 방향감각을 잃어버린 채 이곳까지 쫓겨오게 된 것이었다.

그리고 사막의 추위가 기승을 부릴 무렵, 기병들을 상대로 이족 전사들의 복수가 시작되었다.

근 열흘 가까이 사막을 헤매던 서문기와 이천여 기병.

밤마다 공격해 오는 이족 전사들과, 소리없이 말과 사람을 집어삼키는 사막의 늪, 유사(流砂).

그리고 시도 때도 없이 나타나는 독충들과 뼛속을 파고드는 한기, 물 한 방울 찾아볼 수 없는 대지를 떠돌며 추위와 굶주림, 갈증과 공포 등을 호소하다가 하나둘 사막에 뼈를 묻고 말았다.

한번 들어가면 결코 빠져나오지 못한다는 이름에 걸맞게 타클라마칸 사막에서 살아남은 병사는 아무도 없었다. 마지막 한 사람까지, 심지어 서문기조차도 추위와 공포, 굶주림과 갈증에 시달리다가 이족 전사들에게 비참한 죽임을 당하고 말았다.

그리고 열흘 뒤,

복수를 마친 준갈이부족과 타클라마칸 전사들은 아단용성으로 돌아와 묵자후에게 감사의 뜻을 표했다.

더하여 흑오에게도 경의를 표했는데, 일사불란하게 무릎을 꿇고 정중히 고개를 숙이는 그들의 모습은 무척이나 인상적이었다. 그 광경을 보고 흑자는 지금은 잊혀져 버린 고대의 예법, 대제사장을 뵙는 전사들의 의식이라고 이야기했으나 진위 여부는 알 수 없었다.

아무튼 예상을 넘어선 이족 전사들의 행동에 흑오는 무척 놀라고 당황스러워했다. 그러나 이족 노인들이 선물이라며 보내준 하얀 천과 붉은 빛이 감도는 봉(棒), 그리고 눈처럼 하얀 말을 보고는 어린아이처럼 좋아했다.

특히 잡티 하나 없는 백마는 흑오의 마음을 완전히 빼앗아, 그동안 우울증에 빠져 있던 흑오에게 예의 쾌활함을 되찾아 주었다. 그로 인해 흑오는 다음날부터 함박웃음을 터뜨리며 이족 전사들과 어울려 그들에게 말 타는 법과 활 쏘는 법을 배우기도 했다.

그러던 어느 날, 아단용성에 또 한 마리의 말이 나타났다.

삐쩍 마른 흑마, 추풍이었다.

팔자 좋게 천화루에 있어야 할 녀석이 등에 금후를 태우고 이곳 신강 땅까지 찾아온 것이다.

물론 추풍이 자진해서 금후를 태우고 온 것은 아니었다.

피투성이가 된 사검 막청과, 숨이 붙어 있는 게 신기할 정도로 다친 세 명의 독심객과 함께 온 것이었다.

제60장

다짐

魔道
天下

휘이잉…….

살 속을 파고드는 바람.

혹한에 얼어붙은 동토의 대지.

그 삭막한 공간에 이글거리는 눈빛이 모였다.

…….

묵직한 침묵.

활화산 같은 표정으로 어딘가를 바라보는 마인들.

그들의 시선은 성곽 중간에 위치한 황토 빛 암벽으로 향했다.

암벽 밑에는 피투성이가 된 사검 막청이 죄인처럼 고개를 숙이고 있고, 그 뒤로 얼음장 같은 표정의 묵자후가 서 있었다.

"결국 한번 해보잔 말이지."

한동안 침묵을 지키고 있던 묵자후가 낮은 목소리로 중얼거리자 사방에 몸서리치는 살기가 넘실거렸다.

흑오는 영문을 몰라 어깨를 움츠렸다.

흑오 품에 안긴 금후가 겁에 질려 끽끽댔지만 어느 누구도 관심을 주지 않았다. 모두의 관심은 착 가라앉은 표정으로 추풍의 갈기를 쓰다듬고 있는 묵자후와, 그런 묵자후에게 힘겹게 보고를 올리고 있는 사검 막청에게 집중되어 있었다.

"그리하여 천화루가 소실되고 많은 분들이 유명을 달리하셨습니다. 그나마 의제와 제가 나서서 몇 분을 구하긴 했으나 자금을 책임지고 있던 분들의 삼분지 이 이상이 현장에서 그만……."

실로 참담한 보고였다.

한때 중원제일루라 불리던 천화루가 불타고 거기 모여 있던 각 상단의 책임자들이 대부분 즉사하고 말았다는 소식이었다.

더욱이 천화루를 보호하고 있던 혈비도 괴랑과 흑월방 방도 전원이 그 자리에서 몰살당하고, 혹시나 하여 딸려 보낸 독심객들도 대부분 현장에서 목숨을 잃고 말았다는 충격적인 소식이었다.

다행히 사검 막청은 세 명의 독심객과 함께 추풍과 금후를 데리고 천화루를 빠져나왔고, 삼박수사 이총삼을 비롯한 삼십여 명의 기녀는 살아남은 독심객들과 잔혹방도들의 보호하에 청해로 이동하고 있다는 소식이었다.

"으음."

애초에 이런 사태를 염려해 혈비도 괴랑과 사검 막청을 파견하고 더하여 스무 명의 독심객을 딸려 보낸 묵자후였다.

그 자신이 천화루에서 마등을 올린 탓도 있지만 지존궁 건립 건과 관련하여 천화루를 중간 거점으로 삼았기에 혹시나 하여 조치를 취한 것이었다. 그러나 결국 참담한 비극으로 끝나고 말았으니 지금 묵자후의 심정은 분노하다 못해 지글지글 끓고 있었다.

"모두 속하 잘못입니다. 속하가 무능하여 맡은 바 책무를 다하지 못했으니 입이 열 개라도 할 말이 없습니다. 그저 죽여주십시오, 지존!"

피 토하는 목소리로 바닥에 이마를 찧는 사검 막청.

비록 그 자신은 심각한 부상을 입고도 목숨을 부지할 수 있었으나 의제의 죽음을 막지 못했다는 자책감에, 더하여 천화루와 각 상단의 책임자들을 보호하지 못했다는 죄책감에 빠져 자진하여 죽음을 청했다.

그러나 묵자후는 천천히 고개를 가로저었다.

"그대 잘못이 아니다. 중과부적이었고 기습을 당한 상황이었으니 자책할 필요 없다. 오히려 살아 돌아온 것으로 최선을 다했으니 앞으로 절치부심하여 이번 실패를 만회하도록 하라."

"지, 지존?"

"그렇게 처리하시면 기강이⋯⋯."

마인들이 깜짝 놀라 묵자후를 쳐다봤다.

하긴 놀랄 만도 했다.

당시 마도의 규율은 가혹하리만치 엄격한 신상필벌 제도였으니.

그래서 가끔 논란이 벌어지기도 했으나, 구대문파를 비롯한 강호 전체와 싸우는 처지였기에 임전무퇴, 백절불굴의 정신을 최고의 철칙으로 여겨 수하를 잃고 돌아오는 지휘관은 어떤 경우에도 용서하지 않았다.

그런데 묵자후가 너무 쉽게 관용을 베푸는 듯하자 모두 곤혹스러워 어쩔 줄 몰라 했다. 특히 무풍수라와 흡혈시마는 못마땅한 표정으로 찌푸리며 음풍마제의 눈치를 살폈다. 과거, 신상필벌에 관한 한 그 누구보다 엄격했던 음풍마제였기 때문이다.

하지만 음풍마제의 반응은 모두의 예상을 빗나갔다.

"네 이놈! 뭘 그리 멀뚱하게 앉아 있는 게야? 방금 지존께서 하해와 같은 은혜를 베푸셨거늘 감히 앉은 자리에서 받아먹을 작정이란 말이냐?"

조언을 건네기는커녕 오히려 사검 막청에게 불호령을 내리며 묵자후의 손을 들어주었다.

그 결과 저승 문턱까지 갔다가 살아난 사검 막청은 황급히 오체투지의 자세로 묵자후에게 감사를 표했다.

하지만 싸늘한 눈길로 재차 불호령을 내리는 음풍마제.

"이런 한심한 놈 같으니! 방금 지존께서 뭐라고 하시더냐? 앞으로 절치부심하여 네 죄를 갚으라고 하시지 않더냐? 그럼 그 뜻을 어찌 받들어야 옳겠느냐, 모두 지켜보고 있는 가운데 고개만 조아려야 옳겠느냐, 아니면 네 각오를 모두에게 보여주는 게 옳겠느냐?"

그 말에 사검 막청은 화들짝 놀라 자세를 바로 했다.

"그, 그렇지요. 속하가 불민하여 망령되게 굴었습니다. 앞으로 지존께 견마지로, 배전(倍前)의 충성을 맹세하겠습니다."

그 말과 함께 사검 막청은 스스로의 팔을 내려쳤다.

땅바닥을 흥건히 적시는 검붉은 핏물.

마인들은 그제야 만족한 표정을 지었다.

묵자후는 살짝 인상을 찌푸렸으나 더 이상 아무 말도 하지 않았다.

방금 사검 막청의 행동은 음풍마제의 강요에 의해서라기보다는, 이때까지 몸에 배인 습성에서 나온 행동이라는 걸 알고 있었기에 차마 나무라기가 힘들었기 때문이다.

"아무튼 수고했다. 그대는 이만 물러가 쉬도록 하라."

"존명!"

사검 막청이 몇 사람의 부축을 받으며 물러나자 묵자후는 천천히 마인들을 둘러봤다.

"모두 들었겠지만, 영웅성 놈들이 우리에게 도발을 감행해 왔다."

"……."

묵자후가 착 가라앉은 목소리로 입을 열자 장내엔 숨 막힌 정적이 감돌았다.

"엄밀히 따지면 이번 일은 내 잘못이 크다. 진작 이곳을 떠나 복수행에 나섰어야 했다."

"지존……."

"물론 상황이 여의치 않아 이곳에 머무르고 있었으나 그건 변명이 되지 못한다. 마도천하는 싸우면서 이룩해야 하는 것 인데 너무 많은 걸 생각했다. 보다 쉬운 길로 가려고 했고 보 다 안전한 길로 돌아가려고 했다. 모두 내 잘못이다."

"지존, 어이하여 그런 말씀을……."

마인들은 당황하여 어쩔 줄 몰라 했다.

묵자후가 천화루의 참사를 너무 심각하게 받아들이고 있 는 것 같아서였다.

사실이었다.

묵자후는 지금 천화루의 참사를 통해 과거의 기억들을 떠올리고 있었다.

'놈들은 결코 우리에게 대비할 시간을 주지 않는다! 그 시간을 확보할 수 있는 길은 오직 목숨을 걸고 싸울 때뿐이다!'

천금마옥에 있을 때 뼈저리게 느낀 사실인데 왜 잊고 있었단 말인가.

물론 수하들을 조련함과 동시에 부모를 비롯한 천금마옥 생존자들의 기적적인 합류를 기대하느라 차일피일 미루고 있었지만 더 이상의 기다림은 아무 의미가 없다.

'그래, 기다림은 여기까지다! 여기까지 날 찾아오실 분들이라면 언제 어느 때고 반드시 찾아오실 터. 이제부터는 내가 놈들의 시간을 빼앗고 말 것이다!'

그렇게 결심하며 묵자후는 모두에게 선언하듯 말했다.

"지금부터 복수행에 나설 것이다! 최선을 다해 싸울 것이고 받은 것 이상으로 되돌려줄 것이다! 그때까지 함께 싸울 사람이 필요하다! 맥없이 죽는 사람은 필요없다! 끝까지 살아남아서 나와 함께 마도천하를 이룰 사람만 필요하다! 자신없는 사람은 지금 빠져도 좋다!"

그 말이 떨어지는 순간 마인들의 얼굴에 경련이 일어났다.

"오오, 지존!"

"드디어, 드디어 출정입니까?"

"그렇다!"

"와아아!"

"드디어 놈들을 쳐부술 수 있게 됐다!"

"와하하하! 이 순간을 얼마나 기다렸는지 모릅니다! 날마다 이 순간을 기다리면서 칼을 휘둘러왔다고요! 크하하하하!"

함성을 지르며 기뻐하는 마인들.

흑오 역시 분위기에 휩쓸려 꺅꺅 고함을 질렀다.

그때 퉁퉁 부은 눈으로 천화루의 참변을 슬퍼하고 있던 희사가 물었다.

"하오면 지존, 청해 쪽은 어찌 처리하오는지요?"

묵자후는 단호히 대답했다.

"병행할 것이오!"

"예?"

어리둥절해하는 희사를 보며 묵자후는 스스로에게 다짐하듯 말했다.

"난 지는 싸움은 하지 않을 것이오! 저번 회의에서 논의했듯이 이번 싸움은 무척 길고 오래갈 것이오. 그러니 그때까지 믿고 맡길 사람이 필요하오. 그대가 청해 쪽을 맡아주시오."

"예에?"

느닷없는 이야기에 희사는 눈을 휘둥그레 떴다.

그런 희사를 보며 묵자후는 강렬한 눈빛으로 말했다.

"이미 알고 있겠지만, 이번 싸움의 승패는 놈들의 이목을 분산시키는 것과 놈들의 약점을 집중 공략하는 데 있소. 그에

맞게 시선을 끌며 움직여 줄 사람이 필요하오. 인원은 원하는
대로 데려가도 좋으니 부디 그대가 청해를 맡아주길 바라
오."

"하오나 지존……."

회사는 뭐라고 사양의 뜻을 피력하려다가 그만 입을 다물
고 말았다. 강렬하게 빛나는 묵자후의 눈빛을 보니 한편으로
는 야속하면서도 다른 한편으로는 가슴이 두근거렸기 때문이
다. 그래서 멍하니 묵자후를 바라보다가 자기도 모르게 고개
를 끄덕이고 말았다.

"쳇! 너무 갑작스러운 결정 아닙니까?"

흡혈시마가 못마땅한 표정으로 투덜거렸다.

"글쎄… 뭔가 생각이 있겠지."

무풍수라는 건성으로 대답하며 힐끔 흡혈시마를 쳐다봤
다.

"그런데 어째 말투가 이상하다? 왜, 네놈은 싸우기 싫다는
뜻이냐?"

그 말에 흡혈시마가 발끈했다.

"아니, 형님! 그게 무슨 말씀이시오? 내 말은 그런 뜻이 아
니라 지금 출정하기엔 시기가 너무 나쁘지 않냐는 뜻이오. 날
씨도 지랄 같고 아이들도 아직 뼈가 덜 여물었는데……."

그때 잠자코 있던 음풍마제가 말했다.

"아니다. 후아 판단이 옳다. 그동안 쭉 지켜봐 왔지만 지금 우리에게 필요한 건 실전이다. 며칠 전에 놈들을 쳐부쉈듯이 싸우면서 힘을 키우는 게 가장 효과적이다. 또한 받은 것이 있으면 돌려주는 게 마도의 철칙. 모두 복수를 갈망하고 있을 때 움직이는 게 가장 좋다."

"하긴 그렇죠. 저도 정파 놈들과 싸우면서 이만큼 강해졌으니……."

음풍마제 이야기가 끝나자마자 냉큼 고개를 끄덕이는 흡혈시마.

그 줏대없는 모습을 보고 무풍수라가 야유를 보냈다.

"훗! 네놈이 싸우면서 강해졌다고? 지나가는 강아지가 배를 잡고 웃겠다 이놈. 대형이 아니었으면 벌써 시체가 되었을 놈이."

"뭐라고요? 지금 날 모욕하시는 거요?"

"모욕이 아니라 사실이 그렇다는 이야기지."

"사실이 그렇다니? 지금 나랑 싸우자는 이야기요?"

"싸우자는 이야기냐고? 오냐! 네놈 눈에 힘 들어가는 걸 보니 더 이상 나도 못 참겠다!"

"쯧쯧……. 정말 어쩔 수 없는 놈들이로군."

두 사람이 입씨름하다 말고 한바탕할 기세이자 음풍마제는 혀를 끌끌 차며 두 사람 곁을 떠나 묵자후 쪽으로 다가갔다.

과거 철마성의 장로 신분으로 마정대전에 직접 참여하기
도 했거니와 몸소 수하들을 이끌며 크고 작은 전투를 치른 백
전노장이 바로 음풍마제가 아니던가.

그러니 처음으로 복수행에 나서는 묵자후의 전략을 들어
보고 필요한 게 있으면 조언해 주기 위해 노구를 움직인 것이
었다.

"오셨습니까?"

묵자후는 음풍마제를 보자마자 민망한 표정으로 미소를
지어 보였다. 그와 상의도 하지 않고 출정을 공표한 터라 왠
지 죄스런 마음이 들어서였다.

"그래, 듣자 하니 출정을 하겠다고?"

"그렇습니다. 의논도 하지 않고……. 죄송합니다."

"됐다. 지존의 명이니 따르면 그뿐, 전혀 신경 쓸 필요 없
다. 다만 출정에 나서기 전에 어디를 어떻게 칠지 생각해 둔
것이라도 있느냐?"

따뜻한 음풍마제의 질문에 묵자후는 살짝 고개를 숙이며
대답했다.

"예. 감숙부터 먼저 손에 넣을 계획입니다."

"감숙이라……. 좋지! 며칠 전의 패배로 군부가 발칵 뒤집
혀 있겠지만, 뭐, 반란을 일으키자는 게 아니니 큰 문제는 없
을 터. 감숙을 손에 넣고 난 다음에는 어디를 칠 작정이냐?"

그 질문에 묵자후는 안색을 굳히며 대답했다.

"공동파를 칠 계획입니다."

"공동파라……."

음풍마제는 잠시 생각에 잠겼다.

묵자후가 공동파라는 단어를 내뱉는 순간 말로 형용할 수 없는 엄청난 분노가 피어오르는 걸 느꼈기 때문이었다.

"그렇구나. 알겠다. 오랜만에 공동파 도사들의 피로 목욕할 수 있겠군."

그러면서 이번에는 음풍마제가 가슴 철렁한 안광을 내뿜었다.

이미 공동파가 묵자후 모친을 비롯해, 군영당 여제자들에게 어떤 짓을 저질렀는지 알고 있었기 때문이었다.

지금까지는 세월이 너무 흐른 탓에 잠시 그에 대한 원한을 잊고 있었는데 묵자후의 표정을 보는 순간 잊고 있었던 과거의 기억들이 새록새록 되살아났다. 그래서 다시금 구대문파와 영웅성에 대한 복수심을 불태우고 있는데, 갑자기 주저주저한 묵자후의 목소리가 들려왔다.

"저기… 할아버지께서도 함께 가시게요?"

그 말을 듣는 순간 음풍마제의 표정이 확 일그러졌다.

"왜? 내가 못 갈 이유라도 있더냐?"

가뜩이나 늙어가는 육체 때문에 조바심을 내고 있던 음풍마제다. 그러니 묵자후가 벌써 자신을 뒷방 늙은이로 취급하는가 싶어 자기도 모르게 언성을 높였다.

"그게 아니라… 청해 쪽을 부탁드리려 했습니다만……."

움찔한 표정으로 대답하는 묵자후.

음풍마제는 내심 안심이 됐으나 여전히 싸늘한 눈빛을 풀지 않았다.

"흥! 청해라고? 일없다. 그쪽은 하릴없이 말싸움이나 벌이는 저 멍청이들이나 보내라."

그러면서 무풍수라와 흡혈시마를 가리키자 그때까지 입씨름을 벌이고 있던 두 사람이 펄쩍 뛰며 도리질을 쳤다.

"아이고, 대형! 싫습니다. 전 후아와 함께 움직일랍니다."

"저도 싫습니다! 후아야, 알지? 난 한군데 가만히 있으면 좀이 쑤셔서 스스로 폭발해 버리는 체질이란걸. 만약 날 청해로 보내면 확 뒤집어엎어 버릴 거야!"

그렇게 번갈아가며 읍소와 엄포를 늘어놓던 두 사람.

갑자기 서로 눈을 마주치더니 약속이나 한 듯 동시에 누군가를 가리켰다.

"저놈! 저놈을 우리 대신 보내!"

"그래! 저놈이 딱이야! 설마하니 흑오를 전쟁터로 데리고 갈 생각은 아니겠지? 그렇다면 바늘 가는데 실이 따라가듯, 흑오가 가는 곳엔 당연히 저놈도 함께 가야 해!"

두 사람이 이구동성으로 추천하는 사람.

당연히 광마였다.

마인들과 어깨동무를 하며 꺅꺅 괴성을 지르는 흑오.

그 옆에서 영문도 모르고 덩달아 괴성을 터뜨리는 광마를 가리키며 두 사람은 희희낙락한 표정을 지었다.

그러나 단순하기 짝이 없는 광마는 몰라도, 흑오가 과연 묵자후 곁을 떠나 순순히 청해로 떠나려고 할까?

그 결과는 두고 보면 알 일이고, 아무튼 그날 저녁부터 마인들은 각자 병장기를 챙기며 출전을 준비하기 시작했다.

*   *   *

쪼르릉, 쪼르릉.

지저귀는 새소리와 함께 아침이 왔다.

창틈으로 스며드는 밝은 햇살.

바깥은 추운 겨울이었지만 방 안에는 따스한 공기가 흘렀다. 방 안에 난로를 피워놓았기 때문이다.

그런데도 사람들은 심각한 표정으로 침상을 바라보고 있었다.

투박하지만 장중한 기품이 흐르는 침상.

그 위에 한 사람이 누워 있었다.

얼핏 보기엔 귀공자처럼 보였으나 얇은 입술과 좁은 눈매로 인해 다소 신경질적이고 성급해 보이는 청년.

연성걸이었다.

그의 안색은 백지장처럼 창백했다. 또한 가슴에는 흰 붕대가 감겨 있고, 당연히 있어야 할 팔 한쪽이 떨어져 나간 상태로 시체처럼 누워 있었다.

그런 연성걸을 보며 심각한 표정을 짓고 있는 사람들.

대부분 무관(武官) 복장이었고, 간혹 의원으로 보이는 이들이 연성걸의 맥을 짚어보거나 이마에 맺힌 땀을 닦아주며 초조한 눈길을 보내고 있었다.

"으음……."

그러다가 연성걸의 입에서 미약한 신음이 흘러나오자 모두의 안색이 확 밝아졌다.

"드디어 이공자께서 깨어나셨다!"

"어서 이 소식을 도독께 알려 드려라! 어서!"

갑자기 분주해지는 침실.

밖에서 경계를 서고 있던 병사들도 덩달아 바빠졌다.

일부는 경계를 서다 말고 급히 도독부 내원 쪽으로 달려갔고, 나머지 병사들은 밤샘 경계의 피로를 쫓으려는 듯 자세를 바로 하며 곧 들이닥칠 도독의 방문을 대비했다.

"큭큭큭, 내가 이런 꼴로 살아남았단 말인가?"

연성걸은 동경에 비친 자기 얼굴을 보며 희미한 광소를 터뜨렸다.

얼굴에 난 크고 작은 상처.

그쯤이야 하하 웃어넘길 수 있었다.

그러나 생기 잃은 눈빛과 불안정하게 떨리는 입술.

더하여 외팔이가 되어버린 자신을 보니 스스로를 용서할
수 없었다.

잃어버린 신념.

잃어버린 자신감.

"거기다 사형의 시신을 내팽개치고 나 혼자 도망쳤지. 비
겁하게 혼자 살려고 말이야. 큭큭큭."

자조적인 웃음을 흘리며 눈꼬리를 떨던 연성걸은 갑자기
동경을 와락 내팽개쳤다.

와장창!

창문이 부서지고 찬바람이 쏟아져 들어왔다.

"공자님, 괜찮으십니까?"

방문이 열리고 놀란 병사들이 달려왔다.

"나가! 모두 나가! 이 방에서 모두 꺼지란 말이야!"

연성걸은 고함을 지르며 침상 옆에 있던 약사발을 집어 던
졌다.

와장창!

소음과 함께 방문이 부서지고, 기겁한 병사들이 엉거주춤
방문을 빠져나갔다.

"크흐흐, 이 비참한 패배를 어떻게 갚아줘야 하지? 어떻게
해야 이 원수를 갚아줄 수 있냐고?!"

연성걸은 괴성을 지르며 상처 입은 맹수처럼 좌우를 노려봤다.

잘 정리된 서가와 다탁.

바람에 떠는 분재와 족자들.

그 옆으로 부서진 창문이 보이고, 펄럭이는 휘장 사이로 문방사우가 놓인 서탁이 보였다.

'서탁?'

연성걸의 눈에 기광이 번쩍였다.

"그래! 바로 그거야. 오천의 기병으로 실패했다고 좌절할 필요 없어. 다음에는 십만 명을 데려가는 거야. 가서 놈을 짓밟고, 놈의 수하들을 짓밟은 뒤 산처럼 쌓인 시체 위에서 노래를 부르는 거야. 나 때문에 죽어간 사형, 불쌍한 사형을 위해 진혼곡을 불러 드리는 거야. 그래, 가능해. 아버님께 부탁해서 안 되면 조부님께 부탁드리면 돼. 십만 명의 병사를 내어달라고. 안 그러면 내 목숨을 끊어버리겠다고 말씀드리면 돼."

광기에 찬 눈빛으로 중얼거리는 연성걸.

비틀거리며 서탁으로 다가가 힘겹게 서찰을 써 내려가는 그의 입가엔 잔인하고 흉포한 미소가 감돌았다.

"후후, 묵자후라고 했더냐? 그래, 기다리고 있거라! 지금부터 네놈을 파멸시키기 위해 모든 수단과 방법을 동원할 테니까."

저주에 가득 찬 연성걸의 목소리는 창틈으로 스며들던 바람조차 머뭇거리게 만들었다.

*   *   *

"흐음……."

붉은 단청, 화려한 벽화로 장식된 방.

하얀 손이 상아로 된 술잔을 집어 들었다.

"이게 누가 보낸 서찰이라고?"

술잔을 집어 든 손이 새끼손가락 끝으로 서찰을 살짝 튕기며 물었다.

은쟁반에 서찰을 받쳐 든 궁녀는 고개를 들 엄두도 내지 못한 채 조심스럽게 대답했다.

"예. 오군도독부에서 보내온 서찰이옵니다."

"오군도독부라……."

나직한 중얼거림과 함께 백옥으로 된 주렴이 양쪽으로 갈라졌다. 뒤이어 구름처럼 틀어 올린 궁장머리에 설부화용(雪膚花容)의 미모를 간직한 여인이 모습을 드러냈다.

"연 대도독, 그 늙은이가 서찰을 보냈단 말이지? 호호! 드디어 눈치만 보고 있던 너구리가 감을 잡은 모양이구나."

하얀 손으로 입을 가리며 웃던 여인은 느긋하게 잔을 들이키더니 거만한 음성으로 말했다.

"내일쯤 답을 보낼 테니 기다리든지 말든지 알아서 처신하라고 전해라."

"예. 명을 받드옵니다."

궁녀는 깊숙이 읍을 한 뒤 쟁반을 거둬들였다. 그리고는 뒷걸음질로 두어 걸음 물러나더니 재차 고개를 숙이며 말했다.

"하옵고 마마님, 혈편복(血蝙蝠)과 파면주작(破面朱雀)께서 알현을 청하시옵니다. 어찌 하올는지요?"

"혈편복과 파면주작이? 흠, 들어오라고 전해라."

여인이 고개를 끄덕이자 궁녀는 뒷걸음질을 치며 공손히 물러났다.

이후 방문이 다시 열리고 기괴한 복장의 일남일녀가 들어왔다.

넓은 소맷자락을 피풍의와 연결해 박쥐 날개처럼 만든 붉은 가죽옷 차림의 왜소한 초로인과, 온몸의 굴곡을 그대로 드러낸 팽팽한 가죽옷을 입고 한쪽 눈에 검은 안대를 댄 추한 용모의 중년 여인이었다.

"대부인을 뵈옵니다."

두 사람은 궁장 머리의 여인을 보자마자 오체투지의 자세로 극공의 예를 표했다.

"그래, 어쩐 일이냐, 이곳까지?"

여인이 거만한 눈빛으로 두 사람을 바라보자 검은 안대를 낀 여인, 파면주작이 조심스럽게 고개를 들어 품 안에서 뭔가를 꺼내 바쳤다.

"뭐냐, 이게?"

"련(聯)에서 온 소식입니다."

"련에서?"

여인은 파면주작이 건넨 첩지를 펼쳤다. 그리고는 술잔을 들이키며 천천히 읽어 내려가다가 어느 순간 눈빛을 날카롭게 빛냈다.

"이게 무슨 소리냐? 연놈들이 모두 그곳에 모여 있다니? 그리고 모 늙은이와 육 수라, 사공 흡혈귀까지 합류했어?"

여인의 목소리가 점점 높아지자 박쥐 날개 차림의 초로인, 혈편복이 등에 식은땀을 흘리며 말했다.

"그것이……. 죄송합니다, 대부인. 염왕단이 너무 처참하게 당해 그 원인을 파악하느라 보고가 늦어졌습니다."

"보고가 늦어졌다고?"

쩽! 하는 목소리와 함께 여인의 손가락이 혈편복을 향했다.

순간, 여인의 손끝에서 검은 광채가 발출됐다.

"컥!"

우당탕!

가벼운 손짓임에도 불구하고 혈편복이라 불리는 초로인이 비명을 지르며 저 뒤로 튕겨났다.

이마에 피를 철철 흘리며 곧 다시 일어나 무릎걸음으로 여인 앞에 고개를 숙이는 혈편복.

"죄송합니다, 대부인. 속하들이 죽을죄를 지었습니다."

"죽을죄를 지었다고? 그럼 죽어야지!"

여인의 눈매가 바짝 곤두서며 다시 손끝을 두 사람에게 향했다.

그때,

"나무비로자나불! 대부인, 잠시 손을 늦춰주시지요."

어디선가 무미건조한 목소리가 들려왔다.

여인이 앉은 보료 뒤에서 흘러나온 목소리였다.

그 목소리를 듣자마자 여인은 언제 그랬냐는 듯 손을 내리며 등 뒤를 향해 고개를 돌렸다.

"왜요? 무슨 가르침이라도 있으신지요, 흑암승?"

여인의 눈빛은 어느새 평정을 되찾고 있었다.

그런데 흑암승이라니?

설마 마탑을 지키는 수호승들, 호존십팔승의 수좌인 흑암승이 이곳에 있단 말인가?

그렇다면 이곳은 이십만 금군의 호위를 받고 있다는 황궁이고 미모의 궁장 머리의 여인은 옛 철마성 성주인 철혈마제 곽대붕의 부인 금소선자 양화연이란 말인가?

그랬다.

이곳은 아홉 겹으로 둘러싸인 하늘, 구중천이라 불리는 황궁이었고, 여인은 마탑과 흑마련의 수뇌들에게 대부인이라 불리는 금소선자 양화연이었다.

그리고 그녀의 침실 뒤에 마련된 조그마한 법당.

중앙에 아수라 상을 세워놓고 그 주위로 나한과 야차 상을 그려놓은 공간에 한 사람이 앉아 있었다.

나이를 짐작할 수 없는 평범한 외모.

그러나 두 눈동자가 검은빛으로 물들어 기괴한 느낌을 주는 승려가 금소선자 양화연을 향해 무미건조한 목소리로 말했다.

"가르침이라니요? 당치 않습니다. 그저 죽일 때 죽이더라도 이야기는 좀 더 들어보는 게 좋지 않을까 싶어서 드리는 말씀입니다."

그 말이 떨어지는 순간, 혈편복과 파면주작은 이전보다 더한 두려움에 떨며 바닥에 이마를 박았다.

"흠, 일리있는 지적이로군요. 알겠습니다. 대인대덕하신 분의 말씀이니 따르는 게 도리겠지요."

묘하게 웃으며 양화연은 고개를 돌렸다.

그때부터 혈편복과 파면주작은 공포에 떨며 이때까지 벌어진 일들을 남김없이 고했다.

"…그랬군. 그랬었어. 그래서 혈영노조 그 늙은이가 순순히 천금마옥으로 갔군. 어째 이상하다 했지, 곽 공께서 비명에 가셨는데 왜 지존령이 안 보이나 해서. 그런데 날 감쪽같이 속이고 딴 주머니를 찼단 말이지. 좋아, 좋아! 버러지 같은 것들에게 한 방 먹었군. 그러나, 흥! 이제라도 내가 모든 걸 알게 됐으니 네놈들의 운(運)도 거기까지다."

표독스럽게 중얼거리던 양화연은 입꼬리를 말아 올리며 혈편복과 파면주작을 쳐다봤다.

"내가 너희들에게 살길을 열어주마. 어떻게 하겠느냐? 그대로 따르겠느냐?"

두 사람은 흠칫 놀라 고개를 조아렸다.

"이를 말씀입니까? 하명만 하시옵소서!"

"오냐. 마침 적임자가 없어 망설이고 있었는데 잘됐다. 먼저 이걸 복용하도록 해라."

양화연이 뭔가를 휙 던져 주었다.

두 사람은 날아온 물체를 보고 순간적으로 몸을 떨었다.

은박에 싸인 호두알만 한 물체.

"혹시 이것은……?"

"독약이 아니니 염려 마라. 사령마혼단(死靈魔魂丹)일 뿐이니."

"사, 사령마혼단!"

두 사람은 헛바람을 들이켜며 그 자리에서 굳어버렸다.

차라리 독약이 낫지 사령마혼단이라니!

사령마혼단은 말 그대로 사람의 영혼을 파괴하여 시술자의 주문대로 움직이게 만드는 저주받은 단환이었다.

강시들을 제조할 때 쓰이는 약물을 주원료로 하여 만들어지는데, 강시단(殭屍丹)과의 차이점은 사령마혼단을 복용하는 순간 내공이 두 배로 늘어나긴 하지만, 시술자가 내린 명을 따르지 않거나 정해진 기일 안에 임무를 완수하지 못하면 죽음보다 더한 고통에 시달리다가 온몸이 폭발해 버린다는 점이었다. 그러니 혈편복과 파면주작이 사지를 벌벌 떨며 암담한 표정을 지을 수밖에.

"쯧쯧, 동남동녀(童男童女) 백 명의 피가 스민 귀한 약이거늘 왜 망설이고 있느냐? 혹시 마음에 들지 않는다는 뜻이냐?"

양화연이 생긋 웃으며 말하자 두 사람은 급히 표정을 바꿨다.

"그, 그게 아니라 대부인의 은혜에 너무 감격하여……."

더듬거리며 두 사람은 떨리는 손으로 단약을 집어삼켰다.

"그래, 말을 아주 잘 듣는구나. 이제 약을 먹었으니 그 값을 치러야겠지?"

양화연은 요요롭게 웃으며 다시 잔을 들이켰다. 그리고는 한순간 표정을 바꾸더니 싸늘한 음성으로 말했다.

"너희들에게 보름의 기한을 주마. 가서 저번 임무에 실패한 염왕단 놈들을 모두 처치하고 남는 시간에 황제의 침소에 들르도록 해라."

"화, 황제의 침소… 말입니까?"

두 사람이 벼락을 맞은 듯 눈을 부릅떴다.

"뭘 그리 놀라느냐? 아직 이야기가 끝나지 않았다."

태연한 양화연의 말에 두 사람은 다시 고개를 숙였다.

조마조마한 표정으로 떨고 있는 그들 머리 위로 예상했던, 그러나 결코 받아들이고 싶지 않은 명이 떨어졌다.

"황제의 침소에 들어서거든 이황야가 보냈다고 하고, 그의 목을 베어 천단(天壇) 꼭대기에 올려놓거라."

"대, 대부인!"

사색이 되어 번쩍 고개를 치켜드는 두 사람.

"왜? 지금 이 자리에서 죽고 싶으냐?"

얼음장 같은 양화연의 호령에 두 사람은 사지를 부들부들 떨다가 힘없이 고개를 떨어뜨리고 말았다.

두 사람이 절망적인 표정으로 고개를 숙이는 이유.

당금 황제를 존경해서가 아니었다. 황제 주위에는 이십만 금군 가운데서 뽑은 병사들이 물샐틈없이 호위하고 있는데다 정체를 알 수 없는 고수들이 득실거리고 있었기 때문이다. 그러니 아무리 생각해 봐도 성공할 확률은 거의 없고 실패할 확률이 더 높은 명령이었다.

결국 금소선자의 뜻은 너희가 이황야에게 누명을 씌우고 대신 죽으란 뜻.

그러니 이때까지 충성하고 단 한 번의 실수—그것도 문책을 대비해서 전후 사정을 파악하느라 늦은—로 양화연에게 버림을 받았다는 생각을 하니 비참한 기분이 들어 차마 고개를 들 수 없었던 것이다.

그런 두 사람 머리 위로 냉혹한 음성이 이어졌다.

"뭘 꾸물거리고 있느냐? 명을 받았으면 속히 이행할 채비를 갖추지 않고."

두 사람은 속으로 피눈물을 흘리며 간신히 대답했다.

"알겠습니다. 내리신 명, 충심으로 이행하겠습니다."

그렇게 두 사람이 물러가고 나자 양화연이 천천히 고개를 돌려 흑암승을 바라봤다.

"조금 전에 두 사람이 한 이야기, 승께서도 들으셨지요?"

"……."

흑암승이 말없이 고개를 끄덕이자 양화연이 재차 입을 열었다.

"그렇다면 승께서 제 부탁을 좀 들어주셨으면 좋겠습니다."

"…무슨 부탁이오?"

무뚝뚝한 흑암승의 질문에 양화연은 생긋 웃으며 대답했다.

"간단한 부탁입니다. 승께서 신강 땅을 한번 다녀오시지요."

"나더러… 직접 움직이라는 뜻이오?"

조금 귀찮은 듯한 반응.

양화연은 웃으며 고개를 끄덕였다.

"그렇습니다. 조금 전에 오군도독부의 너구리가 십만 대군을 움직이게 해달라고 요청해 왔지만 그들로는 어림도 없을 것 같습니다. 차라리 이번 기회에 한 줌 흙이 되어버린 사람을 그리워하는 폐물들과 마탑의 골칫거리인 광마, 그리고 아깝긴 하지만 천마유혼합일대법을 거친 흑오란 아이와 그 아이를 따르는 강시들까지 모두 소멸시켜 버려야겠습니다."

"흠…… 좋은 생각이긴 한데, 그러다가 나까지 해탈해 버리면 어쩌시려고?"

무표정한 얼굴로 던지는 흑암승의 농담 아닌 농담에 양화연은 입을 가리며 웃었다.

"호호! 설마하니 그깟 폐물들을 상대로 승께서 해탈하실 리야 있겠습니까? 하지만 승께서 수고롭게 손발을 움직이시는 건 제가 원치 않으니 호존승들을 데려가시지요. 그리고 삼만의 군사도 딸려 드리겠습니다."

"호존승에 삼만의 군사까지? 그 정도면 내가 나설 필요도 없을 것 같은데?"

"글쎄요. 저도 그렇게 되기를 바랍니다만, 보고를 들어보니 쉽지는 않을 것 같습니다."

"흠……. 전왕과 환마, 도라 불리는 그 아이 때문이오?"

"그 아이도 그 아이지만 흑오란 아이도 신경 쓰입니다. 또한 광마승과 추혼백팔사자, 거기다 모 늙은이와 육 수라, 사공 흡혈귀까지 함께 있다니 승께서 나서주셔야 안심할 수 있을 것 같습니다."

"알겠소. 대부인의 뜻이 그렇다면 따를 수밖에."

흑암승이 마침내 고개를 끄덕이자 양화연의 표정이 한껏 밝아졌다.

"승께서 나서주신다니 이제 발 뻗고 잘 수 있겠군요. 아, 그리고 이왕 판을 벌린 김에 사악도인도 움직이게 만들어야겠습니다."

"사악도인까지?"

"그렇습니다. 며칠 전에 들어온 소식인데, 환아가 마침 천수검후의 행적을 알아냈다더군요."

"천수검후라면 얼마 전에 이기어검을 썼다던……?"

"그렇습니다. 앞으로 난세가 시작될 것 같으니 미리 준비를 해두려고요."

"음, 난세라……. 그렇다 하더라도 이기어검을 쓸 정도면 사악도인으로는 무리일 텐데?"

이제껏 담담하던 흑암승의 얼굴에 처음으로 회의적인 표정이 떠올랐다. 그러자 양화연이 자신있다는 듯 미소를 지었다.

"물론 사악도인 혼자는 무리지요. 하지만 그에게 마령단(魔靈團)을 붙여준다면? 더하여 혈왕(血王)과 무토대군(戊土大君)을 딸려 보낸다면 충분히 승산이 있을 것 같습니다."

"사악도인뿐만 아니라 혈왕과 무토대군, 거기다 마령단까지? 그건 너무 과하지 않소? 차라리 그 인원으로 황제를 처치하거나 뇌존을 상대하는 게 나을 것 같은데?"

그 말에 양화연이 싸늘한 표정을 지었다.

　"승께서 제 가슴에 비수를 꽂으시는군요. 황제를 처치하는
일은 그렇게 간단한 일이 아닙니다. 황제를 죽여도 군부와 백
관(百官)들을 장악해야 하고 또 호시탐탐 기회를 노리는 다른
황자들을 견제해야 하니까요. 특히 이황야와 인연을 맺은 뇌
존이 황실 곳곳에 이목을 깔아두어 마음대로 움직이기가 쉽
지 않습니다. 그런 상황에서 뇌존을 친다는 건 더더욱 간단한
일이 아니지요."

　그러면서 가볍게 한숨을 쉬는 양화연.

　흑암승은 물끄러미 그녀를 바라보다가 뚱한 표정으로 말
했다.

　"하지만 이미 황태자에게 손을 써두었지 않소? 그러니 황
제를 죽여도 별문제없을 것 같고, 대부인의 무공도 하늘에 닿
았지 않소? 그러니 뇌존을 공격하는 것도 아무 문제 없을 것
같은데, 무슨 걱정을 이리 하는지 이해가 되지 않소이다."

　이야기가 점점 이상하게 흘러갔다.

　황제를 시해하자는 이야기에 이어 황태자에게 손을 써두
었다는 이야기까지.

　양화연은 사뭇 인상을 찌푸리며 말했다.

　"제가 예전부터 말씀드렸을 텐데요? 뇌존을 너무 쉽게 보
지 마시라고. 이미 이십 년 전에 당시 천하제일인이라고 인정
받던 철혈마제를 벤 사람입니다. 또한 그 휘하에는 삼왕과 삼

십육천강, 그리고 이십팔봉공이 있습니다. 게다가 그의 말 한 마디면 타는 불속 끓는 기름 솥도 마다하지 않을 수하들이 무려 이만이 넘습니다. 따라서 뇌존을 상대하는 일은 차근차근 그의 내부부터 무너뜨려야 합니다. 그렇지 않으면 황제를 죽이든 황태자를 바꾸든, 그가 금방 눈치를 채고 역습을 펼쳐올 테니까요."

양화연이 거기까지 이야기했을 때다.

"마마님, 밖에 황태자 전하께서 납서 계시옵니다."

문밖에서 시녀들의 목소리가 들려왔다.

그 소리가 들려오자마자 두 사람은 대화를 멈추고 서로를 마주 봤다. 뒤이어 흑암승은 한줄기 연기처럼 사라지고 양화연은 옷매무새를 가다듬으며 자리에서 일어났다.

"황태자께서 오셨다고? 어서 드시라 아뢰어라."

그 말과 함께 양화연은 주렴 밖으로 나와 공손한 자세를 취했다.

그런 그녀의 시선으로 방문이 열리고, 붉은 곤룡포 차림에 구류구옥관(九瑠九玉冠)을 쓴 황태자가 나타났다.

갸름한 얼굴에 귀티가 흐르는 미청년.

그러나 큰 병을 앓고 있는지 얼굴 전체에 병색이 완연했다.

또한 흑백 뚜렷한 눈망울에는 원인을 알 수 없는 마기가 일렁이고 있었다. 하지만 내공이 극에 달한 사람이 아니면 절대 알아볼 수 없을 정도로 희미한 기운이었다.

"오랜만입니다, 신녀. 그동안 별래 무양하셨습니까?"

시원시원한 목소리로 양화연에게 인사를 건네는 황태자.

그는 혼자 온 게 아니었다. 삼엄한 눈빛을 지닌 대내시위들과 끊임없이 탐색의 눈길을 보내는 환관들, 그리고 앳된 표정으로 고개를 숙이고 있는 궁녀들과 함께 왔다.

"어서 오시지요, 전하. 이렇게 누추한 곳을 왕림해 주시니 성은이 망극하옵니다."

자연스럽게 고개를 숙이며 황태자를 맞는 양화연.

황태자는 그런 모습이 불편한지 어색한 미소로 대꾸했다.

"성은은 무슨. 요즘 너무 자주 찾아와 죄송할 따름입니다. 하여 오늘은 어마마마와 함께 오려고 했으나 계절 탓인지 몸살기가 있다고 하셔서 이번에도 혼자 오고 말았습니다."

그러면서 양화연의 안내에 따라 주렴 뒤에 좌정하는 황태자.

불안정한 눈빛으로 양화연을 쳐다보다가 돌연 좌우에 도열한 대내시위들과 환관들에게 나가라는 손짓을 해 보였다.

그러자 난처한 표정으로 눈치만 살피고 있는 그들.

급기야 황태자는 눈살을 찌푸리며 나직이 호통을 쳤다.

"방금 나가라고 하지 않았더냐? 너희들이 감히 명을 거역하려느냐?"

그제야 환관들과 궁녀들이 방을 나갔다. 하지만 대내시위들은 여전히 미동도 하지 않았다.

"어허! 모두 물러가라니까. 어마마마의 병세와 관련하여 긴히 의논할 일이 있다. 감히 너희들이 황후마마의 병세를 엿들으려는 것이냐?"

"하오나 전하, 저희들은 전하의 옥체를 지키는 호위이옵니다. 통촉하여 주시옵소서."

"어허! 그래도 이것들이?"

황태자가 눈을 부라리며 재차 호통을 치자 대내시위들은 어쩔 수 없다는 듯 자리를 떴다.

결국 방 안에 있던 이들이 모두 물러가고 두 사람만 남게 되자 황태자는 급히 자리에서 일어나 양화연에게 오체투지의 예를 취했다.

세상에 어느 누가 이런 광경을 믿을 수 있으랴?

앞으로 천하의 주인이 될 황태자가 일개 여인에게 극공의 예를 표하다니.

멀리서 천단의 제례(祭禮)를 담당하고 있는 사원, 신녀궁(神女宮)을 훔쳐보고 있는 중년인도 이런 광경은 상상하지 못했으리라.

제61장

설득

魔道
天下

산동 제남부(濟南府) 외곽에 위치한 거대한 장원.

앞쪽으로는 꿈틀거리는 황하의 물결이 보이고, 뒤로는 역대 제왕들이 봉선의식(封禪儀式)을 치르던 태산이 보인다.

좌우로는 야트막한 산들이 호위병처럼 솟아 있고, 그 주위로는 봄을 갈망하는 논밭이 펼쳐져 있다.

장원은 무척 넓었다.

마치 궁궐을 방불케 하듯, 드넓은 대지에 높은 담장과 화려한 건물들이 늘어서 있었고, 울창한 수림과 인공 가산이 조성되어 있었다.

또한 요소요소에는 정복을 차려입은 병사들이 경계를 서

고 있었고, 그 뒤로 기화요초 만발한 연못과 한 폭의 그림 같
은 누각이 세워져 있었다.

처마 끝이 하늘을 향해 금방이라도 날아오를 듯한 누각.

그 꿈틀거리는 팔작지붕을 바라보며 누군가가 중얼거렸
다.

"명이가 또 신녀궁에 갔다고?"

목소리의 주인공은 사십대 초반의 중년인이었다.

반듯한 이마에 형형한 눈빛.

멋들어진 팔자수염이 중후한 턱 선과 어울려 자상하면서
도 위엄있어 보이는 그는 당금 황실의 실세라 불리는 이황야
였다.

말 한마디로 천하의 판도를 좌지우지하는 당금 황제의 아
우.

그를 우러러보며 검은 무복의 사내가 공손히 대답했다.

"그러하옵니다. 황태자께서는 지난 한 달 동안 다섯 번가
량 신녀궁을 방문하셨습니다."

"한 달에 다섯 번이라……. 평생 병약하여 산책도 잘 하지
않던 아이가 사흘이 멀다 하고 사냥에 계집질에 신녀궁 방문
까지……. 자네 말대로 확실히 문제가 있군."

이황야가 천천히 등을 돌렸다.

"명이가 바깥출입을 자주 하면서부터 군부의 움직임도 심
상치 않아졌고, 이대로 가다간 모든 힘이 그 요녀에게 실릴

것 같은데, 으음."

묵직한 침음성을 흘리며 자리에 앉는 이황야.

고민스러운 듯 관자놀이를 어루만지더니 문득 고개를 들며 말했다.

"할 수 없군. 무창 쪽에 다시 연락을 취할 수밖에."

그 말에 흑의사내가 흠칫한 표정을 지었다.

"아뢰옵기 황송하오나, 그가 제안을 받아들일는지요? 이미 우리 쪽에서 연락을 끊다시피 했는데……."

그러자 이황야가 씁쓸히 웃으며 말했다.

"아마 응할 걸세. 그는 대단한 야심가니까. 한낱 강호의 일에 매여 천하의 향배를 소 닭 보듯 하진 않을 걸세."

"그가 야심가라고요? 제 생각과는 꽤 거리가 있는 말씀이시군요."

그 말에 이황야가 피식 웃으며 말했다.

"그건 자네가 강호인이라서 그런 거라네. 사실 알고 보면 백성들의 삶이나 나라의 운명을 결정하는 게 정치인데, 다들 정치를 너무 백안시하는 경향이 있지. 그래서 그런 것이네."

"음, 정치라……. 제겐 너무 어려운 주제로군요."

"하하! 그러니까 자네는 천생 무인으로 살 팔자지. 모르긴 해도 그는 오매불망 우리 연락을 기다리고 있을 걸세. 그러니 몇 가지 보상책만 던져 주면 반드시 응하게 되어 있어."

"하오나 늑대를 쫓으려고 호랑이를 불러들이는 건 아닌지 걱정이 됩니다만…….”

“후후, 강호에선 그럴지 몰라도 정치판에선 그렇지 않네. 세 치 혀로 생사를 결정짓는 정치판에서 제 성질대로 하려 했다간 사흘도 못 가 구족이 참수되고 말 것이네.”

“하면… 수일 내로 그에게 신객(信客)을 보내오리까?”

“빠를수록 좋겠지만 굳이 서두를 필요는 없지. 그렇게 하도록 하게.”

“알겠습니다. 그럼 속하는 이만…….”

흑의사내가 물러가려 하자 이황야는 깜빡 잊었다는 듯 손짓으로 그를 멈춰 세웠다.

“가만히 생각해 보니 자네가 말한 대로 그를 견제할 방책도 마련해 두는 게 좋겠군. 더하여 황태자의 진면목도 파악해 보고. 그러니 구대문파 쪽에도 따로 협조를 구해보도록 하게.”

“구대문파… 말씀입니까?”

“그렇다네.”

“우리가 구대문파 쪽에 연락을 취한 걸 알면 그가 무척 섭섭해할 텐데, 괜찮겠습니까?”

“그래도 어쩌겠나? 구대문파 말고는 그를 견제할 세력이 없지 않은가?”

“그렇긴 합니다만……. 알겠습니다. 명대로 조치하도록 하겠습니다.”

흑의사내가 재차 고개를 숙이며 물러가려 할 때였다.

"앗! 좌장사 아저씨, 안녕하세요?"

대전 입구 쪽에서 짤랑짤랑한 목소리가 들려왔다.

그 음성을 듣자마자 이황야는 물론이고 흑의사내의 안색이 사뭇 밝아졌다.

"어이쿠! 우리 막내 군주(郡主)님께서 행차하셨군요."

"히히, 행차는 무슨. 바깥 날씨가 너무 추워서 아바마마께 옛날이야기나 해달라고 왔죠."

그러면서 쪼르르 달려가 이황야 품에 폭 안기는 여아.

예닐곱 살쯤 됐을까?

커다란 두 눈에 복숭아 같은 뺨, 콱 깨물어주고 싶은 작은 입술이 인상적인, 무척 귀엽고 발랄한 여아였다.

그녀를 아는 이들이 부르는 호칭은 은하군주(銀河郡主).

이황야 슬하의 삼남이녀 중 막내딸이었다.

그녀는 일찍 아내를 잃은 이황야의 장중보옥(掌中寶玉), 그야말로 목숨보다 아끼는 딸이었다.

"하하! 그러셨군요. 그럼 모처럼 전하와 정담을 나누시지요. 속하는 바빠서 이만 물러가도록 하겠습니다."

"어? 벌써 가요? 저번에 나랑 새끼손가락 걸고 약속한 게 있으실 텐데?"

"어이쿠! 방금 말씀드렸다시피 오늘은 바쁜 일이 있어서 안 되겠습니다. 다음에는 반드시 약속을 지킬 테니 용서를……."

그 말과 함께 황급히 대전을 빠져나가는 흑의사내.

"쳇, 좌장사 아저씨는 나만 보면 항상 바쁘대. 도대체 믿을 수가 없는 아저씨야.

대전 밖으로 사라진 흑의인의 뒷모습을 보면서 입술을 뾰루퉁 내미는 은하군주.

그 표정이 어찌나 귀엽던지 이황야는 너털웃음을 터뜨리며 다시 한 번 그녀를 끌어안았다. 그러자 기분이 좋아졌는지 생긋 웃으며 이황야를 바라보는 은하군주.

"근데 아바마마, 우리 황궁엔 언제 가?"

이번엔 부친을 목표로 삼은 모양이다. 그녀의 눈동자가 반짝반짝 빛나는 걸 보니.

"왜? 갑자기 황궁 나들이를 하고 싶으냐?"

"응. 저번에 황제 폐하께서 내 소원 한 가지를 들어주신다고 약속하셨거든. 그래서 그 소원을 받아내려고."

"허허, 황제께서 네 소원을? 그래, 우리 공주님 소원이 무엇이기에?"

"히. 황제 폐하를 졸라서 소림사를 구경해 보고 싶어."

"소림사? 뜽딴지같이 소림사는 왜?"

"쳇. 뜽딴지같은 게 아니라 정말 소림사에 가보고 싶어서 그래. 추란이와 동매가 그러던데, 소림사 부처님은 무척 영험하시대. 그래서… 소림사 부처님을 만나서 어마마마를 다시 살려달라고 부탁하려고. 어마마마가 없으니까 아바마마도 외롭고 나도 그렇고……."

그러면서 슬쩍 이황야의 시선을 피하는 은하군주.

이황야는 순간적으로 콧날이 시큰했다.

'녀석! 제 어미가 그리운 모양이구나.'

그러고 보니 딸아이가 너무 측은해 보였다.

행여 정적(政敵)들에게 납치라도 당할까 봐 문밖출입조차 삼가게 했으니 얼마나 답답하고 외로웠을까.

"그런 이유라면 황궁까지 갈 필요 없다. 내가 그 소원을 이뤄주도록 하마."

"앗! 정말?"

"그래. 추위가 한풀 가시면 반드시 소림사를 구경시켜 주마."

"와아! 그럼 황제 폐하께는 무슨 소원을 말씀드리지? 아이 참, 또다시 고민하게 생겼네."

입이 귀밑에 걸려 있으면서도 즐거운 상상의 나래를 펴는 딸아이를 보며 이황야는 한없이 자상한 미소를 지었다. 정말 그녀가 귀여워 죽겠다는 표정이었다.

*   *   *

촤아아! 철썩!

시퍼런 강물이 끊임없이 절벽을 침습한다.

파도에 시달려 가파르게 깎여 버린 암벽.

정상 부근에는 두어 그루의 소나무가 서 있다.

강물의 흉악함을 나무라듯 절벽 가장자리에 서서 꾸부정한 허리로·파도를 굽어보고 있는 늙은 소나무. 그 뒤로 찬바람에 떠는 앙상한 버드나무와 세월에 빛이 바랜 퇴락한 암자가 보인다.

몸에 병 없기를 바라지 말라.

몸에 병이 없으면 탐욕이 생기기 쉬우니, 성인께서 말씀하시되 '병고로 양약을 삼으라' 하셨느니라.

세상살이에 곤란함이 없기를 바라지 말라.

세상살이에 곤란함이 없으면 업신여기는 마음과 사치한 마음이 생기니, 성인께서 말씀하시되, '근심과 곤란으로 세상을 살아가라' 하셨느니라.

수행하는데 마(魔)가 없기를 바라지 말라.

수행하는데 마가 없으면 서원(誓願)이 굳건해지지 못하나니, 성인께서 말씀하시되 '모든 마군을 수행 돕는 벗으로 삼으라' 하셨느니라.[*]

휘영청한 달빛 아래 가냘픈 독경 소리가 흘러나왔다. 그리

---

[*] 보왕삼매론(寶王三昧論)에서 발췌.

고 잠시 정적이 흐르더니 누군가의 긴 한숨 소리가 흘러나왔다.

"휴우! 어렵구나, 인생이여. 끝을 모르겠구나, 수행의 길이여."

찬바람이 스며드는 법당.

좁고 을씨년스런 공간에서 예불을 드리다 말고 나직이 한숨을 쉬는 사람은 다름 아닌 은혜연이었다.

기련산에서 이기어검을 펼친 뒤 정수 사태와 함께 자취를 감춘 그녀가 이곳에 머무르고 있었다. 비록 짧은 강호행이었지만, 은혜연의 건강을 염려한 정수 사태가 보타암으로 향하던 일정을 잠시 늦춘 때문이었다.

암자는 파양호가 내려다보이는 절벽 위에 지어져 있었다.

암자의 주인은 송화(松花)라는 법명을 지닌 비구니로, 한때 강호에서 알아주던 여협이었다. 그러나 무슨 이유에선지 불가에 귀의해 오늘 날까지 이 외진 곳에서 수도(修道)에만 전념하고 있었는데, 과거 정수 사태와 친자매처럼 지내던 사이라고 했다. 그 인연 덕분에 이곳에 머무르고 있었으나 이젠 이곳을 떠날 시간도 얼마 남지 않았다.

근 한 달 이상 쉬면서 은혜연이 심신의 안정을 되찾은 듯하자 정수 사태가 곧 이곳을 떠나기로 결정한 때문이었다.

그동안 강호도 잊고 세상도 잊고 오직 명상에만 잠겨 있던 은혜연이다.

그런데 막상 이곳을 떠나야 한다고 생각하자 괜히 마음이 심란했다.

그래서 복잡한 마음도 다스릴 겸 법당으로 나와 독경을 외우고 있는데 마음이 편해지기커녕 오히려 온갖 감정이 소용돌이쳐 견디기 힘들었다.

'하아! 내 마음이 왜 이런지 나도 잘 모르겠구나. 어제까지만 해도 분명히 사부님과 사질들을 만날 생각에 들떠 있었는데 오늘은 왜 이렇게 떠나기 싫은 마음이 드는 것일까?'

속으로 중얼거리며 거듭 한숨을 내쉬는 은혜연.

뭐랄까.

이대로 떠나 버리면 인생에서 가장 소중한 부분을 놓치고 만다는 생각이 들었다. 그래서 원인을 알 수 없는 아쉬움에 멍하니 생각에 잠겨 있는데,

똑똑.

누군가가 법당 문을 두드렸다.

"들어가도 돼?"

그 말과 함께 살짝 문이 열리더니 통통한 얼굴의 사미니가 고개를 들이밀었다.

"어머! 화운(花雲) 스님, 어서 와."

그녀를 보자마자 은혜연의 표정이 확 밝아졌다.

화운은 이 암자의 주인인 송화 사태의 유일한 제자였다.

은혜연과는 동갑내기로, 이곳에 있는 동안 둘이 무척 친해진 상태였다.

"헤헤, 잠이 안 와서 강바람을 쐬려고 하는데 법당 쪽에 불이 켜져 있지 뭐니. 그래서 넌 줄 알고 주전부리할 걸 가져왔지."

그러면서 잣과 호두를 내미는 화운.

그녀의 두툼한 손이 무척 정겨워 보였다.

겨울밤, 잣과 호두를 까먹으며 수다를 떠는 소녀(?)들.

화운은 통통한 얼굴만큼이나 말이 많았다.

특히 농담을 매우 잘했는데, 불제자답지 않은 파격적인 이야기로 가끔 은혜연을 당황하게 만들었다. 그중 가장 압권이었던 건 은혜연의 고민을 덜어주겠다며 건넨 이야기였다.

"네 얼굴을 보니까 딱 알겠다. 너, 누굴 좋아하고 있구나?"

"어머! 그게 무슨 소리야?"

"무슨 소리긴. 누굴 좋아하고 있기 때문에 사문으로 돌아가기 싫은 거야."

"말도 안 돼!"

은혜연이 급히 부인했지만 자기도 모르게 가슴이 쿵쿵 뛰었다.

'왜? 왜 이러지? 왜 내 가슴이 뛰는 거지?'

은혜연이 속으로 당황하고 있을 때였다.

"훗. 말이 안 되긴. 저번에 영웅성에서 만난 구대문파나 오대세가의 자녀들. 그들 가운데 멋진 소협을 마음에 담아두고 있는 거야. 그렇지?"

"뭐, 뭐라고? 멋진 소협? 푸하하하하! 아이고, 배야! 멋진 소협이래. 큭큭큭."

다행히 화운의 빗나간 추측 때문에 다소 마음을 진정시킬 수 있었다.

그러나 화운은 집요하고 눈치가 빨랐다.

"쳇. 아님 말고. 아무튼 부럽다. 좋아하는 사람도 다 생기고."

"아유, 아니라니까! 난 남자에겐 관심없어."

"그래? 그럼 뭐, 잘됐네."

"잘됐다니, 뭐가?"

"너처럼 예쁜 애가 남자에게 관심이 없다니 나처럼 못생긴 여자들에겐 경쟁률이 확 줄어든 거잖아."

콜록.

"됐어, 화운 스님. 이제 그만하자. 불제자끼리 이런 이야길 나누니까 뭔가 죄짓는 기분이 들어."

은혜연이 차츰 정색하며 말했다. 그러나 화운은 계속 그쪽으로 대화를 이끌어 나갔다. 알고 보니 그럴 만한 사연이 있었다.

"사실은 은 사매…… 너니까 이야기하는 건데, 난 비구니로 사는 데 흥미가 없어."

"어머? 그게 무슨 소리야? 흥미가 없다니?"

은혜연이 깜짝 놀라 화운을 쳐다봤다.

"너 놀라라고 하는 소리가 아니고, 정말 흥미가 없어. 사부님 때문에 억지로 버티고 있는 거야."

"너, 너…… 어떻게 그런 말을?"

"그런 말이 아니라, 나… 좋아하는 사람 있어."

"정말이야?"

"응."

"맙소사!"

예상 밖의 이야기에 눈을 휘둥그레 뜨는 은혜연.

한동안 놀란 표정으로 화운을 보고 있다가 조심스럽게 물어봤다.

"그럼 그 사람이 누군지 이야기해 줄 수 있니?"

화운은 문제없다는 듯 대답했다.

"호걸이야. 파양호를 주름잡는 호걸."

"호걸… 이시구나!"

파양호를 주름 잡는 호걸.

달리 말하면 수적이라는 뜻이다.

차라리 이름없는 무인이나 평범한 농부 이야기를 했으면 장난처럼 받아들일 수 있었을 텐데……

은혜연이 심각한 표정으로 바라보자 화운이 걱정 말라는 듯 어깨를 으쓱였다.

"솔직히 그가 어떤 사람인지는 잘 몰라. 그냥 듬직한 체격이 좋았고 화끈한 말투가 마음에 들었지. 물론 몰래 만난다거나 연서(戀書)를 주고받는 사이는 아니고, 우연히 시장 보러 갔다가 먼발치에서 그를 보게 됐지. 그러니까 짝사랑이라고 해야 하나? 좀 우습긴 하지만 나 혼자 좋아하고 있는 상태지."

"어쩜 좋아……."

"나도 이런 내가 바보같이 느껴져서 곰곰이 생각해 봤는데, 쳇! 웃기게도 그 자식에게서 아버지 얼굴을 떠올리게 된 거야. 그래서 좋아하게 된 것 같아. 사실 난 아버지 얼굴도, 어머니 얼굴도 모르는 고아 출신이거든."

"아……!"

"그래서 든 생각인데, 난 비구니로 인생을 마치고 싶진 않아. 나를 닮은 아기, 혹은 내가 좋아하는 사람을 꼭 닮은 아기를 낳아서 내가 못 받은 사랑을 전부 물려주고 싶어. 그 아이가 웃으면서 세상을 살아갈 수 있도록. 그래서 비구니 생활에 큰 매력을 느끼지 못하는 거야."

"그랬… 구나."

은혜연은 잠시 할 말을 잃어버렸다.

그녀 역시 부모 얼굴이 기억나지 않았기 때문이다.

같은 아픔을 공유한 처지.

은혜연은 화운의 마음을 이해할 수 있었다.

'하지만……'

은혜연은 몇 번 입술을 깨물다가 조심스럽게 말했다.

"있잖아, 화운 스님. 화운 스님 생각은 알겠는데, 한 가지 걱정되는 게 있어. 그게 뭐냐면… 비구니가 남정네를 좋아하면 안 되잖아. 그러면 계율을 어기는 게 되잖아."

그 말에 화운이 태연히 고개를 끄덕이며 대답했다.

"응. 그래서 파계하기 전에 환속(還俗)하려고."

"뭐, 뭐라고?"

"호호, 놀라긴. 비구니는 왜, 환속하면 안 되는 법이라도 있니?"

"그건 아니지만……."

당황하는 은혜연을 보며 화운이 장난스럽게 말을 이었다.

"은 사매, 우리 불가에서 말하는 최고선(最高善)이 뭐니? 중생을 계도하여 부처님 앞으로 나오게 만드는 거잖아."

"…응."

"그래서 내린 결론이야. 내가 그 자식을 낚아채서 부처님 앞으로 계도하려고."

"계도… 하기 위해서라고?"

"응. 내가 그 자식 인생을 구원해 주는 거지. 어때? 재미있지 않니?"

재미있긴.

재미 하나도 없고 머리만 아팠다.

"그게… 화운 스님, 스님 생각은 알겠는데, 동정심이나 계도할 목적으로 환속한다는 건 좀…….. 서로에게도 안 좋을 것 같고 나중에 후회하게 될지도 모르…….."

은혜연의 조언이 끝나기도 전이었다.

"헤헤, 걱정 마. 정말로 사랑해 버리면 되니까."

"정말로 사랑해 버린다고?"

은혜연이 뜨악한 표정을 짓자 화운은 왜 그렇게 놀라느냐는 듯 생글생글 웃으며 말했다.

"응. 그를 정말로 사랑해 버리면 부처님도 용서하실 거잖아. 그렇지? 대자대비하신 부처님께서 설마 사랑 때문에 환속하겠다는 제자를 보고 노여워하실 리 없잖아?"

"그, 그건 그렇지만……."

"에효. 은 사매 얼굴을 보니 심장마비 걸릴까 봐 더 이상 이야길 못하겠다. 아무튼 내가 하고 싶은 말은, 우리가 누굴 좋아하게 될 때 두려워할 필요가 없다는 거야. 남녀 간의 감정은 아주 자연스럽고 성스러운 거니까. 물론 미혹에 빠진다거나 사련(邪戀)에 빠지지 않는다는 가정 하에서. 그러니까 사매도 누굴 좋아하고 있다면 속으로 끙끙 앓지 말고 편하게 생각해. 나처럼 물 흐르듯이 간단하게, 고정관념의 틀에서 벗어나서 생각하란 말이야. 알겠지?"

그러면서 방긋 웃는 화운을 보며 은혜연은 아무 말도 할 수 없었다.

너무 파격적인 이야기라 정신이 하나도 없었기 때문이다.

대의를 위해서가 아닌 한 사람을 위해 자신을 희생하겠다니.

은혜연으로선 한 번도 생각해 보지 못한 화두였다.

'그러고 보니……!'

자식을 위한 부모의 희생도, 제자를 위한 사부의 희생도 그와 마찬가지가 아닐까?

'지금 당장만 해도 송화 사태나 정수 사자는 우리 두 사람을 위해 시간과 정성을 들여 희생하고 있지 않은가?

그 외에도 많았다. 일상생활에서 뿐만 아니라 팔만사천 권의 불경을 읽어보면 누군가를 위해 자기를 희생한 수많은 예화가 수록되어 있었다.

'그렇구나! 제행무상 만법귀일이라……. 한 사람을 위하든 천하를 위하든 그 공덕은 같지 않은가? 하루를 수행하든 억만 겁을 수행하든 그 공덕은 같지 않은가? 세존께서 법화경을 통해 바른 가르침의 백련을 설파하신 것도 바로 이와 같은 이치가 아닌가!'

은혜연은 곰곰이 생각에 잠겼다.

그러다가 문득 서글픈 생각이 들었다.

화운은 몰라도 자신은 누군가를 사랑을 할 자격이 없다.

이때까지는 남들도 똑같은 줄 알았다. 시시각각 머리가 아프고 갑자기 정신을 잃어버리거나 온몸이 해체되는 듯한 고통을 겪는 줄 알았다.

그러나 기린산에서 이기어검을 펼치고 난 뒤에 깨닫게 됐다.

자신의 몸은 남들과 다른 상태라는 걸.

'난… 내 몸은 정상이 아냐.'

그때부터 은혜연은 금정 신니가 왜 자신을 나무란 적이 거의 없었으며 정수 사태나 정화 사태가 모든 걸 자신에게 양보해 줬는지 알 수 있게 됐다. 또한 묵자후가 왜 자신을 볼 때마다 의가에 가보라고 했는지 그 이유를 알 수 있게 됐다. 그러니 화운은 몰라도 자신은 누군가를 사랑을 할 자격이 없다는 생각이 들었다. 그래서 쓸쓸히 고개를 숙이고 있는데, 화운이 어깨를 툭툭 치며 눈을 찡긋했다.

"지금까지 한 이야기, 우리 둘만의 비밀이야. 만약 사부님께서 아시면 죽일 년 살릴 년 하며 한바탕 난리를 치실 거잖아."

그러면서 킥킥 웃는 화운.

은혜연은 마주 미소를 지어줬다.

"그래, 절대 비밀을 지켜줄게."

이미 화운의 사부 송화 사태의 성질을 겪어봤기에 은혜연은 웃으며 고개를 끄덕였다.

그리고 두 사람 사이에 잠시 침묵이 흘렀다.

그런 침묵이 갑갑했는지 화운이 호두를 건네주며 말했다.

"사실 난 네가 조금 무서웠어."

"내가 무서웠다니? 그게 무슨 소리야?"

눈을 동그랗게 뜨는 은혜연을 보며 화운이 익살스럽게 말했다.

"넌 검후잖아. 그래서 행여 말실수를 하면 검을 날릴까 봐 항상 조마조마했지."

"어머! 말도 안 돼."

쿡쿡 웃다가 갑자기 시무룩해지는 은혜연.

정말로 검을 날려본 적이 있었기 때문이다. 비록 용서받지 못할 마인들에 불과했지만.

"어머! 농담이야, 농담. 얘는 농담도 못하겠네."

은혜연의 표정이 시무룩해지자 화운이 급히 수습에 나섰다.

"네가 하도 우울한 표정을 짓고 있기에 장난을 쳐본 것뿐이야. 그런데 그걸 진심으로 받아들이다니. 넌 어떻게 된 애가 매사에 그렇게 진지하니?"

"내가 매사에 진지해?"

"아님 맹하거나 소심한 거고."

쿨럭.

'맹하거나 소심하다고?'

보타암에 있을 땐 항상 말썽꾸러기란 소리만 들었는데.

"어머, 어머. 얘 좀 봐. 또 진지하게 받아들이네?"

화운은 기가 막힌다는 듯 혀를 찼다. 그리고는 고개를 설레설레 흔들더니 화제를 다른 곳으로 돌렸다.

"에효. 너한테 뭐라고 이야기만 하면 새가슴이 되니 도저히 안 되겠다. 차라리 우리 사부님 이야기를 해줄게. 우리 사부님도 말이야, 예전에 너처럼⋯⋯."

바로 그때였다.

화운이 제 사부 이야기를 꺼내려는 순간, 은혜연이 손가락을 들어 입술에 갖다 댔다. 그리고 잠시 후,

"오밤중에 여기서 뭣들 하고 있느냐?"

카랑카랑한 목소리와 함께 송화 사태가 법당 안으로 들어왔다.

"혜에, 은 사매와 이런저런 이야기를 나누고 있었어요."

"이런저런 이야기?"

"예. 이 세상의 반이 남자니까 씩씩하고 당당하게 살아가자는⋯⋯."

갑작스런 송화 사태의 등장에 놀라 화운이 얼떨결에 대답했다. 그러자 송화 사태의 얼굴에 북풍한설 같은 냉기가 어렸다.

"뭣이 어쩌고 어째? 이년이 감히 뉘 앞에서 입방정을 떠는

게야?"

매서운 호통과 함께 찬바람이 횡횡 이는 눈길로 화운을 노려보는 송화 사태.

예상보다 더한 반응에 화운은 물론이고 은혜연까지 자라목이 되었다.

그런데 그때, 송화 사태 등 뒤에서 온화한 목소리가 들려왔다.

"언니, 그러다가 하나뿐인 제자 경기 일으키겠어요."

"어머? 사숙!"

"사자!"

반색한 표정으로 목소리의 주인공을 반기는 두 사람.

그들의 시선에 정수 사태의 얼굴이 들어왔다.

예전에는 얼음장 같은 표정으로 주변 분위기를 얼리기 일쑤였던 그녀가 최근에는 따뜻한 미소를 자주 짓고 있었다.

"저 아이들이 오랜만에 동기를 만나다 보니 즐거운 마음에 수다를 떤 모양인데, 그걸 가지고 왜 이리 예민하게 받아들이세요?"

그러면서 송화 사태의 어깨를 부드럽게 감싸 안는 정수 사태.

"으음, 동생이 그렇게 이해해 준다면야……."

그 말과 함께 노화를 가라앉히며 천천히 자리에 앉는 송화 사태.

하지만 여전히 못마땅한 눈길로 화운을 노려보고 있다.

그런 송화 사태를 보며 애잔한 눈길을 보내던 정수 사태는 눈짓으로 화운에게 입조심하라는 표정을 지어 보인 뒤 송화 사태 옆에 가서 자리에 앉았다.

"그런데 어쩐 일이세요? 두 분도 저희처럼 잠이 안 와서 나오신 거예요?"

은혜연은 어색한 분위기를 깨뜨리기 위해 잣과 호두를 내밀며 조심스럽게 입을 열었다.

그러자 정수 사태가 웃으며 고개를 가로저었다.

"그게 아니고, 조금 전에 급한 연락이 와서란다."

"급한 연락이라니요?"

"음. 방금 개방의 협사께서 다녀가셨는데, 사부님께서 곧 이곳으로 오실 예정이라는구나."

"예? 사부님께서 이곳으로 오신다구요?"

"그래. 사부님뿐만 아니라 불마 성승과 규지신개께서도 함께 오실 예정이라는구나."

"와아! 정말요?"

깜짝 놀라 환호성을 터뜨리는 은혜연.

너무 반가운 소식이라 괴성을 지르며 기뻐하다가 갑자기 입을 다물고 고개를 갸웃했다.

'뭐지?'

멀리서 희미한 소리가 들려왔다.

'벌써 사부님께서 오신 건가?'

그건 아닌 것 같았다.

뭔가 음습하고 사이한 기운이 빠른 속도로 다가오고 있었다.

                    *   *   *

"모두 정신 바짝 차려라. 아차 하는 순간 이곳이 우리 무덤이 될지 모르니까."

어둠 속에서 기괴한 목소리가 흘러나왔다.

남자인지 여자인지 모를, 웅웅 파장을 울리는 목소리였다.

그 목소리가 흘러나오고 얼마 지나지 않아 다른 목소리가 튀어나왔다.

"참나, 왜 자꾸 겁을 주고 그러시오? 그렇게 두려우면 아예 이 작전에서 빠지던가, 아니면 모두에게 용기를 북돋워 주시던가, 사악도인답지 않게 왜 자꾸 김빠지는 소리를 하시오?"

누군가가 어둠 속에서 투덜거렸다. 그러자 홍광이 번쩍이더니 한 사람이 제 목을 움켜쥐며 버둥거렸다.

"컥! 사악도인! 제가 실언을……. 캑, 캑! 제발 용서를……!"

안간힘으로 애원하는 사내.

그러나 나이를 알아볼 수 없을 만큼 늙어버린 도사.

뱀처럼 쭉 찢어진 눈에 깨알만 한 동공을 지닌 사악도인이 장난처럼 손목을 젖히자 버둥거리던 흑의인이 퍽 소리를 내며 한줌 핏물로 변해 버렸다.

그 참혹한 광경을 보고 모두 진저리를 치는 순간, 사악도인이 중얼거리듯 말했다.

"너희들은 모른다. 우리가 얼마나 무서운 명령을 받았는지……."

그 말과 함께 저 멀리 보이는 퇴락한 암자를 보며 예전의 기억을 떠올리는 사악도인.

그가 굳은 눈빛으로 말했다.

"모두 똑똑히 들어둬. 그 계집은 꿈에 나타날까 두려운 계집이야. 손짓 한 번으로 추혼백팔사자를 먼지로 만들어 버릴 수 있는 유일한 계집이니."

그러면서 백태 낀 눈으로 모두에게 경고했다.

"다시 한 번 말하지만 절대 욕심을 부리지 마라. 사방에 불을 지르고 동시에 공격한다. 그리고 내가 법술을 펼쳐 그녀의 시선을 분산시키는 순간 혈왕과 무토대군이 그 계집 주변으로 접근하고 나머지는 모두 퇴각한다. 알겠느냐?"

"…알겠습니다."

'휴우! 힘들겠군.'

수하들의 심드렁한 반응을 보며 사악도인은 속으로 한숨을 내쉬었다.

그러나 어쩌겠는가.

관을 보기 전에는 절대 눈물을 흘리지 않을 이들이 바로 눈앞에 있는 이들이었으니.

'하긴 내가 너무 과한 걱정을 하는 건지도 모르지. 은신술과 잠행술에 도통한 혈왕과 무토대군, 그리고 웬만한 문파쯤은 단숨에 몰살시킬 수 있는 능력자들이 바로 마령단이니……'

그러나 진령산맥에서 광마와 추혼백팔사자를 단숨에 제압해 버리는 은혜연을 몰래 지켜본 사악도인이었다. 또한 그녀가 기련산에서 이기어검을 펼쳤다는 소문까지 들은 상태였으니 제아무리 혈왕과 무토대군이 도와준다고 해도, 더하여 불사탈혼마령인의 생존자들로 이뤄진 마령단이 뒤를 받쳐 준다고 해도 찜찜하기는 매한가지였다.

'그러나 어쩌겠는가? 이미 주사위는 던져졌고, 남은 건 성공이냐 실패냐 두 갈림길밖에 없는 것을……'

사악도인은 재차 한숨을 쉬며 천천히 수정 구슬을 꺼내 들었다. 그리고 도포 자락 안에 있던 요령을 꺼내 주문을 외울 준비를 마친 뒤 수하들에게 신호를 보냈다.

파라라락!

신호를 받자마자 소리없이 절벽 쪽으로 날아가는 마령단.

뒤이어 혈왕이 한 점 핏물로 변하더니 흐물흐물 절벽 쪽으로 날아갔다. 무토대군 역시 안개처럼 흩어지며 땅속으로 모습을 감추기 시작했다.

그 모습을 보면서 사악도인은 주문을 외우기 시작했다.

"이승과 저승의 경계를 허무니 어둠의 권세가 충만하도다! 구십구 층 무저계를 수호하는 구슬이여, 아수라의 권능으로 철위산(鐵圍山)*을 열어, 이곳에 유화지옥(流火地獄), 흑암지옥(黑暗地獄), 포주지옥(抱主地獄)*이 임하게 하소서! 옴 도로도로 사바하. 암급급여율령사바하[唵急急如律令娑婆]!"

사악도인이 주문을 외우자마자 구슬 속에서 새파란 광채가 뻗어 나와 눈 깜짝할 사이에 절벽을 휘감았다. 그때부터 주변 경물이 괴이하게 변하며 사이한 기운을 내뿜기 시작했다.

*   *   *

'아아!'

갑작스럽게 밀려온 어둠.

사방에서 느껴지는 잔인한 살기.

---

* 철위산(鐵圍山):수미산 남쪽. 지옥이 있는 곳.

* 지장경 제 오품에 나오는 지옥. 각각 불이 날아다니는 지옥, 어둠 속에서 고통받는 지옥, 음욕에 시달리는 지옥이다.

더하여 화광이 충천하고 이글거리는 불덩이가 날아온다.

하지만 무엇보다 견디기 힘들었던 건 정신을 혼란하게 만드는 온갖 환상이었다.

"아악!"

가장 먼저 화운이 비명을 질렀다.

달뜬 신음을 흘리며 승복을 쥐어뜯는 화운.

팽팽한 젖가슴 사이로 빨간 손톱자국이 새겨졌다.

뒤이어 송화 사태가 신음을 흘렸다.

피가 나도록 입술을 깨물며 괴로워하는 송화 사태.

그 옆에서 정수 사태가 이마에 땀을 흘리고 있었다.

은혜연 역시 괴롭긴 마찬가지였다.

눈앞에 묵자후가 나타나 따스한 미소를 지어 보인다.

향긋한 그의 미소.

부드럽게 다가오는 그의 입술.

은혜연은 정신이 하나도 없었다.

아마 그때 누군가가 화운을 덮치지 않았더라면 끝까지 황홀경을 헤매고 있었으리라.

"흐흐흐. 이년, 죽여주는군!"

역겨운 웃음을 흘리며 화운의 마혈을 찍는 낯선 흑의인들.

이글거리는 불길 사이로 보이는 흑의인들의 모습에 은혜연은 번쩍 정신을 차렸다.

'사술! 사술이다!'

속으로 비명을 지르며 급히 검을 뽑아 드는 은혜연.

그때 발밑에서 섬뜩한 기운이 느껴졌다.

"차앗!"

은혜연은 본능적으로 신형을 뽑아 올리며 지면을 향해 검을 내리그었다.

"컥!"

짤막한 신음.

그러나 아무도 보이지 않았다.

잠시 당황하는 순간, 화운이 사라지고 송화 사태와 정수 사태를 노리는 손길이 느껴졌다.

"안 돼!"

은혜연은 비명을 지르며 다시 검을 휘둘렀다.

그러나 무시무시한 불길이 시야를 가리고 낯선 기운이 양 옆구리를 공격해 와 부득불 검로를 변경할 수밖에 없었다.

사아악!

"크윽!"

"으으음!"

재차 터져 나오는 짧은 신음.

여전히 아무도 보이지 않았다.

또한 방금 전까지 보이던 송화 사태와 정수 사태마저 보이지 않았다. 그리고 찌이익, 하는 옷 찢어지는 소리와 함께 누군가의 들뜬 신음이 들려왔다.

'아아!'

은혜연은 귀를 틀어막고 싶었다.

하지만 그럴 순 없었다.

여기서 망설이면 천추의 한을 남기게 될 테니.

"차아앗!"

은혜연은 기합성을 터뜨리며 온 힘을 다해 공력을 모았다. 그리고는 이글거리는 불길 속으로 천수여의검을 집어 던진 뒤 양손을 모으고 진언을 외웠다.

"만일 중생들이 재앙을 당하여 괴로워할지라도 관세음보살의 이름을 부르면 모든 괴로움에서 구원을 받느니라! 어떤 중생들에겐 제석천의 모습으로, 어떤 중생들에겐 건달바의 모습으로 임하시니, 야차의 모습으로 교화해야 할 중생들에겐 야차의 모습으로, 대자재천(大自在天)의 모습으로 교화해야 할 중생들에겐 대자재천의 모습으로, 전륜왕의 모습으로 교화해야 할 중생들에겐 전륜왕의 모습으로, 악귀의 모습으로 교화해야 할 중생들에겐 악귀의 모습으로 교화하시느니라! 옴 이베이베 이야 마하 시리예 사바하! 옴 바나미니 바아 바제 모하야 아아 모하니 사바하! 다냐타 바로기제 새바라야 살바도따 오하야미 사바하!"

폭포수처럼 흘러나오는 관세음보살 사십이수 진언.

그와 동시에 은혜연에게서 찬란한 보광이 뿜어져 나왔다.

그 빛이 닿는 곳마다 어둠이 물러가고 불길이 사그라졌다.

"헉! 이게 무슨 일이야?"

"으아악! 피해!"

어둠이 가시고 불길이 사라지자 흑의인들의 모습이 확연히 드러났다. 그리고 그들을 향해 무서운 광채가 쇄도했다.

은혜연이 전심전력으로 발출한 이기어검이었다.

놀랍게도 그 검은 눈이라도 달린 듯 흑의인들의 목을 하나하나 베어나가기 시작했다.

"맙소사!"

"저럴 수가?"

난생처음 보는 신비한 광경.

더하여 가슴 철렁한 이기어검을 보고 혈왕과 무토대군은 내심 기절초풍했다.

그들은 불신 어린 표정으로 은혜연을 바라보다가 서로 눈빛을 교환했다. 그리고는 관세음보살 진언을 외우고 있는 은혜연의 등을 기습했다.

그러나 놀랍게도 은혜연의 눈길이 그들을 향했고, 그 순간 은혜연의 전신에서 천 개의 손이 나타나 두 사람의 전신을 휘감아 버렸다.

"이런 빌어먹을!"

사악도인은 낭패한 표정으로 구슬을 바라봤다.

어느새 광채를 잃고 수십 조각으로 깨져 버린 수정 구슬.

사악 도인은 구슬이 쪼개지는 순간 실패를 직감했다.

"바보 같은 놈들! 그렇게 욕심을 부리지 말라고 경고했거늘……."

속으로 땅을 쳤지만 어쩔 수 없다.

얼른 이곳을 벗어나 다음을 기약해야 한다.

사악도인은 요령을 감추고 급히 수하들에게 신호를 보냈다.

신호가 떨어지자마자 앞 다퉈 철수하는 흑의인들.

그러나 올 때는 쉬웠지만 갈 때는 쉽지 않았다.

"네 이놈들!"

멀리서 어마어마한 사자후가 들려왔다. 그 소리가 메아리를 울리기도 전에 몇 사람의 신형이 들이닥쳤다.

두 눈에 신광이 이글거리는 대춧빛 안색의 노승과, 어찌나 늙었는지 하얀 백발과 수염을 배배 꼬아 목에 휘감은 노화자(老化子), 그리고 호리호리한 체구에 검버섯 핀 얼굴을 하고 있었지만 강호인들이 본다면 오체투지도 마다하지 않을 차가운 안색의 여승이었다.

그들의 정체는 다름 아닌 소림의 살아 있는 전설 불마 성승과 개방의 전대 방주인 규지신개, 그리고 은혜연의 사부인 전대 검후 금정 신니였다.

"죽여 버려! 저 늙은이들을 죽여 버려!"

누군가가 그들을 보고 소리쳤지만,

"으악!"

"크윽!"

성질이 불같은 금정 신니.

과거 흡혈시마조차 덜덜 떨게 만든 전대 검후가 제자의 위난을 보고 불같이 노해 거침없는 살수를 쓰기 시작했다.

또한 닭 한 마리 잡을 힘도 없어 보이던 규지신개가 허리춤에 매달려 있던 새끼줄로 흑의인들을 포박한 뒤 일일이 뼈를 부러뜨리기 시작했다.

그리고 수숫단처럼 쓰러지는 수하들을 보고 황급히 달아나던 사악도인을 붙잡은 사람은 흑마술(黑魔術)조차 통하지 않는 불마 성승이었다.

물론 사악도인은 끝까지 발버둥을 쳤다.

요령을 흔들고 주문을 외우며 어떻게든 달아나려 한 것이었다.

그러나 부처님 손바닥 위의 손오공 신세가 되어 오도 가도 못하는 그의 목을 베어버린 사람은 원독이 철철 흘러넘치는 눈길로 달려온 송화 사태였다.

하마터면 제자 앞에서 겁간을 당할 뻔한 그녀.

천추의 한을 남기기 직전, 은혜연에게 구원을 받아 눈에 불을 켜고 흑의인들을 베어나가다가, 마침 불마 성승에게 잡힌 사악도인을 보고 단번에 검을 날려 버린 것이었다.

결국 그날 은혜연을 기습한 사악도인 등은 몇몇 불구가 된 이들을 제외하고는 모두 불귀의 객이 되고 말았다.

제62장

급보

魔道
天下

또르륵, 똑똑.

은은한 불길 아래 목탁 소리가 울려 퍼진다.

주름 가득한 손으로 불을 지피던 규지신개는 천천히 허리를 두드리며 자리에서 일어났다.

그의 시선에 숨죽여 흐느끼고 있는 송화 사태가 보였다.

그 옆으로 송화 사태의 어깨를 다독이는 정수 사태와, 아직도 혼절해 있는 사미니 화운이 보인다.

화운은 기적적으로 정조를 지킬 수 있었다.

그러나 너무 심한 마음의 충격을 받아 아직까지 정신을 못 차리고 있었다.

사실 여기 있는 고수들이 한 번만 손쓰면 금방 정신을 차릴 수 있었으나 은혜연의 만류로 그냥 놔두기로 한 것이었다.

때로는 푹 자는 것이 마음의 상처를 다스릴 수 있는 영약이 될 수도 있으니.

대충 장내 정리가 끝나고 나자 모두 한자리에 모여 앉았다. 이미 서로 간의 인사를 나누고 난 뒤였다.

"그런데 어인 일로 이곳까지 오셨습니까? 사매 부모님 영전에 들렀다가 곧바로 사문으로 돌아가겠다고 인편을 보냈는데요?"

정수 사태가 금정 신니를 보며 의아하다는 듯 물었다.

그러자 규지신개가 헛기침을 토하며 금정 신니 대신 대답했다.

"자네들이 먼저 겪었겠지만 강호에 일대 파란이 일어났네. 남들은 그저 천금마옥의 몇몇 생존자들이 다시 세를 모으려는 게 아닌가 생각하겠지만 이번 일은 의외로 간단치 않네."

그러면서 규지신개는 철혈마제 곽대붕과 그의 아내인 금소선자 양화연 이야기를 꺼냈다. 뒤이어 정사대전의 영웅인 뇌존과 그의 과거, 그리고 그와 황실 사이에 얽힌 비화를 이야기하기 시작했다.

시시각각 흘러나오는 전대의 비사들.

은혜연은 호기심 어린 표정으로 이야기에 빠져들었다.

정수 사태와 송화 사태 역시 귀를 기울이며 관심을 표명했다.

이야기는 점점 복잡하게 흘러갔다.

어느 순간부터 세월을 거슬러 아득한 고대의 전설, 천마의 등장과 죽음, 그리고 그가 남긴 유물에 이르렀다.

"결국 천마가 남긴 무공 때문에 철마성이 무너졌고, 그로 인해 뇌존이 승기를 잡을 수 있었지. 하지만 뇌존은 당시의 승리에 도취되어 지존령의 중요성을 망각해 버렸네. 지존령이 나타나면 천마의 무공이 되살아나는 것은 물론이고 천마를 추종하던 마인들이 다시 뭉치게 된다는 걸 간과해 버린 거야. 물론 그 딴에는 마인들이 뭉치든 말든 아무 관심이 없었겠지만 그게 그리 간단치 않네. 그들이 얼마나 위험한가 하면은……."

그때부터 천금마옥을 조성하게 된 배경과 마인들의 참상이 흘러나왔다.

"강제로 내공이 전폐된 마인들. 그들은 식수도 없고 빛도 없는 어둠 속에서 짐승처럼 살아야 했지. 당시 우리들은 인의(仁義)를 들어 한사코 반대했지만 강북에 있던 무림 세가들, 특히 공동파와 오대문파가 사흘이 멀다 하고 항의를 해왔네. 지금 생각하면 어리석은 결정이었지만… 결국 우리가 지고 말았네."

'아!'

그때까지만 해도 은혜연은 그저 안됐다는 생각만 했다.

하지만 규지신개의 입에서 한 소년의 성장기가 흘러나오는 순간 더 이상 평정심을 유지하지 못했다.

"지금 마인들에게 지존이라 불리고 있는 이는 천금마옥에서 태어난 것으로 추정되네. 당시 불마 성승께서 선처를 베푸셨던 생사도 묵잠과 마도요화 금초초의 소생이겠지. 그 아이가 어떻게 살아왔는지는 안 봐도 눈에 선하다네. 아니, 살아남은 게 기적이라고 봐야겠지. 빛도 식수도, 먹을 것도 없는 상황에서 마인들 틈에 자라났으니……. 게다가 영웅성에서 몇 번이고 암살조를 파견했으니……."

'아!'

그때부터 은혜연은 숨도 제대로 쉬지 못했다.

'그에게 그런 끔찍한 사연이 있었다니…….'

눈물을 글썽이며 입술을 바르르 떠는 은혜연.

그 모습을 보고 정수 사태가 눈살을 찌푸렸지만 애써 모른 척했다. 지금 이 자리에는 사부뿐만 아니라 불마 성승과 규지신개도 함께 있었으니. 그리고 남녀 사이는 인력으로는 막을 수 있는 게 아니니.

마침 묵자후에 대한 이야기도 차츰 마무리로 접어들고 있었다.

"그러다가 십팔 년 전, 영웅성과 남해검문이 그들을 몰살시키려 했네. 강호에 흑마련이 나타나 더 이상 마인들을 방치

할 수 없다고 판단했지. 그 결과 해저 화산이 폭발하고 양쪽 모두 수장되고 말았네. 아니, 우리는 그렇게 생각했지만 그가 살아남았네. 천금마옥 마인들의 한을 안고 기적적으로 그가 살아남은 것이지. 천마의 무공이 수록되어 있는데다 모든 마인을 호령할 수 있는 지존령을 가지고. 더구나 절대사신이라 불리던 음풍마제와 십대마인의 상위권을 차지하고 있던 유령신마와 흡혈시마를 거느리고. 뿐인가? 요마라 불리는 정체불명의 소녀와 광마로 추정되는 괴승, 그리고 요마를 따라다니는 강시들까지 거느리고 강호에 나타났네. 어떤가? 두렵지 않은가? 벌써 그로 인해 남해검문이 괴멸되고 수많은 명숙들이 기련산에서 목숨을 잃었네. 그런데도 어느 누구도 그를 두려워하지 않고 있네. 또한 한 사람이 살아남으면 두 사람도 살아날 수 있는 법인데, 멍청한 구대문파는 지금 무림맹주 선출에만 혈안이 되어 있지."

그러면서 긴 한숨을 내쉬는 규지신개.

그때부터는 무림맹주 선출에 대한 맹점을 놓고 열변을 토하기 시작했다.

하지만 은혜연은 아무 소리도 들리지 않았다. 오직 묵자후의 기구한 운명을 떠올리며 눈물만 흘릴 뿐이었다.

그러는 동안 구대문파에 대한 힐난이 끝나고, 당금 정세에 대해 대처 방안이 논의되기 시작했다.

"현 상황에서 가장 시급한 문제는 어떻게든 마인들의 준동을 막아야 한다는 것이네. 두 번째는 뇌존을 설득하여 야욕을 버리고 마인들을 상대하게 만드는 것이고, 세 번째는 금소선자의 계략을 분쇄하여 황실의 안녕을 꾀하는 것이네."

그 말에 은혜연은 어리둥절한 표정을 지었다. 묵자후 생각에 빠져 있느라 몇 가지 이야기를 놓쳐 버렸기 때문이었다.

그러나 규지신개와 불마 성승, 그리고 사부인 금정 신니가 나누는 대화를 들어보니 대충 흐름이 이해됐다.

"결국 문제는 이 세 가지를 동시에 해결해야 한다는 것인데, 그러기 위해서는 각자 임무를 분담하여 움직일 수밖에 없네."

"아미타불. 어쩔 수 없군. 이대로 세월을 보내다가 성불이나 할까 했더니 자네 말대로 늙은 뼈다귀나마 움직일 수밖에."

"나무관세음보살. 소매도 미력하나마 힘을 보태겠습니다. 어떻게 움직이면 될는지요?"

그때부터 세 사람은 머리를 맞댔다.

일이 너무 한꺼번에 터지고 서로 복잡하게 뒤엉켜 있기에 각자 장단점을 따져 움직일 수밖에 없었기 때문이다.

그런 세 사람을 보면서 은혜연은 내심 고개를 갸웃했다.

이런 중요한 이야기를 왜 비밀리에 하지 않고 자기들 있는데서 의논하는가 싶어서였다.

하지만 그 이유는 곧 밝혀졌다.

"신니께 죄송하지만 그대 막내 제자를 좀 빌려주서야겠소."

규지신개가 진지한 표정으로 금정 신니에게 부탁했다.

물론 은혜연은 깜짝 놀라 손사래를 쳤다.

금정 신니 역시 말도 안 된다는 듯 규지신개를 노려봤다.

그러나 불마 성승과 규지신개가 번갈아 전음을 보내자 한참을 고민하더니 결국 고개를 끄덕이고 말았다.

그럴 수밖에 없었던 것이, 현재 세 사람의 가장 큰 고민은 묵자후를 비롯한 마인들이었기 때문이다.

지금 상태만 해도 충분히 위험한데 만약 그가 대부인과 손을 잡기라도 하면 강호는 일시에 풍전등화의 위기에 처해 버린다.

따라서 내키지 않는 일이었지만, 일단 불마 성승이 무림맹주 선출 건에 적극 간여하기로 했다.

그리고 또 하나의 고민거리인 뇌존.

그는 석년의 철혈마제보다 더 무서운 사람이라는 데 의견의 일치를 봤다. 따라서 그의 강호 패권과 황실 전복에 대한 야망을 꺾어놓을 필요가 있었다.

다행히 뇌존은 이미 묵자후와 악연이 있는 상태. 그로 하여금 먼저 묵자후를 상대하는 데 전력을 다해줄 것을 부탁하기로 했다. 그에 관한 일은 뇌존과 친분이 깊은 규지신개와 금정 신니가 나설 수밖에 없었다.

마지막으로 현재 황실의 독버섯이자 혹마련과 마탑의 암중 지배자인 대부인.

그녀 곁에는 헤아릴 수 없는 무수한 고수들이 있다.

더구나 신분을 감춘 채 황궁에 숨어 있으니, 우선 그녀로부터 황실을 보호하는 일이 급선무였다.

마침 이황야 쪽에서 은밀한 부탁이 있었으니 정체를 들키지 않고 황궁을 출입할 사람이 필요했다.

그러나 아무리 생각해 봐도 마땅한 사람이 없었다.

금소선자 양화연의 무위도 무위였지만 그녀 곁에는 흑암승이라 불리는 천외천(天外天)의 고수가 있었으니…….

결국 이 일을 맡을 수 있는 사람은 은혜연뿐이었다.

묘령의 소녀인데다 무공마저 극에 달해 조금만 역용을 하면 누구의 의심도 받지 않고 황궁을 드나들 수 있었기 때문이다.

"그러니 연아야, 힘들고 괴롭더라도 조금만 참고 기다리거라. 내가 얼른 탁 대협과 담판을 끝내고 네 곁으로 달려갈 테니. 그때까지 몸조심하고 이황야 곁에 꼭 붙어 있도록 해라."

그러면서 은혜연의 뺨을 쓰다듬는 금정 신니.

하늘 같은 사부의 부탁이니 은혜연은 감히 거역할 생각을 못하고 고개를 끄덕였고, 은혜연 옆에 앉아 있던 정수 사태는 속으로 만세를 불렀다. 은혜연이 황궁에 있으면 더 이상 묵자후를 볼 일이 없을 거라는 생각이 들었기 때문이었다.

＊　　　＊　　　＊

'으으, 제기랄……'

비룡검 양욱환은 표정 관리가 전혀 되지 않았다.

눈앞에 석상처럼 앉아 있는 뇌존 탁군명.

그와 눈을 마주하니 자기도 모르게 식은땀이 났다.

"…하여 제자는 지단총령에게 협조를 구해 놈들의 자금줄을 추적해 봤습니다."

너무 긴장하다 보니 목소리가 떨려 나왔다.

그러나 묵묵부답 말없이 듣고만 있는 뇌존.

미치고 환장할 것 같았다.

뭐라고 지적이라도 해주면 좋으련만.

"다행히 소기의 성과가 있었습니다. 몇몇 염상과 마방, 조방 등이 조직적으로 움직이고 있다는 걸 파악했습니다. 여기, 놈들의 명단입니다."

"……"

"그리고 최초로 마등이 걸린 곳을 파악했습니다."

"……!"

처음으로 뇌존의 눈에 이채가 어렸다.

"옛 중원제일루라 불리던 천화루였습니다."

"천화루?"

드디어 말문도 열렸다.

"그렇습니다. 그곳에서 최초로 마등이 걸렸습니다. 하여 척마단을 보내 놈들의 일거수일투족을 감시하던 중 모종의 움직임이 포착됐습니다. 여기 명단에 있던 상단의 주인들이 회합을 가지는 동안 수백 명의 불청객이 호위를 서고, 그중 일부는 말과 원숭이, 그리고 기녀들을 다른 곳으로 데려가려고 했습니다. 그래서 놈들을 덮쳤고, 대부분 현장에서 척살, 놓친 몇 놈은 배후를 파악하기 위해 꼬리를 붙였습니다."

"잘했다."

처음으로 흘러나온 짧은 칭찬.

그러나 뇌존의 눈빛은 여전히 가라앉아 있었다.

'빌어먹을.'

양욱환은 속으로 투덜거리며 계속 보고했다.

"다음 사안은 기련산에서 놓친 마인들의 종적에 관한 것이온데……."

순간, 뇌존의 눈빛이 다시 번쩍였다.

"천밀각주에게 들었다. 놈들이 신강으로 달아났을 때 왜 쫓지 않았느냐?"

날카로운 질문에 양욱환은 가슴이 철렁했다.

"그, 그게 함정이라고 생각했기에…… 그리고 군부가 끼어들었다는 첩보가 입수됐기에……."

"못난 놈!"

나직한 일갈에 양욱환은 또 한 번 가슴이 철렁했다.

"그, 그래도 혹시나 하여 탐색조를 보냈습니다. 수일 내로 연락이 올 것……."

"이미 연락이 왔다."

"그, 그렇습니까?"

어색한 표정으로 고개를 끄덕이는 양욱환.

그런 그의 귓전으로 또 한 번 날카로운 질문이 날아들었다.

"내가 듣기로는 지단총령이 검후라는 아이의 행적에 대해 보고를 올린 것으로 안다. 그런데 왜 만나지 않았느냐?"

"그, 그게……."

양욱환은 순간적으로 등골이 오싹했다.

대부인에게 몰래 보고를 올렸으니 이미 척살조가 떴을 텐데, 하는 생각이 든 때문이었다. 그러나 겉으로는 태연한 표정으로 대답했다.

"제자가 경황이 없어……. 수일 내로 만나보겠습니다."

"되었다. 이미 늦었을 것이다."

'이미 늦었다고? 그게 무슨 소리지?'

영문을 알 수 없었으나, 일단 고개를 숙일 수밖에.

"제자가 불민하여……. 죄송합니다, 사부님."

"……."

다시 침묵을 지키는 뇌존.

느릿한 손길로 이미 식어버린 찻잔을 기울이더니 불쑥 질문을 던져 왔다.

"한데, 조직 개편은 어찌 되어가고 있느냐?"

'휴!'

다행히 화제가 바뀌었다.

양욱환은 속으로 안도하며 조심스럽게 대답했다.

"계획대로 잘 진행되고 있습니다. 여기 조직 개편 보고서입니다."

그러나 뇌존은 양욱환이 내미는 보고서는 거들떠보지도 않았다.

"음, 수고했다. 놈들이 언제 쳐들어올지 모르니 경계와 훈련에 만전을 기하도록 해라. 더하여 놈들의 동선을 파악하는 것도 게을리 하지 말고."

"명심하겠습니다."

"그럼 이만 나가보도록 해라."

"예."

양욱환은 자리에서 일어나다가 주저주저하며 물었다.

"저어, 그런데 삼십육천강 어르신들은 언제부터 제 휘하에 들어오는지?"

대답은 짧고 간단했다.

"당분간 따로 움직일 것이다."

"아, 알겠습니다."

더 이상 물어볼 엄두를 내지 못하고 서둘러 대전을 빠져나
온 양욱환.

　'휴! 벌써 몇 년짼데 볼 때마다 오금이 저리는군.'

　속으로 한숨을 쉬다가 무슨 생각을 떠올렸는지 와락 인상
을 찌푸렸다.

　'빌어먹을! 저 인간 얼굴 보는 것도 오금이 떨리는데 의조
모께선 저 인간의 딸을 유혹하라고 하시니 미치고 환장할 노
릇이군.'

　양욱환이 의조모로 모시고 있는 대부인 금소선자 양화연.

　그녀의 밀명을 생각하니 한숨이 절로 나왔다.

　그나마 양화연이 예전에 잠입시킨 수석 봉공 덕분에 그녀
의 남편을 도박장으로 유인하긴 했는데…….

　'어떻게 된 인간이 승부욕이라곤 전혀 없어.'

　명색이 하북팽가의 장남인데도 판판이 잃기만 하고 그냥
돌아간다는 것이었다. 더욱이 기녀들의 유혹에도 눈 하나 깜
짝 않고.

　'설마 그 추녀를 진심으로 사랑하고 있는 건 아니겠지?'

　정 안되면 음약을 먹여서라도 명을 완수해야 한다. 그래야
의모에게 점수를 딸 수 있고, 련의 후계자 자리에 도전할 수
있다.

　'하지만 생각할수록 구역질이 나는군.'

　망가진 외모에 비뚤어진 성격.

그리하여 그녀의 성질을 한 달 이상 견뎌내는 시녀가 없다고 알려졌으니.

'그건 그렇고, 삼십육천강의 배후도 알아내야 하는데……'

정사대전 당시 뇌존을 보필하던 서른여섯 명의 초절정고수.

그 이전까지만 해도 전혀 이름 없던 이들이 한날한시에 등장했다.

그건 모종의 세력이 개입하지 않고는 절대 불가능한 일.

따라서 그 배후를 파악하라는 명이 내려왔는데 도무지 얼굴을 볼 수 없으니 미치고 환장할 노릇이다.

'일단은 하나씩 처리해 나가자. 먼저 내 휘하 세력부터 탄탄하게 만들어야 한다. 그다음에는 탁비경 그년을 유혹하고……'

속으로 중얼거리며 군림전을 벗어나 자신의 처소로 들어서는 양욱환.

그 앞에 한 사람이 나타났다.

구지신소(九指神簫) 음자덕(陰子德)!

당금 강호십절의 한 사람이자 영웅성 이십팔봉공 중 수석봉공인 그가 파리한 안색으로 양욱환을 맞았다.

"공자! 큰일 났소! 검후를 덮치려던 계획이 실패하고 말았소!"

그 말을 듣는 순간 양욱환은 하늘이 빙빙 도는 기분을 느꼈다.

'맙소사! 그럼 그 인간이 말한 '이미 늦었다' 라는 말이 바로 검후에 관한 일이었단 말인가?'

양욱환은 떨리는 눈으로 지단총령 이일화를 떠올렸다.

'그자! 그자의 입을 막아야 해!'

그때부터 양욱환의 전신에서 사악한 마기가 일렁거렸다.

"어찌 생각하나?"

뇌존은 마지막 남은 찻물을 들이키며 중얼거리듯 물었다.

그러자 그의 등 뒤에서 한 사람이 나타나 공손히 고개를 숙여 보였다.

"글쎄요. 현재로서는 판단을 내리기가 쉽지 않군요."

"음, 그래?"

잠시 침묵하던 뇌존은 나타난 이에게 빈자리를 가리키며 말했다.

"그건 그렇고, 어떤가? 준비는 잘되어가나?"

뇌존의 질문에 수염을 단정히 기른 사십대의 중년인이 자리에 앉으며 고개를 끄덕였다.

"예. 이미 네 개 조로 나뉘어 출발했습니다. 동로(東路)는 강서와 안위, 절강을 맡을 예정이고 서로(西路)는 귀주와 사천을 맡을 예정입니다. 남로(南路)는 광서와 광동, 복건을 휩

쓴 뒤 두 개 조로 나뉘어 귀주와 절강으로 합류할 예정입니다. 그런데 문제는 북로(北路)입니다. 아직 명이 내리지 않아 대홍산(大洪山)에서 대기하고 있습니다."

청수한 인상의 중년인.

당금 영웅성의 정보를 총괄하고 있는 천밀각 각주이자 제갈세가의 장남, 거기다 뇌존의 큰아들인 멸사단주 탁비웅의 처남이 되는 제갈청운(諸葛靑雲)의 보고에 뇌존은 적잖이 만족한 표정을 지었다.

"좋아, 북로는 일단 대기하라고 해. 철마성의 잔당들이 계속 신강 땅에 머물지 알 수 없으니. 그리고 나머지는 정해진 일정에 따라 각 지역에서 교두보를 확보하라고 해."

"알겠습니다."

제갈청운이 공손히 고개를 숙일 때였다.

갑자기 문이 열리고 한 사람이 뛰어들어 왔다.

"성주님, 급보입니다! 방금 급보가 들어왔습니다!"

어찌나 급하게 달려왔는지 가쁜 숨을 몰아쉬는 이는 뇌존의 호위를 책임지고 있는 영웅호위대의 부대주였다.

"드디어 놈들이 움직였답니다! 신강 땅에서 기병을 몰살시킨 뒤 감숙을 휘젓더니, 지금은 전격적으로 공동산을 향해 달려가고 있답니다!"

"뭐라고? 놈들이 그새 감숙을 휘젓고 공동파 쪽으로 달려가고 있다고?"

뇌존이 깜짝 놀라 자리에서 일어났다.

전혀 예상 밖의 움직임이었기 때문이다.

한동안 뒤통수를 맞은 듯 멍하니 서 있던 뇌존.

그러나 천인합일지경에 이른 고수답게 금방 냉정을 회복했다.

"아냐, 아냐. 생각해 보니 오히려 잘됐군. 마침 놈들이 공동파를 치려 한다니 강호의 이목이 온통 그쪽으로 쏠릴 터. 제갈 각주, 계획을 전면 수정한다! 지금 당장 북로를 제외한 전 병력을 움직여! 특히 동로와 남로 쪽엔 무한 면책권을 부여해 줄 테니 황실에서 바짝 긴장하게 강남을 짓밟으라고 해! 관이든 군이든 무림세가든, 앞을 가로막는 놈들은 모두 쓸어버리라고 전해!"

"존명!"

이날의 결정으로 천하에 피바람이 불었다.

묵자후와 뇌존이 동시에 움직이면서 전대미문의 혈겁이 시작된 것이었다.

〈제6권 끝〉

저작권 보호!!
장르문학의 성장에 힘이 되어주십시오.

저작물의 무단 전재와 복제, 불법 다운로드!
이것은 관심이 아니라 무관심입니다!

작가님들은 창의적 열정과 시간을 투자해 자신의 꿈과 생계를 유지합니다.
한 권의 책을 만들어 많은 사람들은 자신의 인생과 미래를 설계합니다.

저작물 속에는 여러 사람의 노력과 희망이
담겨 있습니다!

저작물의 무단 전재와 복제, 불법 다운로드는 여러 사람들의 꿈과 생계를
위협함으로써 장르문학을 심각한 상황에 빠뜨리고 있습니다.

이제는 무관심이 아니라 관심으로 장르문학의
성장에 힘이 되어주세요.

[도서출판 **청어람**은 항시적인 저작권 보호를 통해 장르문학과
여러분의 희망을 지키겠습니다.]

도서출판 청어람

共同傳人
공동전인

설경구 新무협 판타지 소설

마교를 재건하라.

혈마옥에 갇히며 마교 장로들의 공동전인이 된 사무진에게 주어진 과제.
역사상 가장 착한 마교의 교주.
하지만 역사상 가장 강한 마교의 교주가 되고 싶다.

고정 관념을 버려요.
마교도라고 해서 꼭 나쁜 놈일 필요는 없잖아요.

지금까지와는 다른 마교.
이제 사무진이 만들어가는 새로운 마교가 모습을 드러낸다.

 유행이 아닌 자유추구 -
www.chungeoram.com

Book Publishing CHUNGEORAM

섵봉 新무협 판타지 소설

환희밀공

1 처음·강호초출

무유칠덕(武有七德), 금폭(禁暴), 집병(戢兵), 보대(保大),
정공(定功), 안민(安民), 화중(和衆), 풍재(豊財), 자야(者也).
〈좌전(左傳), 선공 십이년(宣公 十二年)〉

무에는 일곱 가지 덕이 있다.
첫째, 난폭을 금지한다. 둘째, 무기를 거두어들인다. 셋째, 큰 나라를 보전한다.
넷째, 공적을 정한다. 다섯째, 백성을 편안하게 한다. 여섯째, 대중을 화합하게 한다.
일곱째, 물자를 풍부하게 한다.

섬서성(陝西省) 육반산(六盤山)에 신력(神力)을 바탕으로
패공(覇功)을 구사하는 가문(家門), 육반루가(六盤婁家).
세상에게 외면받고 멸시당하는 환희교(歡喜敎).
육반루가의 후손과 환희교 교주의 운명적인 만남.

"넌 환희교를 지키는 수문장(守門將)이 될 거야.
강하게, 아주 강하게 키워주마."
'아버지처럼 죽지 않을 거야. 아무도 날 죽일 수 없어.
세상에서 최고로 강한 사람이 될 거야.'

유행이 아닌 자유추구 -
WWW.chungeoram.com
Book Publishing CHUNGEORAM

태룡전

『마신』, 『뇌신』에 이은
작가 김강현의 또 하나의 대작!!
『태룡전』

김강현
新무협 판타지 소설

내가 이곳 미고현에 위치한 천망칠십오대에
온 지도 벌써 두 달이 넘었거든.
그런데 아직도 이해하지 못한 일이 하나 있어.
그게 뭐냐고? 우리 대주 말이야.
우리 대주님이 가장 좋아하는 게 뭔지 아나?
바로 침상에서 좌우로 데굴데굴 굴러다니는 거야.
그다음으로 좋아하는 게 그렇게 뒹굴다 잠드는 거고…….
나려타곤(懶驢打滾)!
더도 덜도 아닌 딱 우리 대주님을 지칭하는 말일세.

천망칠십오대 대주 단유강!!
격동의 무림은 그에게 휴식을 허락하지 않는다.
단유강, 그의 일보가 천하를 떨쳐 울린다!

유형이 아닌 자유추구 -
WWW.chungeoram.com
Book Publishing CHUNGEORAM

오채지 新 무협 판타지 소설

천산도객

마도대종사의 죽음.

마침내 끝이 난 이십 년간의 정마대전.
하지만 천 무림이 까맣게 모르는 것이 있었으니…

대종사가 마지막까지 숨겨두었던 마도백가(魔道百家)의 비밀 병기.
패잔병으로 북방을 떠돌던 어느 날 신비로운 사내 비파랑을 만나는데…

"항주의 금룡관(金龍館)에… 이걸 전해주십시오."
"눈치챘겠지만 난 마인이오."
"어쩐지 당신이라면… 약속을 지켜줄 것 같아서……."

한 번의 짧은 만남이 만든 운명 같은 행보.
그의 위대한 강호행이 시작된다.

 유행이 아닌 자유추구 -
WWW.chungeoram.com

Book Publishing CHUNGEORAM